如棋入戏

金融圈名利场浮生记

王淇悦——著

经济日报出版社

图书在版编目（CIP）数据

如棋入戏：金融圈名利场浮生记 / 王淇悦著. --
北京：经济日报出版社，2023.5
ISBN 978-7-5196-1298-6

Ⅰ. ①如… Ⅱ. ①王… Ⅲ. ①长篇小说－中国－当代
Ⅳ. ① I247.5

中国国家版本馆 CIP 数据核字 (2023) 第 049191 号

如棋入戏——金融圈名利场浮生记

作　　者　王淇悦
策划编辑　王　真
责任编辑　宫婷婷
责任校对　李艳春　李小琳　韩　倩
出版发行　经济日报出版社
地　　址　北京市西城区白纸坊东街 2 号 A 座综合楼 710(邮政编码:100054)
电　　话　010-63567684（总编室）
010-63584556（财经编辑部）
010-63567687（企业与企业家史编辑部）
010-63567683（经济与管理学术编辑部）
010-63538621 63567692（发行部）
网　　址　www.edpbook.com.cn
E - mail　edpbook@126.com
经　　销　全国新华书店
印　　刷　北京虎彩文化传播有限公司
开　　本　710mm×1000mm　1/16
印　　张　23.25
字　　数　276 千字
版　　次　2023 年 5 月第 1 版
印　　次　2023 年 5 月第 1 次印刷
书　　号　ISBN 978-7-5196-1298-6
定　　价　42.00 元

如棋入戏

善弈者谋势，不善弈者谋子。

无论事业，抑或感情。

要想很好地活过这一生，必须学会谋局。

但也有一些纯粹的人，

试图寻找不需要与其谋势、谋子的对弈者。

——王淇悦　著

目录

CONTENTS

01 冷夜

农历九月底的上海，骤然大幅降温。夜里下起一场急雨。浦西静安区陕西北路 861 号，这里正举办着一场艺术展和酒会。

行走在上海这座城市，随处可见西洋风格的老街道和旧建筑。对于观光的游客来说，这些建筑的外表极具诱惑力。但居住在旧建筑里面的人，却早难以忍受老建筑的潮湿、阴暗和破败。

苏希溪走在陕西南路上，前一天下过的雨，在地面上还残留着些小范围的积水。

一路上，苏希溪小心翼翼挑着干的路面走。她看到前方地面上有一块表面干爽，仅四周显出浅湿痕的地砖，于是，一脚踩了上去。没想到那块地砖却松动了，猛地向下一沉，砖底下空心处，一团污水被挤了出来，灌进了她的浅口小羊皮鞋里。瞬间，脚就被这污水弄脏了。她懊恼地抬起头，瞥见墙上挂着的一张小小四方的绿色铭牌上写着：某某花园住宅，建于民国时期。

在苏希溪没有踏出这一脚之前，她不会知道，在那些有着浮华，或干脆已显露出衰败的表象之下，隐藏着怎样的污水。也或许，她提前隐隐觉得不妥，但却又自信地迈出了那一步，让自己陷入污泥潭。

农历九月底的上海，骤然大幅降温。夜里下起一场急雨。浦西静安区陕西北路861号，这里正举办着一场艺术展和酒会。

与此时外面凄风冷雨的夜，昏黄路灯下，满地都是被雨点砸落在地的褐黄色枫叶，呈现出的一派萧条景象不同，这座百年老洋房里灯火通明，橘黄色的暖光驱散了百年老路的清冷。室内的展览和小型酒会上，宾客相谈甚欢。

老洋房的会客厅，猩红色天鹅绒窗帘从层高6米的穹顶垂下，四周墙壁上分散陈列着12幅《水图》。这一册12幅《水图》是南宋嘉定十五年，杨皇后送给当朝太尉杨谷、杨石兄弟的，由南宋宫廷画家马远所作，是难得的画水的历史精品。

会客厅通着多间相连的房间，宾客们在其中自由走动应酬。苏希溪着一身线条简洁、剪裁得体的深灰色纯羊毛连衣裙，没有烫染、悉心护理的黑发透出光泽，柔顺得随肩垂落出自然的弧形。腰间系着一条细细闪亮的钻石腰带，勾勒出她56厘米的细腰。这身装扮，让她在商务场合，低调中闪耀出不俗的品位与品质感。

正在和苏希溪交谈的是安琪允，她有一头浅栗色大波浪长发，身着线条柔和的贴身牛油果色长裙，脚穿裸色细跟鞋。两位漂亮的女士站在老洋房一个房间的弧形室内阳台前。

“希溪，你过来。”只见门口，赖泼戎正边走进来，边冲着两位女士所在的方向招了招手。

赖泼戎和苏希溪为同一家公司——诚千集团的管理层。在职级上，赖泼戎比苏希溪高一级。赖泼戎是诚千集团的副总裁，苏希溪则是助理副总裁。

赖泼戎身高近一米九，身型壮硕。虽然身处金融行业，但此人的外形看起来，像是黑社会里的帮派人物。他脸上两个腮帮子赘着两坨圆圆的肥肉，又呈现出和他高大身形极具反差感的几分稚气。初看他的这副相貌，会让人误以为他老实。但细看，还是能察觉出端倪。他一副细窄且长的吊梢眼里眼神浑浊，流露出阵阵混迹于“江湖”的邪气。

苏希溪一抹淡淡的眼神掠过赖泼戎。赖泼戎身上带着一种浓厚刻意的伪精英感，给人一种时刻端着的感觉，但这还远远不是苏希溪讨厌此人的原因。

见苏希溪并没有挪动位置的意思，赖泼戎自顾自地走上前去。他胖胖的脸上带着一副似有深意的表情，特别熟络地拉起苏希溪的胳膊，在她耳边说道：“希溪，你说咱们选这12幅《水图》作为展品，真就能比那莫奈的画展强吗？啊?”赖泼戎的此番举动，在旁人看起来，还以为他和苏希溪很是亲近。

听到赖泼戎的话，苏希溪本能地往远离他的方向连退了两步。她眉毛一挑，嘴角展现出一个弧度难以挑剔的微笑，看了看赖泼戎，无言算是对他的回答。

“西方油画和中国传统画作本就没有可比性，”安琪允在一旁解围道，“不过，赖总您这个壁炉的创意倒真是强的咯。”她这番话似夸实贬。

众人身后壁炉内的柴火，噼里啪啦“燃得正旺”。艺术展现场有价值连城的古董画展出，不允许有明火。赖泼戎却坚持认为，老洋房的壁炉应该燃起来，烘托氛围，用他的原话讲是“象征着此次各方的合作红红火火”。

并且，赖泼戎以此番说辞，成功说服了诚千集团的董事长余晖。如此，有“金主爸爸”最高层的要求，场地负责人不得不弄来一团熊熊燃烧的假火苗。

赖泼戎被安琪允绵里藏针地挤对了一句，不悦地瞪了她一眼，也自知无趣，沉下脸来。

“12水图本是皇帝与皇后赏赐臣子之作。此系列画作更是成为皇帝、皇后、外戚重臣，这古代权势中至关重要的三方沟通的重要桥梁。将这样的历史背景，用在今天这个多方洽谈合作的场合，是再合适不过了。”不远处站着的赵仁意走过来，为气氛微妙的几个人搭了一个台阶下。

赵仁意是安基证券的办公室主任，他毕业于北京大学中文系，有着深厚的文化修养。在今天这样隆重的商务场合，他的着装并不过分张扬，穿着洁净的白衬衫，浅卡其色外套，一副风度翩翩的儒士做派。

赵仁意、苏希溪、安琪允三人心领神会，相视浅浅一笑。他们这一笑，让赖泼戎在一旁心生愤恨。赖泼戎自察，他刚才的话显得特别没文化。那团用力过猛、不伦不类的壁炉假火苗，突然让他觉得非常不适，他越看越难受，似乎他头顶此时正刻着两个大字：蹩脚。

“嗨！赵总、赖总，你们怎么光顾着躲在这里和美女们聊天?”脸上堆着笑的贾司文走了过来。

贾司文是诚千集团的办公室主任。他的整个头型，像是一个竖立着的椭圆形土豆。他笑着的时候，脸上的一张皮上满是褶子。一双凸出的鱼泡眼很是打眼，在他跟人说话时，总是鼓着这双鱼泡眼，对话的人不得不全神贯注地盯着他。

他这一来，成功地转移了众人的注意力。

“安基证券和诚千集团的合作才刚刚开启，我们以后打交道的地方还多呢！哈哈哈！”贾司文说道。最近，他处于被架空的状态。想要趁着机会，能多和公司的重要合作伙伴熟络起来。以此，寻求他重新入局的机会。

赖泼戎听到这句话，想着利益，刚才的那点恼怒也被纵横名利场多年的他压了下去。顺着贾司文的话头，赖泼戎也热情地招呼起几位男士离开：“走，走，我们几个去旁边聊，不耽误美女们欣赏画作。”

赖泼戎知道，苏希溪和安基证券的安琪允已经是闺蜜，自己无机可乘。他不想让赵仁意也站在苏希溪那边。赖泼戎相信凭借他社交场笼络人心的本事，将赵仁意拉为己用不是难事。

看着他们三人走远的身影，苏希溪长舒了一口气。

02 并购方案

司机秦师傅暗想，这就是传说中的一山还有一山高啊！300 亿元的大生意，几家公司居然没一个是从自己口袋里真金白银地往外掏钱的。但赚钱这几家公司则都有份，还能赚大头！他们真是人才！金融圈真是一个贵地！他心里暗自佩服，感觉只要站在这个圈子旁沾点“光”，都能赚上大钱。

此时，6公里之外的延安高架路上，平稳行驶着一辆黑色雷克萨斯LM。安基证券的董事长徐国伟坐在车厢中间排的左边座位上，迈果科技创始人马翊坐在他旁边，中间排的右座上。

“徐董，FUG项目今天和各位LP会面，到这一步，我们算是有了巨大的实质性进展啊！”马翊掩饰不住内心的激动。他是一位激情四溢的创业者，成立迈果科技后，仅用5年时间，就做出了几款爆火的互联网产品，有着超过5亿的日活用户流量。这让他踌躇满志，对未来非常乐观。

徐国伟扭头看了看马翊，沉稳的嘴角露出一丝浅笑，波澜不惊地回道：“马董，你们的效率高。”

“亦言啊，你把我们这个并购基金设立的方案也给马董他们介绍一下。”徐国伟装作不经意地轻声提醒，胳膊抬了抬，示意坐在前排的许亦言。

许亦言是安基证券的投行部总经理，他转过头来，回答：“好的，徐董。我们的计划是通过发起设立产业并购基金——穗广基金的方式，收购美国FU公司持有的FUG90%的股权。由安基证券与迈果科技为联合GP，引进其他LP认缴穗广基金。”

“安基证券是专门做金融的，设计的方案一定没问题。我们迈果需要出资多少？”马翊身体往前探了探，急切地问许亦言。相较于方案具体的细节而言，马翊更关心他们的出资额。

“我们会成立一家新公司安基穗广，由它来担任并购基金的执行事务合伙人。安基穗广、安基证券、迈果科技作为GP，均只需要认缴穗广基金1000万元出资额。引进其他LP，合计认缴穗广基金300亿元出资额。”许亦言补充道。

“好啊，好啊，方案太好了！”马翊听罢，不由得拍着大腿，掩饰不住高兴之情，说道：“不愧是专业投资银行家。”尤其是他听到在这项300亿元的跨国并购项目中，只需要自己象征性地实际出资1000万元，一本万利的“空手套白狼”，让他很是满意。

当然，这个杠杆超过1000倍的并购方案，许亦言完全是按照徐国伟的授意做的。

“那么，并购事项的管理决策工作怎么开展？”这个项目是马翊主导和海外方谈判，既然出资额这么少，对项目的主导权如何？他追问道。

“对于基金的管理，3家GP设立投资决策委员会，作为穗广基金的投资决策机构。投资决策委员会成员一共4名，其中由安基证券委派2名、迈果科技委派1名、LP委员会委派1名，投资决策需经100%投票同意方可通过。”许亦言答道。

“好！好！好！”马翊连声称赞道：“今天到场的几家LP都是资金实力雄厚的金主，有了他们加入，我们这次收购前途无量！明柏，你来把今天出席的LP的情况，向徐董他们也汇报一下。”马翊吩咐坐在后排的下属，迈果科技的投资者关系总监钱明柏。

“好的，马董。徐董、许总，今天来的LP总共有5家，总计要认购我们300亿元。在LP中，出资最多的为诚千集团，意向出资220亿元。”钱明柏说道。

“这个诚千集团什么来头？这么有实力啊！”徐国伟语声虽轻，但语调颇重地插了一句话。

“诚千集团的董事长余晖，此人来自东北，说不清楚怎么就突然间发了迹。前些年，他跑到北京CBD黄金地段买下了一整栋大楼。业务线比较杂，什么赚钱他们就做什么，倒是不缺钱的。”钱明柏附和道。

许亦言眉头紧蹙，觉得有必要提醒两位董事长，他开口道：“诚千集团也不全然如外界传闻那般实力雄厚。据我们了解到的情况，那栋楼的产权并不完全归属于诚千集团。他们通过一些商业地产资产证券化的运作，只是将大楼的使用权拿了过来。此次诚千出资的220亿元，将包装成资管项目，通过诚千集团旗下全资子公司诚千财富，作为财富管理产品出售。”

钱明柏听到许亦言的话，表情微妙，不语。

徐国伟算是完全听懂了，“哼，哼。”干笑了两声，也不过多言语。

突然一个急刹车，车内小小的一阵骚动。“徐董，您没事儿吧？”马翊关切问道。

“无碍，无碍。”徐国伟答道。

“我这位司机师傅，他以前在部队受过开装甲车训练的，平时开车稳当得很。秦师傅，今天怎么这么不小心啊！”马翊不满地提醒司机。

“对不起，对不起，我的问题。”正开着车的司机秦师傅赶忙道歉。他刚才注意力开了小差，听车上人谈话听得入神，不小心差点闯了一个红灯。一路上，他听着众人的对话，虽然不能完全理解，但也听懂了五六分。

秦师傅暗想，这就是传说中的一山还有一山高啊！300亿元的大生意，几家公司居然没一个是从自己口袋里真金白银地往外掏钱的。说来说去，连环套，最终掏钱的都是老百姓。但赚钱这几家公司则都有份，还能赚大头！他们真是人才！金融圈真是一个贵地！他心里暗自佩服，感觉只要站在这个圈子旁沾点“光”，都能赚上大钱。

想到这里，秦师傅殷勤地提醒道：“各位领导，咱们刚下高架桥，马上就要到目的地陕西北路861号别墅了。”

03 利万物而不争

层层叠叠铺着暗红色地毯的百年旋转楼梯，各色人物拾级而上。画面似乎着上了一层恒定的“上海滩名利场”滤镜。

苏希溪看到二楼伺机待出的贾司文，一楼楼梯上春风得意的余晖和冯映箐，以及两人身后，正往上攀爬的阳奉阴违的赖泼戎和周荞。

她突然有些可怜下面的这一群人。但在楼下的那群人眼里，不屑参与其中的苏希溪，才是一个不识时务的可怜者。

安基证券的董事长徐国伟和迈果科技的创始人马翊乘坐的雷克萨斯LM到达之前，一辆白色的丰田埃尔法商务车，缓缓驶进了陕西北路861号白色高墙内的庭院。

诚千集团总裁冯映箐从埃尔法车中款款走出，她身后是诚千集团的董事长余晖。

安基证券办公室主任赵仁意和诚千集团副总裁赖泼戎，分别提前收到了信息，看过手机后，两人匆忙离开，各自下楼去迎领导。

赵仁意接到消息，第一时间叫上了安琪允。

赖泼戎却没有将此消息告知苏希溪。赖泼戎一边先自行下了楼，一边悄悄发信息给苏希溪的手下，也是在苏希溪空降诚千集团之前，被赖泼戎突击提拔，专门来对付苏希溪的周荠。

贾司文被冷落在一旁，看见二人一阵着急忙慌的操作，他心里也猜到了几分。贾司文向来以“文化人”自居，有几分文化人的酸意，都这么巴结领导干什么？他一边在心里默默鄙夷着，一边又从二楼的窗户往外偷看，密切地留意着楼下动静。

周荠收到微信后，急忙踩着10厘米的细跟鞋，嗒嗒嗒一阵小跑着，往楼下去。在诚千多年，她早得到了赖泼戎的真传。在一切活动场合，迎接领导这项工作，周荞要站在最前面最显眼的地方，让领导第一眼就看到她。如此，领导就会将这一场高规格的艺术展，完全归功于她的辛苦付出。

周荞的高跟鞋戳得木地板噔噔作响，动静太大，被场地的负责人JOE看在眼里，不满地上前制止："小姐，侬赶着去投胎哇？还是着急去夜店啊？走路能不能注意点的哟，这可是文物保护建筑好伐？"

周荞一身五颜六色的打扮，黑色西装内穿着一件猩红色的深V领露胸蕾丝吊带，戴着形状夸张的粗链条金黄色耳环，指甲涂成一手的墨绿色。这身打扮，让见惯有品位穿着的JOE差点没吐出来。

"你说谁赶着去投胎呢？"周荞气得五官扭成一团，恼怒回道。

"讲侬呀，哪一个有教养的人像侬这么破坏保护建筑的哟？"JOE看着她。周荞想要再回嘴，听到吵闹声的苏希溪走了过来。

"苏总，咱们租场地的时候可是说过注意事项的哦，这个人这样子走路可是不行的。"JOE向苏希溪诉苦。

苏希溪看了看楼梯上打扮得不伦不类的周荞，她真心看不上那样一个粗鄙不堪，和赖泼戎一样肚子里没半点墨水，靠男人上位的艳俗女人做自己的副手。仿佛连带着她自己都被拖累得掉价。但事关公司的颜面，她不得不替其出面解围："JOE，对不起啊，这是我们的工作人员。周荞，你注意点。"

周荞平时一贯有赖泼戎替她撑腰，虽是苏希溪的下属，但这条汇报线基本上被他们形式化。眼下的情形周荞觉得难堪，但她脸皮非常厚，又不想让苏希溪知道董事长来了，于是阳奉阴违地答了一声："哦。"

“哎哟，苏总，要不是和你相识已久，这场地我是定不会租给诚千的了。任他们再有钱我也不租，诚千的腔调和我们不符的哟。你们那个什么赖总，非逼着我们去找一团假火放在壁炉里，真不是我们的腔调。”JOE抱怨道。

苏希溪拉着她，抚慰道：“我跟你想法完全一致，那也不是我的风格。别生气，走，我们去三楼吃点东西。”

几家公司的高层一起到来，等到周荠跑下楼时，楼下已经挤满了各路迎接的人。周荠不管不顾，用力挤到人群的最前列。

赖泼戎正殷勤地拿着一把大伞，抢到门廊外去迎接。“你怎么磨蹭这么久才来？董事长马上要到了！”赖泼戎见到周荠缓缓来迟，不满地呵责道。

“还不是那个苏希溪，缠着不放，耽误了。”周荠诉苦。

“她不知道董事长来了吧？”赖泼戎显得有些紧张地问。

“我没告诉她。”周荠得意地摇了摇头。

“那就好。”见丰田埃尔法缓缓驶入，赖泼戎连忙殷勤得迎上前去。他第一眼看到从车里下来的冯映箐，但他没将总裁冯映箐放在眼里，他要迎的是董事长余晖。

诚千堂堂副总裁，点头哈腰的来为领导撑伞。冯映箐看到这一幕，顿时心生鄙夷。她心里盘算着，花高薪聘请的副总裁，难道是为了让他来干这点跑腿的活儿吗？冯映箐脸上挂着笑，似看非看地斜瞟了一眼赖泼戎，转身对余晖说道：“哎哟，咱们的赖总亲自干起了保镖的活呢！”说罢，冯映箐神情骄傲地径自往前走了，都不正眼瞧赖泼戎。

平日里赖泼戎得到余晖的信任，冯映箐实质动不了他，常在明里暗里地说上几句难听的，也算出出气。但赖泼戎的身份只是一个公司的“打工人”，而余晖和冯映箐，是沾着亲的一家人。被奚落了一句，赖泼戎只好忍着。

余晖听到此言，嘴角撇了一下，似笑非笑。他看到了刚才赖泼戎和周荠扒开众人，生生挤出来的样子，此时，门口站着的各家公司的各色人物，齐刷刷地注视着他们。余晖非常好面子，看到这种场景，嫌赖泼戎这种哈巴狗的嘴脸，是在给他丢人，于是，也不理会赖泼戎，大踏步走入门廊。

赖泼戎亦步亦趋地跟上，他匆忙将手里的伞一收，满伞的雨珠顷刻呈现圆弧状往外洒去。

紧跟在后的周荠，为了躲避洒过来的雨珠，下意识往旁边一闪，瞬间，她脚下10厘米的高跟鞋，大半截陷入了旁边花池的褐色泥土里。周荠生气地瞪着对此浑然不知的赖泼戎的背影，费劲地从泥土里拔出赖泼戎给她买的Jimmy Choo。在旁的几家公司的人对此看在眼里，纷纷窃笑。

在二楼宴会厅的窗户后面，偷偷观察着楼下动静的贾司文也看到了这一幕。贾司文暗自得意，心想赖泼戎和周荠本想抛开其他人，去董事长面前献媚讨好，没想到反而弄巧成拙，这不是恰恰给他留出了表现的机会吗？

于是，贾司文面露喜色，胸有成竹地走到二楼的楼梯口，等候着董事长和总裁的到来。

层层叠叠铺着暗红色地毯的百年旋转楼梯，各色人物拾级而上。

从贾司文候着的位置往下看去，赖泼戎又高又壮，一米九的大个子。周荠才一米五二，踩着10厘米的高跟鞋。这有着巨大身高差的两人，脸上带着同一种表面谄媚、内心愤恨的复杂表情，狼狈地跟在余晖和冯映箐身后。

这幅画面着上了一层恒定的“上海滩名利场”的滤镜；竟有些分不清是21世纪的当下，还是民国时期的当年；带着一种不分时空、不言而喻的黑色幽默感。

贾司文看着眼前的景象，回味着刚才楼下发生的一幕，他嘴角掩饰不住地还想要笑。但他低声清了清嗓子，定了定神，努力调整着自己脸上的表情。想要显得谦卑，又不失热情地迎接董事长。

在老洋房三楼的楼梯口，苏希溪探出头来。她看到二楼伺机待出的贾司文，又看向一楼楼梯上春风得意的余晖和冯映箐，以及两人身后，正往上攀爬的阳奉阴违的赖泼戎和周荠。

苏希溪突然有些可怜下面的这一群人，她不去凑这个热闹，转身进了房间。让这各色人物继续他们的表演。

也许，在楼下的那群人眼里，不屑参与其中的苏希溪，才是一个不识时务的可怜者。

04

至柔亦坚

安基证券董事长徐国伟如今的心境像《细浪漂漂》里描绘的画面一般，水面和天空似乎快要融为一团。如同画里看不清楚的水波纹文理，他那些早年曾有过的理想和情怀，早已经抽象得模糊不清了。

安基证券的徐国伟和迈果科技的马翊的到场，则低调得多。

安基证券是一家地方国资背景的大型金融机构，人事的任命都需要经过更高几级组织部门的考察。高管们平日里不敢张扬，以免被抓到把柄。看到诚千集团毫不掩饰地溜须拍马的浮夸做派，安基证券的办公室主任赵仁意悄声对安琪允说道：“董事长喜欢低调，咱们稳重一些。”

安琪允转头看看身旁这位风度翩翩的赵主任。一阵冷风正吹过来，身旁的赵仁意替她挡住了风，安琪允觉得有点暖和，也闻到一丝赵主任身上飘出的淡淡清新古龙水香味。

徐国伟一行人被迎到了楼上，与余晖和冯映箐简短寒暄后，开始参观展览。

徐国伟认出画展讲解员是安基证券的孙芸娇时，他眼睛一亮。

孙芸娇在国外三流大学读了个专业不明的学位回国，两年前找关系进入安基证券办公室，平时做一些简单的文员工作。没有工作能力傍身，就一直在钻营如何通过旁门左道往上爬。为了让外貌更出众，她每天只吃两个鸡蛋，身材可以用瘦骨嶙峋来形容。

只听到她一个字一个字地背着解说词："各位领导好，今天展览的《水图》是南宋画家马远的作品，共12段，每段纵26.8厘米，横41.6厘米。图名分别叫：《洞庭风细》《寒塘清浅》《长江万顷》……呃……"讲到这里，孙芸娇停了下来。

12幅图的资料太长，她没背熟。加上她长期节食，大脑营养不足，一紧张，记的内容全忘记，卡壳了。

迟迟等不来孙芸娇的下一句讲解，一众高管杵在那里，想要继续往前走也不是，想要停在原地也不是。

各公司高层看向眼前的这位讲解员。此刻，她紧张得脸通红，闪着两排长长黝黑的假睫毛，眨巴着戴着浅灰色美瞳的大眼睛，一副楚楚可怜的样子。

"哈哈，讲解员小同志得多吃点饭，太瘦了，这记忆呀，跟不上。"徐国伟在一旁出来帮孙芸娇解围，带头继续往展厅深处走去。

余晖、冯映箐、马翊给徐国伟面子，连忙答道："没事、没事，难寻的真迹都在眼前了，怎么讲解并不重要啊。"

"对，对，看到了真迹，还需要什么讲解？不需要，哈哈。"众高管纷纷附和道。

虽然打哈哈过去了，但作为画展负责人之一的安琪允觉得不妥。她把赵仁意拉到一边，小声问道："赵主任，我原来安排的是由专业讲解员讲解，怎么换人了？"她的工作中不能容忍出现这么低级的失误。

安琪允不知道，由孙芸娇当这场展览的讲解员，正是赵仁意的刻意安排。

赵仁意意味深长地笑了笑，向安琪允说道："琪允呀，有些工作咱们不能做僵化了。办公室的工作呢，服务公司最高层，最重要的是要灵活。国企里面的门门道道多，侬还有很多要学的地方。”

虽然孙芸娇讲解出了失误，但赵仁意非但不恼火，反而暗自庆幸做了这个安排。因为刚才的情景已经说明了，他对徐董事长的心思揣摩得当，投其所好、恰到好处。看起来有瑕疵的地方，实际上反而能让领导满意。

赵仁意毕业后，在安基证券工作了十几年。最初凭借名校毕业和一点薄弱的关系进入这个大平台。身处投行中后台的他，无法通过具体的业务成绩往上爬。而安基证券的内部升迁，也从来不是按照工作成绩。赵仁意在领导身边工作，颇有一些“近水楼台先得月”的优势。

多年来，得益于他揣摩各领导的各种喜好，投其所好，然后一点一滴地编织，不断夯实他的关系网。纵使安基证券经历了多次波折，换了一届又一届领导班子，领导心腹也换了一拨又一拨，唯有赵仁意成了“常青树”。他从一名普通员工，做到了这么大一家国资金融机构“上传下达，机要枢纽”的办公室主任。

或许一众高管未必真需要听什么参展的讲解，但一行人还是默默不语，干巴巴地沿着参观路线往前走。这栋历史上显赫一时的别墅，只听到木地板被踩得吱吱作响的声音。

贾司文和赖泼戎屡次想开口打破这安静，其他人也想对着画作评论点什么，各自又担心文化底蕴不够，怕说出什么露怯的话来，就都保持着沉默，在画作前，继续往前缓缓挪动着脚步。

赵仁意微笑着留意徐国伟看向孙芸娇的眼神。一行人中，只有这两个人对沉默中的尴尬丝毫不在意。

“这12幅作品，除了极个别画作有寥寥数笔对岸边岩石的描画外，其他幅则是重点将描画的笔触，集中于对大面积的水姿态的刻画上。”一段悦耳柔和的女音打破了四周的尴尬，是苏希溪被安琪允从楼上请了下来。

“除了刚才工作人员已经介绍的几幅外，这12幅水图还包括《黄河逆流》《秋水回波》《云生沧海》《湖光潋滟》《云舒浪卷》《晓日烘山》《细浪漂漂》。

画家通过描绘不同地域、不同姿态、内在神韵各异的水，表达出不同的意境。不同观赏者的不同心境也可以通过不同的画作得到映射。”参观画展不过是一个形式，苏希溪深知更重要的是通过艺术展促进各方的了解和合作。

她抛出了一个和众高层互动的方式，调动他们参与其中的积极性：“各位可以看看自己对哪幅画更有眼缘？测测自己现在的心境如何？”

“哦？这么神奇吗？”马翊很感兴趣，他抢先说道：“我最喜欢这一幅《黄河逆流》。波澜壮阔，充满开拓者的一马当先、踏破平川的磅礴气势！”这几年公司发展得如火如荼的马翊，毫不掩饰身上的野心和冲劲儿。

“后生可畏啊！我就喜欢你们这些年轻企业家身上敢闯敢干的性格，时代就需要你们这样的中坚力量去推动！”徐国伟鼓掌，众人跟随拍了拍手。

见徐国伟很给面子，马翊把马屁回拍过去：“徐董，让我猜猜您喜欢哪一幅，是这卷《长江万顷》吗？从水面直接延伸至天空的波涛，如同您上升的空间一片广阔。”

徐国伟听后，笑而不语。

“我猜徐董的心境是这幅《云生沧海》，内藏雷霆万钧之势，不形于色。”赵仁意在旁言道。

众人都没猜对。真正符合徐国伟当下心境的其实是那卷《细浪漂漂》。或者说，徐国伟曾经的心境像《云生沧海》，曾经在他心中藏着干出一番作为，来实现家国情怀的理想。在金融系统不同机构之间辗转任职，他先后经历过大型银行、保险公司，52岁做到投资银行的一把手。

他如今的心境像《细浪漂漂》里描绘的画面一般，水面和天空似乎快要融为一团。如同画里看不清楚的水波纹纹理，他那些早年曾有过的理想和情怀，早已经抽象得模糊不清了。

徐国伟作为一家大型国企的董事长，当然不会当着众人的面承认，他如今差不多已经心如止水、安逸度日的心境。他藏起内心真正的想法，抬手指了指赵仁意：“你猜对了。但是，你这有些奉承领导的嫌疑啊！”众人纷纷跟着笑了起来。

而符合余晖心境的是那卷《寒塘清浅》。这是12幅画中，少有的画出了黑色岩石水岸的作品。水面只占据了画面的1/3，另外2/3的面积，留给了弥漫着雾气的天空。水的力量似乎有限，被困在其中，到不了天空，即便在陆地上，它也必须依托岸边的岩石而存在。

而冯映箐喜欢的是《湖光潋滟》，内心深处有着温暖的亮光，仿佛一轮暖阳将从水面升起，跳跃涌动的波浪充满了生命的朝气。

“这个展览有点意思！尤其是画作与心境的映照，有点意思啊！有意思！”徐国伟、马翊、余晖、冯映箐都交口称赞。

05

合作

人越往上走，这个世界就呈现得越复杂。想要接着往上，就必须在内心容忍恶的存在。并要能在纷纷扰扰利益纠葛的黑色漩涡中，经历种种陷害，识别种种恶，然后练就一身百毒不侵的本领，才有能力与恶周旋，立住根基。

赖泼戎看着得到领导们赞许的苏希溪，懊恼着他自己刚才什么表现都没有。于是，将周荠拉到一边悄声吩咐：“一会儿你将高管们引去安排的VIP会客厅，由咱们俩陪着余董和冯总去参加会谈。你动作要快，抢在苏希溪前面，知道了吧?”

“明白，看我的。”周荠心里也正不爽着，得到赖泼戎的明确指令，她更清楚了下一步该怎么做。

周荠守在展览室门前，等苏希溪带着一众高管即将走出来时，她迎上去，大声说道：“感谢各位领导来到我们今天的展览，下面请跟随我移步到三楼的VIP会客厅，我在那里为各位领导准备了可口的冷餐和酒水。”

突然跳出来的周荠有点儿吓了一行人一跳，以为是主办方的既定安排，也就顺势走出展览室。周荠乘机一步站在苏希溪前面，将她挡在身后。

众高管都走出去后，周荠回过头来，对苏希溪假装体贴地说道：“苏总，您刚也解说累了，您休息一下吧，就不用跟着去了，我去就行了。”

苏希溪见惯了赖泼戎和周荠的这种拙劣的小伎俩，她从心底里懒得跟跳梁小丑一般的他们一般见识。但如此拙劣的做法还是让苏希溪不太舒服，想了想，她决定给周荠一点警示。她脸色一沉，严肃地说道：“周荞，你要明白，按照公司的制度，部门总的行程不需要副总来安排。简言之，你的工作由我定，我的行程你管不着。”

周荞也没想到平日里看起来温和的苏希溪会冷脸，被这般一警告，一时间，周荞站在原地不敢动弹。见她㞞了，苏希溪换上一副云淡风轻的沉着神情，像是赏给她一个面子，说道：“好啊，我答应了，你非要去就去吧”。

苏希溪让周荞去，一方面是顾全公司的面子。周荞刚才当着一众高管的面说了那样的话，不能让合作公司的人觉得诚千集团内部不团结；另一方面，也是心里知道，周荞除了在公司多年，符合忠诚的人设外，对金融和业务的事情是一窍不通，脑袋里面一团糨糊，纵使是千般这种机会，周荞也没什么长进。

周荞得到苏希溪的许可，匆忙答道：“是，苏总。”一路小跑着去追众高管。

三楼的VIP会客厅是这栋老洋房的精华所在，平日里不对外开放。室内的陈设均还原着百年前的模样。又增加了一些不易察觉的现代的家装新科技，让别墅虽然历经百年，舒适度却不逊当年。这栋历史建筑因为稀缺性，又有民国风起云涌的历史背景做积淀，在这里招待宾客，能让到访者感受到一种别样的尊贵感。

坐定后，冯映箐环视四周，对离她最近的赖泼戎使了个眼色，赖泼戎心想没白来，赶忙上前。却听见冯映箐在他耳边说道：“苏希溪呢？怎么不见她？你去，把希溪叫来，让她来参加会谈。”赖泼戎脸色一沉，不悦地把这项任务转身交给了周荞。

见周荞一脸不情愿地来传达邀请，苏希溪在心里冷笑，这是她意料之中的事。

迈果科技的创始人马翊见各方公司代表悉数到齐，开口道："今天感谢诚千的余董和冯总，感谢希溪的策划，给我们呈现了如此精彩的一场艺术盛宴。借这个契机呢，我们也相聚到一起。在座的都是和FUG收购项目有密切关系的贵宾。

"能来此的贵宾相信经过之前的沟通，对FUG收购项目或多或少都有些了解。AI医疗在国外市场已经到了竞争白热化的阶段，各路资金竞相涌入。FU是一家在全球享有盛誉的公司，我们的收购可以说是'蛇吞象'。

"FU旗下的FUG目前在北美市场每年税后利润非常可观。我们300亿元收购90%FUG的股份，核心呢，是FUG拥有的多项AI医疗技术。在中国即将步入人口老龄化社会，医疗需求大增的背景下，拿到后在中国国内有巨大的应用市场。AI医疗是国内未来一段时间新的投资风口。相信通过此项并购，我们的项目收益将会非常可观！"马翊很擅长煽动情绪。

马翊接着说："下面，有请安基证券的投行部总经理许亦言为我们介绍一下并购方案。"

许亦言按照在车上汇报过的方案，给在座的公司代表讲解了一番。"简言之，安基证券与迈果科技为产业并购基金——穗广基金的联合GP，在座的各LP认缴穗广基金。"他总结道。

"现在市场上各路资金多，但好资产难得。这么好的项目，欢迎大家积极认购！"钱明柏在一旁鼓吹道。各资产公司和银行的代表，他之前多少都有些打点。

"没问题，我们投资这个项目也是为国内医疗健康行业做贡献。既有社会意义，又有钱可赚，何乐而不为?”宾客中捧场者众。

“水善利万物而不争……天下之至柔，驰骋天下之至坚。”一直没吭声的徐国伟朗诵起了一句古文。

在一切商务应酬场合，身为办公室主任的赵仁意，时刻密切留意和迎合董事长的需求。赵仁意赶忙接上徐国伟的话：“我们的徐董事长可是大才子，湖南省高考文科状元出身。”在座的人纷纷跟着赞许。一派其乐融融、各方共赢的场景。

“看来诸位对刚才的画展，还意犹未尽啊。各幅画都用各有不同的笔法呈现出不同的特点和意境，真是妙不可言!”迈果科技的马翊又提起话头，“就像我们的合作，利万物啊!”

“徐董、余董、冯总，资金的问题解决了。下回什么时候方便? 咱们到时候约个时间，我让FUG公司的负责人飞到国内来见见?”马翊提议道。

“好，我们在上海，时间都好说。FUG公司负责人如果来了，是要约着见一见的。”余晖点点头回答。

这栋老洋房随处可见繁复的装饰，呈不规则的碎片状镶嵌的欧式彩绘玻璃制成的穹顶，里面包罗了菱形、圆形、长方形、正方形、不规则六边形。

苏希溪和安琪允远远地站在与LP们有一定距离的一个角落，“也就只有这繁复的巴洛克风情能将这么多种类，不同形态的彩色玻璃组合在一起。”苏希溪盯着五光十色的屋顶，有感而发。

“哈? 难道你真心喜欢这种风格，觉得它美吗? 和谐吗? 融洽吗?”安琪允反问她。

人越往上走，这个世界就呈现得越复杂。想要接着往上，就必须在内心容忍这些。并要能在纷纷扰扰利益纠葛的黑色漩涡中，经历种种陷害，识别种种恶，然后练就一身百毒不侵的本领。要与恶周旋，甚至要忍受恶的存在，才能立住根基。

然而，上层社会的恶，多为暗流，并非明礁。在明里重用的人，暗里却都不信任。一颗颗棋子，被分别安置，用以制衡。对内心善良且纯粹的人来说，经历这些是一个很煎熬的过程。

安琪允了解苏希溪，知道她之所以说出此番话，并非真心想要夸奖，而是她从反方向试图自我说服放弃一些心底的纯粹。

苏希溪微微一笑，看向安琪允，眼神悠远，里面包含了很多深意。显然，这段时间的经历，让她产生了一些动摇。对于安琪允的问题，她不能违心地赞同，但似乎也不能断然就否认。

安琪允也读懂了苏希溪的眼神，两个人都是35岁左右的年纪，事业处于上升期，开始进入到各自公司高层，越发感受到权力中心的漩涡。

“有时内心经受着权力和金钱修罗场里的规则，看尽这些虚伪和欺骗，会经常问问自己，这一切是不是值得?”苏希溪说道。

在余晖和冯映箐周围，苏希溪见到了各色人的各种动机。

虽然表面看起来，余晖和冯映箐作为有钱人，被众人奉承，被抬举得高高在上，但实际上，他们又是各路人的猎物。身边围绕着层出不穷的贪利者，各自处心积虑，各显神通，想要从他们身上获取各种利益。

有时候，苏希溪替他们着急，余晖和冯映箐如何分得清四周哪些人是真忠心？哪些人是假真诚？如何分得清哪些人是真想互利合作，哪些人是只想从他们身上赚一把快钱，不顾后路地投机？

贾司文、赖泼戎、周荠，这些人的尊严并不是被别人踩在了脚底下，而是这些人为了往上爬，自己先将尊严揉成一团，不管不顾地丢弃在了地上。然而，这样做，就一定能得到他们想要的东西吗？这样值得吗？

苏希溪的这一番话，让在安基证券董事长徐国伟身边工作的安琪允感同身受。安琪允生出了更多共鸣，想了想，她说道："我特别想要一种底气，能够让我在一切使人感觉到怀疑、悲观和伤痛的事情面前，心底留存着坚信、乐观和希望。如果有了这种底气，那么，在这个世间，我便觉得活得无所畏惧。如果有这种底气，无论何种处境，我都不会再怀疑自己，更不会动摇公正、道德和是非观。"

"是啊，我也想要有一种能够与恶相抗衡的底气。不必不温不火地妥协于一种美化作恶行径的灰色地带，而是拥有一种硬气的抵制力量，去对抗恶天然带着的那团高高在上碾压善的邪恶势能。"苏希溪若有所思地回答。

在物竞天择的商业环境里，大企业的问题某种程度上是相通的。两人虽然一个在国企，一个在民企，公司性质截然不同，但也能互相马上理解到对方话里的含义。

安琪允接着说道："我们公司的高层有一个共通的信念：不问对错，只看利益。这种价值观就如你所言，存有大量的美化作恶行径的灰色地带。这种不择手段的成功导向，难道真的是成功的必备要素吗？"

两人想否认，但事实似乎容不得她们的否认。于是，苏希溪感叹道："人人都像一枚棋子，被放入一盘事先就已经设计好的棋局里。如果择手段，有底线，就注定要输着出场吧？"

"我们都是棋子。毫无提防地被推入他们的局。"两人互相对视了一眼，对着外界这个复杂异常的环境，心情复杂。

安琪允说道："有些人凭借出神入化的演技，活在真实的世界里。有些人却用朴素的真实，活在受人导演的戏中。这个世界的生存法则，难道是去除人的真与善，去真存伪的吗？”

苏希溪反问道：“我们所处的世界本就是真假难辨，波谲云诡，根牙盘错。如果总是以真去应对，又如何能不输？”

两人似乎不得不向现实低头，苏希溪却又有些不甘心，她放下手中的香槟酒杯，说道：“但眼前的屋顶，貌似华美，实则繁杂，我不喜欢！”停顿了几秒钟，她接着说：“我尊重有人认为它美的权利，但我保留自己不认为它美的真实感受。”

06

幸会，李先生

听冯映箐提到，开发画展的来宾去认购 FUG 产品，苏希溪眉头皱了皱，她心里感到隐隐不安。

与LP的会谈结束后，冯映箐关注着画展另一方面的效果，问道："楼下画展，客户来的情况如何？"

苏希溪答道："今天的画展是闭门展。邀请的客户是在诚千财富投资存量资金，超过5亿元的金钻级别客户，是从全国精心遴选，定向邀请的。这些超高净值客户具备雄厚的资金实力，画展从高的艺术层面，去构建和客户内在审美与精神链接，增强客户对公司的内在认同感，增强客户黏性。"苏希溪阐述着画展产生长期留存客户的软效果。

这场画展，对画作和展出场地的选择都是业内最高水准，花费巨大。苏希溪之所以能说服冯映箐，由诚千集团出资举办，是因为她有把握通过这场画展，对接各方面的高端资源。一方面，能使得诚千在一个更高的调性上，和安基证券、迈果科技这些在上海滩有头有脸、声名显赫的企业接洽项目时，更受到重视；另一方面，也是作为和诚千的客户增进情感，提升公司业务品牌调性的答谢展活动。

冯映箐期望的却是更直接的短期效果，她说道："今天到场的超高净值客户，也是我们接下来的国外收购项目FUG，发售的精准认购人群。FUG产品即将发售的消息，可以先透露一些风声给带客户来的各地客户经理，让他们去客户那边先吹吹风。"

听冯映箐提到，开发画展的来宾去认购FUG产品，苏希溪眉头皱了皱，她心里感到隐隐不安。

从VIP室出来后，苏希溪来到展厅，她的脚步不由自主地在两幅画间停了下来；对着墙上的那两幅画，伫立良久。

相邻陈列在一起的是《洞庭风细》和《层波叠浪》，这两幅画一静一动。《洞庭风细》水面上浮现千万条纹理，线条流畅，不曾间断。细波静静缓缓，层层流淌。有如苏希溪缜密、平静的内心。《层波叠浪》却是一派大风大浪中，数个不安分的浪头在兴风作浪。

“这两幅画若换了顺序，理解到的含义则截然不同。”旁边响起一个男声。苏希溪转身一看，一位身着简洁深蓝暗纹羊毛西服套装的男士看着她，微笑着等待她的回应。

这位男士的话，其实一语道破了苏希溪心里正在揣测的事情。她假装不露声色，成熟的人都忌讳交浅言深。她淡淡反问道：“哦？是吗？”

说话的男士知道，眼前的这位女士没那么容易对一位陌生人敞开自己的内心世界。于是，他主动多言了两句：“两幅画若连在一起看，可能是惊涛骇浪平息之后的静谧，也可能是风雨将来前的短暂平和。”

苏希溪再次扭头看了看他，问道：“这位先生谈吐和见识不凡，请问您是做哪行的？”

“天南地北，什么都能谈的职业。”男士自我调侃地笑了笑，递过来一张名片。只见名片上面写着：李渊，法银国际首席经济学家、研究所所长。

与一般上了年纪，显得老态龙钟的经济学家不同，眼前的李渊看起来还不到40岁，身材挺拔，高挑的两道浓眉，颇有几分英气，更像一个科研单位的年轻学者的样子。

苏希溪一边将自己的名片递给他，一边说道："法银国际是几家著名的合资券商之一，您对宏观经济的分析也常见诸报端。我一直以为您是一个五六十岁的经济学家，没想到今日得见，先生原来是年轻有为啊！"

"幸会，苏希溪。"李渊回道。

"幸会，李先生。"苏希溪转身，再一次盯着墙上的两幅图，长叹一口气，说："就怕是风雨将至啊！"

07

一个人的萧瑟路

陕西北路两旁的建筑，皆是百年前民国初年所建，两旁的树都是百年前所栽种，一点点昏黄的路灯点缀其间，照不亮一个温暖的世界。走入其中的人，心境总是凉的。

如棋入戏

送走各公司的高管和参观的宾客，时间已近午夜。苏希溪步行回不远的住处。

雨渐渐下得小了，苏希溪便不拿伞，独自一人走进了漆黑的冷夜里。步行能让身心疲惫的她获得一丝放松感。

两年前来到上海，误打误撞，她住在了旧上海繁华的市中心，浦西的静安区南京西路。这里在100年前的1920年，是旧上海的商业和文化中心；也是无数赫赫有名的旧上海滩风云人物的聚集地。

在短短数百米回住所的狭窄老路上，苏希溪经过数位旧上海滩风云人物的宅邸。

陕西北路186号实业家荣宗敬荣宅。荣宗敬先生和他的弟弟荣德生，是民国时期的“棉纱大王”和“面粉大王”。荣家先后共创办了数家企业，为旧上海大资本家之一。

“远东第一豪宅”铜仁路333号绿房子、太平花园、西摩会堂。

陕西北路369号的宋家老宅是宋美龄和蒋介石大婚之处。这是一座曾经有着巨大影响力的花园别墅。

陕西北路很窄，从马路的一边到另一边，两条由北往南单向行驶的机动车道，加上只够两人并行的行人道，总共也不过十几米的宽度。路两旁有几家酒吧，室内连通室外，占据着人行道。每家酒吧总共也不超过50平方米的面积，却汇聚了半个上海滩的老外。他们在这条上海老街道边的这几十平方米酒吧里看球，开Party，狂欢，喝酒。

这条路是苏希溪回住所的必经之路。这些热衷泡酒吧的生活在上海的外国人，尤其喜好站在酒吧室外的人行道上聊天喝酒。苏希溪经常不得不从这群聊得兴高采烈的老外中间穿过，要小心翼翼闪躲着，提防不要让谁手里的酒不小心洒出来弄脏了她的衣服。“中国人天天加班忙着奋斗，这些老外却天天忙着狂欢。”每当她走过时，内心总会浮现出这种想法。

这条窄窄的街有着一种不张扬的神奇感，穿过喧嚣的老外人群，只要往前继续走上十米，到崇德女中旧址附近，就一下陷入一种截然不同的冷寂感中。陕西北路两旁的建筑，皆是百年前民国初年所建，两旁的树都是百年前所栽种，一点点昏黄的路灯点缀其间，照不亮一个温暖的世界。走入其中的人，心境总是凉的。

上海这样的大都市，古已有之。就算在国运最差、经济最萧条的时期，这些城市还是不会停止地孕育一代又一代了不起的人，或是政治家、企业家、银行家，或是作家、报人、京剧名伶。

著名的人的事迹，一遍遍被后人们追忆；一遍遍被小说、戏剧、电影、电视剧演绎。一些人的名字或流芳百世，或遗臭万年。形容词都是后世的人出自各自需要地冠之，意义没那么重要；但共性是都让人闻之如雷贯耳。

谁来过？谁伟大过？谁著名过？世事转换，成名的规则的变迁并没有数百年那么久。几十年，足以换一拨成功的逻辑，换一批著名的名字。在这个城市里，既都是传奇，也皆是些过眼云烟。多少曾经叱咤上海滩的风云人物，早已化为一抹烟。

今日画展上来的这些尊贵宾客，让苏希溪担忧的、烦恼的，不也有一天终究什么都不是吗？但她依然说服不了自己，220亿元的金融产品售卖给高净值客户，苏希溪不知道自己这场运筹帷幄、尽心尽力的运作，是不是在“助纣为虐”，在无意识中被利用而促成了一件错误的事情？

08

数月前

苏希溪拿出了“明知山有虎，偏向虎山行”的决心。她也知道自己一旦决定加入诚千集团，就极可能要面临一段非常艰难，甚至可能是险恶的路。但不知为何，她又觉得自己能做到，她想要挑战一下。

穿插在上海那些老式的建筑中的，是一家家精致的咖啡馆，或者洋装店。也有一间间20世纪90年代常见的，如今在其他城市早就被迭代的，没有装潢，也没有陈列的卖些针头线脑的小杂货店。新旧掺杂，形成了一种错落的新上海风情。富民路上的各家餐厅门口，挤满了排着队的潮男潮女。

苏希溪走进一家生意火爆的意大利餐厅。

猎头朱晨雨远远地冲她招手，热情地邀请她入座。

“女士，请问您想喝点什么？”坐定后，服务员问道。

“柠檬水。”苏希溪回答。

“我们店里有两种柠檬水，请问您是要鲜橙片薄荷草泡温水，还是要鲜柠檬片泡温水？”店员问。

“不，我不要柠檬片泡水，我要柠檬汁。用一整个柠檬榨出汁，然后加20毫升的纯净水。”苏希溪说。

“那会很酸，需要给您放糖吗？”店员想要进一步确认。

“不，不，千万别放糖。”苏希溪特意叮嘱。

“没见过像你这么喝柠檬水的。”朱晨雨笑道。

“那现在不是见到啦？习惯了。”苏希溪笑了笑，答道。

“诚千集团的入职邀请，你考虑得如何?”朱晨雨问苏希溪。

“说实话，我心里其实蛮犹豫的。”苏希溪用小勺子搅动着杯子里的柠檬汁说道。

“他们真心诚意地邀请你过去，认为你的职业背景和他们想要找的人非常契合，所开出的待遇也是过往这个职位最高的。”朱晨雨极力劝服苏希溪。

见苏希溪不接茬，朱晨雨接着说道：“你犹豫的原因是什么？我知道，关于诚千的传闻很多，但那是过去的历史遗留问题，他们现在还是发展得很好的。”

“企业高薪聘请品牌负责人，多半是过往出过重大的业务危机，从而引发的声誉风险事件。我的工作之一就是要提升企业声誉，这也才能体现我的价值和工作能力。你说的因素，并不是我犹豫的主要原因。”苏希溪说。

“那你担忧什么呢?”朱晨雨问。

“晨雨，你老实跟我讲，诚千集团是一家什么样的公司？这个职位空出来的原因是什么?”苏希溪问道。

“之前的候选人能力不行。这个职位对诚千集团非常重要和关键，需要负责公司的品牌管理、市场工作管理、投资者关系管理、政府关系管理，还要懂金融业务，作为重要成员负责人，运作企业未来海外上市的整体项目。但其他市场或媒体出身的候选人，缺一些综合性的能力。你是最合适的人选了。”朱晨雨答道。

“仅仅是以前候选人能力不够？就没有其他原因了吗?”苏希溪问道。

“没有了。”朱晨雨斩钉截铁地回答。

苏希溪知道，朱晨雨的话不可信。但这么大的责任范围的工作，以及对方开出的条件，让苏希溪觉得自己或许可以迎难而上。她说道：“按需要管理的工作看，这个待遇给的还真不算高。在其他公司，这几摊子工作其实是拆解开的，分到不同负责人身上的。”

“你的职位下面，这几部分工作分别都有负责人，他们向你汇报。”朱晨雨说道。

“我的汇报线如何？”苏希溪问道。

“你直接汇报给公司总裁冯总。”朱晨雨说。

“你确定中间不再设置其他的汇报环节？”苏希溪问。

“没有了，就是你直接跟CEO汇报。”朱晨雨再次斩钉截铁地回答。

“有些情况是之前谈好了，但候选人一进公司，就和先前谈的不甚相同。如果选择不慎，对企业而言，它只需要再换一个候选人；但对职业经理人来说，就是一段非常不利的职业背景啊。”苏希溪说。

“你不用担心那么多，我们招聘了好几位高管进诚千，也算有人在里面。如有什么事，我会持续关注和帮你输送信息的。”朱晨雨非常想尽快促成这单生意，她从事人力资源工作十几年，深知猎头最要紧的是服务好企业客户，他们可以服务同一家公司多次；但对于不同的职业经理人，却基本上都是一锤子买卖。对于一些企业提的要求很高，且不好招的职位，猎头先促成再说。

“晨雨，我是一个简单的人，也希望通过自己的专业能力为加入的平台提供价值。我希望平台不过于复杂。如果一家企业内部利益盘根错节，歪风邪气当道，带着重重矛盾，那我希望可以避免加入。对于职业经理人而言，无论提前对企业做多少了解，能了解的情况也是非常有限的。”苏希溪希望朱晨雨坦诚相告诚千集团的情况。

“那我问你，在最后一轮和诚千的总裁聊的过程中，你感觉如何？你觉得她身上有歪风邪气吗?”朱晨雨想了想，问道。

“正因为和总裁聊的过程还比较契合，我才继续来见你的。但说实话，前两轮和诚千的HRVP，以及业务副总裁聊的时候，我感觉有些不妥。”苏希溪对人的把握通常比较准确。

“放心啦，你又不是向HRVP，或业务副总裁汇报。你是直接向CEO汇报。你刚才也说了，CEO的沟通很顺畅。那不就行了？我实话跟你说吧，你现在加入诚千是助理副总裁。下一步，公司一旦上市，你就是公司董事会秘书的候选人。”朱晨雨劝道。

苏希溪在前几轮和诚千高层的谈话中，以她敏锐的洞察力，已经觉察到一些微妙的气氛。所以对朱晨雨的话，苏希溪并不完全相信。但她一口气喝下了那一小杯浓度极高、极酸的柠檬汁，说道：“好，我决定加入诚千集团。”

苏希溪拿出了“明知山有虎，偏向虎山行”的决心。她也知道自己一旦决定加入诚千集团，就极可能要面临一段非常艰难，甚至可能是险恶的路。但不知为何，她又觉得自己能做到，她想要挑战一下。

朱晨雨听到苏希溪的回答，高兴之情溢于言表。要知道，猎头公司招聘一位苏希溪这样职级的企业高管，可以拿到高达百万元的佣金。这个职位，她前后已经向诚千集团推荐了多位候选人，但都在企业不同的筛选环节中被淘汰。如今，通过重重遴选的苏希溪，被她说服入职，朱晨雨自然是极为开心。

苏希溪看着喜形于色的朱晨雨，心里想道：你的这单生意算是落袋为安了，而我要面对的，才刚刚开始。既然决定了要蹚这个浑水，苏希溪也有些期待那充满挑战的前路会是什么。

当听到苏希溪要到上海工作居住时，几乎所有她的朋友都异口同声地说："上海适合你。"苏希溪并不知道朋友们的这个印象是如何产生的。上海这座城市究竟哪里适合她？是对生活品质的讲究？是小资小调的优雅？身在其中，往往反失了客观的判断。苏希溪倒是觉得，她的个性太简单。或者她觉得自己在职业生涯上升的过程中，需要通过这样的历练。她迎难而上的职业选择是否能闯关成功，从而使她在历练之后增加一身八面玲珑的新本事呢？

09

总是空降

赖泼戎的副总裁办公室里，一缕阳光从硕大的落地玻璃窗里照进来，落在一尊口中含玉的麒麟摆件上。墙面上悬挂着赖泼戎和各种显赫的政商学界名人合影。见多识广的苏希溪，对赖泼戎这人能力的虚实，一下就有了初步的判断。

苏希溪到诚千集团上班报到的第一天，就过得极不寻常。

在一个阴雨绵绵的冬季清晨，苏希溪步入诚千集团位于北外滩的办公大楼。大堂迎面而来一片红色的布展，显示着诚千集团在党建和公益领域中的成绩。一家根基不深的民营公司，在显著的位置，重笔墨呈现着主旋律展览，让苏希溪对诚千有几分刮目相看。

HRVP陈虹特意叮嘱苏希溪，先到人力资源部找她。待苏希溪找到陈虹后，陈虹电话叫来赖泼戎。“赖总，这是新来的助理副总裁苏希溪。您之前也见过一次，今天正式入职。这是公司资深副总裁赖泼戎，赖总，以后两位的工作中多有交集，期待你们的密切配合。”陈虹笑着引荐二人。

“赖总带苏总去她办公室，介绍各部门同事给苏总认识吧。”陈虹对二人说道。

只见赖泼戎阴沉着脸，上下打量苏希溪，一副极不情愿的样子说道：“走吧，苏总?”

苏希溪心里纳闷，管理层的见面，怎么都应有几分客气在其中。赖泼戎的怪异表现，敌对的态度多少说明了这里面有一些问题。他是对她不满吗？但一想自己刚进公司，不可能这么浅的打交道就能惹怒他。苏希溪初步判断，赖泼戎不是冲着苏希溪个人而心生怒气，而是可能冲着这个职位上的人不满。无论这个职位由谁来就任，赖泼戎都会强烈不安，对新任职的人心生抵触和敌对的情绪。苏希溪在心里分析着，看来以后和赖泼戎的关系不太好相处。

赖泼戎的副总裁办公室里，一缕阳光从硕大的落地玻璃窗里照进来，落在一尊口中含玉的麒麟摆件上。墙面上悬挂着赖泼戎和各种声名显赫的政商学界名人合影的照片。将名人合影挂在墙头，来抬高自己的身价，这种手段有些粗糙和低劣。见多识广的苏希溪，对赖泼戎这人能力的虚实，一下就有了初步的判断。

赖泼戎招呼来周荠，向苏希溪介绍道："这位是新来的助理副总裁苏总，这位是你的副手周荠。苏总负责的几大板块的工作，周荠都会帮你先行把关。"

周荠原是诚千集团外地某营业部的一名初级员工，在地方分公司默默无闻做了两年。一次偶然赖泼戎出差当地，周荠乘机攀附。从营业部被调到上海总部，成为赖泼戎的心腹，两年间连升五级。从一名普通员工，一路升职到如今的职位。

就在苏希溪就任前，在赖泼戎的运作下，周荠再次被突击提拔，职级仅次于苏希溪。周荠的脑子仅局限在使用职场中的卑劣手段上，全然没有对业务及其他的思考和运筹帷幄的能力，是典型的做事浮于表面的那种人。

"苏总好，以后我会好好辅助您的工作的。"周荠以前一直是执行的角色，刚被提为中层管理。虽然背后有全公司无人敢得罪的"司霸"赖泼戎撑腰，但此时面对苏希溪，她底气尚不太足，忙不迭地对苏希溪表忠心。

赖泼戎见到这番情形，对周荞的低姿态有些生气。他不满的神情溢于言表，看了看眼前的两个人，赖泼戎想了想，低着头踱步到门边，缓缓将办公室的门打开，突然抬起头，嗓门洪亮的一声，音调抑扬顿挫地说道："这几个部门，作为公司这么重要的枢纽，却为什么总是空降高管？总是空降啊！"

苏希溪听之，心里一凉。她眉头紧锁，心想自己就是赖泼戎嘴里的空降的高管。

"为什么总是从外面空降高管？而不在公司内部提拔自有人才呢？"赖泼戎像是在自言自语，又像是在撒气。他洪亮的大嗓门，从副总裁办公室敞开的门往外传去。外面办公区域坐着的几十名员工，全都听在耳朵里。大家都感觉到了异样的气氛，不敢吱声。

苏希溪感受到了赖泼戎的刁难和明显的敌意，但她不知道赖泼戎的这番操作是什么用意。看起来赖泼戎一身的江湖气，一举一动背后满是盘算。他将心里的不满这么明显地外露，应该是故意为之。

"啊？周荞，你说说为什么？苏总，你说说这是为什么？"见四周静悄悄的，没人敢接他的话，赖泼戎给自己圆场，假装问在场的苏希溪和周荞。

周荞连忙对赖泼戎使了使眼色，示意他别再说出什么更过分的话了。

赖泼戎显然没接受周荞的提醒，说道："我们的总裁冯映箐，冯总偏爱空降干部啊！"他显得非常痛心疾首地针对了总裁。赖泼戎的这一番话，不是说给在场的人听的。他是说给几百米开外，远隔了五个部门后的总裁办公室里的冯映箐听的。

如赖泼戎所愿，他公然在办公室表达的抱怨和不满之词，很快就传到了总裁冯映箐耳朵里。

分管人力资源部的副总裁陈虹拿着笔记本，小心翼翼候在总裁办外面，直到冯映箐的第一秘书马沙沙，冲她使了个眼色：“冯总刚到，您进去吧。”

陈虹带着谦卑诚实的微笑，走入冯映箐的办公室：“冯总，早。”

冯映箐正端坐在宽大的办公桌前，戴着眼镜，看着电脑屏幕。见陈虹进来，示意她坐下。“新来的助理副总裁入职了？”冯映箐问道。

“是的，早上刚办好了入职手续。”陈虹答道。

“我可是听说了，人家一来，赖泼戎就给了她一个下马威？”冯映箐说。

“对，这赖总也是有点儿有恃无恐。前后都被他赶走了六个负责人了。我想您在众多候选人中挑选出了苏希溪，想必有您的考虑。”陈虹说道。

冯映箐年轻时绝对是一个美人，虽然如今年过半百，依然保持着良好的气质和精致的五官。

“当然，苏希溪的过往职业背景和专业能力足够胜任了。但更重要的是，我是看她的为人，苏希溪是一个内心干净的人。没有那些旁门左道的滑头成分。而赖泼戎这人邪乎得很，没准儿苏希溪能对付他。”她喝了一口林里沏的玫瑰花茶，意味深长地笑了笑。办公桌旁的加湿器缓缓、均匀地喷出薰衣草香气的水雾。

冯映箐身边的一众高层，都是揣摩着她的心意做事。这既是冯映箐希望的，又是她所担忧的。陈虹作为公司的人力资源部门最高负责人，她时刻注意着平衡各方力量。见冯映箐颇为看重苏希溪的样子，她决定再多着一些笔墨。

苏希溪既在人力部门组织的高规格的欢迎仪式上，感受到了热情，又在涌动的暗流中，真切感受到了如同寒刀般的凛冽与危险。

10 暗流涌动

上层社会的恶，多为暗流，并非明礁。在明里被重用的人，暗里却都不被信任。

一颗颗棋子，被一一安置，用以制衡。

上层社会的恶，多为暗流，并非明礁。在明里被重用的人，暗里却都不被信任。一颗颗棋子，被一一安置，用以制衡。

苏希溪入职诚千集团的第二天，上午10点多，只见赖泼戎从总裁冯映箐的办公室里冲出来，脸色铁青。他先是回了他自己的办公室，过了一会儿，他冲到苏希溪的办公室。

正好，人力资源部副总裁陈虹在苏希溪办公室。赖泼戎本是怒气冲冲而来，见到陈虹也在场，他有所顾忌，收起了怒火。但仍是皱着眉头，不高兴的神情挂在脸上，他冲着苏希溪嚷道："苏总啊，什么时候你有时间，我带你和其他几位副总裁见一见，正式打个招呼。"

"哦，好啊。"苏希溪回道。

赖泼戎这话是说给陈虹听的。他一早在冯映箐那里挨了批评，因为前一天，他在办公室里发的一番"所谓的空降"牢骚，正好给了冯映箐一个把柄，坐实了赖泼戎"排斥新任助理副总裁"的不当行为。

冯总在董事长余晖那里参了赖泼戎一本。前一天晚上，余晖专门因此事，给赖泼戎打了一个电话。让他第二天一早到总裁办公室，自行认错。

赖泼戎并不在意冯映箐的批评，但这是余晖授意冯映箐对他做的批评。他心里就很窝火，本想把气撒在苏希溪身上，但见到陈虹也在场，于是，换了一副样子，说为她引荐其他高管，将他自己调整成为欢迎苏希溪的姿态。赖泼戎知道，他表面姿态的转变，分分钟就可以传递到冯映箐那里，也算是对余晖有了交代。

然而，赖泼戎所谓的为苏希溪引荐几位副总裁，也不过是嘴上说一说，他并没有付诸行动。

苏希溪所负责的工作范围广，总部的百来名员工工位分布在苏希溪办公室外，以及公司其他楼层。离她办公室最近的几个工位，分别坐着周荞、投资者关系的负责人毕晓瑜以及政府关系的负责人李治宁。他们能观察和听到苏希溪办公室里的一举一动。

苏希溪老是觉得似乎有几双眼睛一直在盯着她。事实证明，这并非她的错觉。

当天下午，办公室主任贾司文来苏希溪办公室，贾司文四十来岁，苏希溪对他尚存有几分客气和尊敬，毕竟他比苏希溪年长六七岁。苏希溪请贾司文落座，将办公室的门开着。

“苏总，你既然来了，以后你们这边的工作，我就完全不管了，交给你来管理。”贾司文开门见山地说道。

“贾老师在诚千工作的时间长，对公司的情况了解多，以后的工作也请继续多提建议。”苏希溪礼貌地回他。

“我啊，就不管咯！我得回我的办公室呀，以前嘛，是没有办法。”说到这里，贾司文指了指苏希溪背后的方向，那是赖泼戎的办公室。

贾司文小声说道：“以前，我算是借到你们这摊子工作里的。过去一年，净给赖总干活了。”

在苏希溪看来，眼前的贾司文的神情和说话风格，有几分故作老成的持重感。表面看起来，和甫一见面就毫不掩饰敌意的赖泼戎相比，贾司文可以算得上是一个好打交道的人，但苏希溪自然也不会全信这些表面现象。

贾司文说起话来，一副神神道道，左顾右盼，不知道在提防着谁的样子。

苏希溪实在不喜欢这么偷偷摸摸说话的感觉，搞得像是在谋划什么一样，他们是在正常谈话。于是，她故意将身体往后靠了靠，说话也更大声一些："贾主任过去的工作辛苦了，感谢你打下了一个好基础啊。"

贾司文笑着摆摆手，示意她不必客气，接着他又把嗓门压低，声音调小，身子往前探了探，颇有深意地说道："苏总，你这位置不好干呀。"

苏希溪其实早已察觉出些许微妙，眼见贾司文话里有话，就顺着他的话，问道："哦？就贾主任你过去的经验，这工作是怎么个不好开展法呢？"

贾司文缓缓摇头，笑了笑，并没有马上搭话。

苏希溪也不追问，只等着他。既然贾司文先挑起了话头，不论他是出于哪种目的，料定他就有想要传递给苏希溪的信息。这总归会为初来乍到的苏希溪提供出多一些的信息，也不算是一桩坏事。

贾司文顿了顿，果然，主动又接着往下说："他，赖总。"他嘴努了努赖泼戎的办公室。声音非常小，几乎只有苏希溪能听到。

"赖总混迹于金融圈，根本不懂管理和业务，经常提一堆不专业的意见。"贾司文抱怨着。

苏希溪没有想到，贾司文一上来就直接揭赖泼戎的老底。她分析着，这说明在过去的工作中，贾司文和赖泼戎积怨颇深。但贾司文的这番话，用意应该不仅仅只是发牢骚或泄愤这么简单。且不论赖泼戎这人本身有多少问题，先想贾司文挑拨她与赖泼戎对立，贾司文会从中受益什么？

苏希溪并不上钩，她没有指向赖泼戎，只是说道："人力资源部明确了，我的直接汇报对象是总裁，和赖总没有什么直接关系呀。"

"啧啧，苏总你天真了吧？你负责的这一大摊子工作，以及一些核心的业务部门，以前原本都由赖总分管，后来一块块慢慢被分出去了。你这里，属于正处于调整过程中，但还没有一步调整到位。当然，你有尚方宝剑，你直接汇报给总裁，平时你可以不用管赖总。但你年底的考核，按照原来的组织构架，是先需要赖总出具意见，再由总裁评定的。"贾司文说道。

"既然如此，为什么人力资源部不设定，我汇报给赖总，由赖总汇报给总裁呢？这样不是更顺吗？"苏希溪问道。

"赖总一来根本没有专业度可言，他做的那些工作，偏题不知道偏到哪里去了。二来赖总根本不听总裁的。由他管着时，总裁对这块工作提的要求，他总是置若罔闻，当成耳旁风。"贾司文说道。

"副总裁不听总裁的？他这是为什么啊？"苏希溪难免诧异，脱口而出问道，这确实出乎她的意料。她刚说出这句话，就听见办公室门外有人在不断地清嗓子，发出一阵阵咳嗽的声音。

再看，贾司文微笑着，带着一副讳莫如深的神情。于是，苏希溪也就不再追问下去。

苏希溪不知道是否是自己的多心，办公室门外那一阵阵咳嗽的声音，难道是在故意地提醒她吗？难道外面的人在听她和贾司文之间的对话？这赖泼戎和冯映箐之间又是怎么回事呢？事情似乎更复杂了。

贾司文离开后，苏希溪以了解部门内部的工作情况为由，分别找几个部门的负责人谈话。除了周荞之外，其他每条线的负责人，对苏希溪都分别透露了不同的信息。苏希溪也发现，她心里不太喜欢的，贾司文那副小心翼翼、防备左右的样子，竟然是诚千集团的集体风格。不同的员工，多是那副时时自保的模样。诚千内部究竟有多少暗礁，由此可见一斑。

11 处高临深

苏希溪就这么将自己置身于春冰虎尾的境遇中。一个是副总裁，“手”想往下够；一个是副手，“手”却想往上够。两个人都是名不正言不顺，暗里争夺着苏希溪这个核心位置上拥有的资源分配权。

苏希溪初来乍到，尚未有任何适应的时间，就被居心不良的赖泼戎将了一军，推到台前。

诚千集团在北外滩拥有的这栋大楼足有60层高，诚千集团董事长余晖的办公室位于次顶层59层，这一层的装修也是整栋楼里最为考究的。从地面到墙体，通体用云南大理出产的苍山白大理石铺就。这一层布置着数间高档会议室，每间会议室都有着通透的、可立体观赏黄浦江及陆家嘴全景的绝佳视野，可欣赏到黄浦江上缓缓行驶的轮船的开阔江景。

诚千集团即将在这里召开年度工作会议，各子公司、全国各大区域的负责人都将来总部参会。这是诚千每年内部规格最高的管理层会议。早在数周前，总裁办和人力资源部就已经下发了相关通知。总部各部门和全国各分公司、子公司，早开始了会议准备工作。管理层的发言报告早已经准备好，有些都修改过好几稿了。

入职的第三天，临近下班的时间，赖泼戎突然叫苏希溪到他的办公室。推门进去，只见里面浓烟缭绕，苏希溪本能地往门外躲。整个上海都明令室内禁烟，但赖泼戎依然毫不避讳地在办公室里抽烟，行政部对此不敢多言。

“苏总啊，半年度工作会议上的发言，你先做份报告出来吧。”赖泼戎见她进来，收起嬉皮笑脸，装作正经八百的样子说道。

苏希溪得到总裁授意，独立于赖泼戎分管范围外，本来就不需要向他汇报。赖泼戎心里很清楚这一点，但他故意摆着一副高苏希溪一等的姿态，居高临下地给她分配任务。

赖泼戎的办公室里还坐着两个人，一个是副总裁李晓梅，另一个是副总裁秦君。这两人都是诚千的老人。显然，他们已然很熟悉赖泼戎在职场中的惯用伎俩，在一旁带着看戏的表情，看着新来的助理副总裁如何应付。

赖泼戎在临近会期的前两天，将这个任务推给刚进公司，对公司和部门工作情况还不甚了解的苏希溪，明摆着是想要为难她。

“半年度工作会议？什么时间召开，怎么个形式？”苏希溪问道。

见苏希溪追问细节，赖泼戎歪着头，斜着眼睛盯着她：“哦，关于半年度工作会议的具体情况，你去找周荠问，她会告诉你的。”说完，赖泼戎阴笑起来。李晓梅和秦君也跟着笑起来。

这一番景象，让苏希溪察觉出了异样。赖泼戎葫芦里装着什么药？怎么看都像是他们聊得正酣，突然想起了初来乍到的苏希溪，突发奇想，想到一个整苏希溪的方法。于是，临时叫了她过去。李晓梅和秦君会是和赖泼戎同一个阵营的人吗？

赖泼戎只是顺嘴一提，他并没有和周荠通气。苏希溪去问时，周荠也是一头雾水。

“半年度工作会议的发言报告，我在做啊。这个报告我都做了几周了。现在是要换人做吗？什么意思？”面对苏希溪的问题，周荠显得很排斥，她没有明白赖泼戎的用意，只当是苏希溪来抢会议上的发言资格的，所以，本能地维护她的领地，一连反问了数个问题。

周荠非常想要在这次年度管理层会议上亮相。

无论是赖泼戎，还是周荠，这两个人的实际位置都显得畸形。一个是副总裁，“手”想往下够；一个是副手，“手”却想往上够。两个人都是名不正言不顺，暗里争夺着苏希溪这个核心位置上拥有的资源分配权。

苏希溪刚进诚千，上半年的工作也不是她在做。而且，她看了相关材料，从她的专业性来评判，这块工作还算不上及格，有很明显的不足。这也是她未来想要着重去提升的地方。所以，对于上半年工作的发言，她根本不在意。任由赖泼戎和周荠去表现，她也无妨。

但赖泼戎唱这一出，不仅是工作会议上的一个工作报告这么简单。他在其中想要设下什么陷阱让苏希溪钻？赖泼戎打过来的每一招都有他的目的，只有准确知道了他的用意，苏希溪才能做到有的放矢地见招拆招。苏希溪决定再探探他究竟是何用意，于是，第二天一早，她去到赖泼戎的办公室，告知既然周荠在做半年度汇报，她暂时就不插手了。

赖泼戎听罢，像是早有预料，他一言不发，径自起身，走到办公室门口，将门打开，再次故技重施。他站在靠近门的地方，大声说道：“既然新来的苏总做不了年度工作报告和发言，那我扶你上马，再送你一程，如何？”

苏希溪这才明白过来，赖泼戎的一番操作，就是在这儿等着她呢。他这一出弯弯绕绕的戏，是要给大家营造出一种印象：新来的苏总缺乏能力，不能胜任。赖泼戎是想上演一出“兵贵神速”，刚来几天就想排挤新任助理副总裁出局。

苏希溪没想到赖泼戎这么快就按捺不住对她出手，但既然看出了他的目的就在这里，这一招背后也没有其他更深的坑，苏希溪便心里有了底。苏希溪知道若委曲求全，以后她就会更加被动。部门里的下属，或其他部门的负责人，若看到她是一个可以任人拿捏的软柿子，以后工作就没办法开展。

见着赖泼戎故意开着办公室的门，又在演戏给外面的员工看。苏希溪当然不能任由他抹黑，也得向赖泼戎亮亮自己的容忍底线。苏希溪不慌不忙，也提高嗓门，表面上礼貌，实际上态度强硬地回道："赖总，我苏希溪从来不需要谁去扶什么。别说这点工作了，就是更难的工作，我也没怕过。所以啊，也不需要您什么扶上马。只要您不在旁边起反作用，不要故意把我往下拽，就行啊！"

苏希溪的这番话，大家都能听出话里玄机。赖泼戎没想到苏希溪这么快就看出了端倪，还颇有胆识地正面和他叫板。赖泼戎感觉到，这个苏希溪不是表面上看起来那般温顺可欺，也不是一个三两下就能赶走的角色。众目睽睽之下，他要吸取前一天被告状到余晖那里的教训。一切还得从长计议。于是，赖泼戎细小的眼睛一睁，哼了一声，说："哦，好啊。"

苏希溪时常做同一个噩梦。梦见自己站在芮欧百货南边，宽广的延安高架桥底下，一条显得狭窄的辅路上。人行道对面，明明亮着一盏绿灯，指示她可以通行。但人行道旁，她所站立的右边，停着一辆是她身型数倍的重型卡车。

高高在上的卡车司机仿佛胸有成竹，知道那绿灯通行时间非常短暂，他自信得连油门都没熄。卡车排气管里噗嗤噗嗤喘着黑乎乎的浓烟，车内潜伏着那种粗暴的力量，似乎酝酿着随时可能到来的一场反扑。在她获得的那短暂的绿灯通行时间里，司机随时可能一脚油门踩下去，毫无顾忌冲过人行道，将弱小的她碾压得粉碎。

她能否在如此短暂的时间内，在那一点点的绿灯有限的许可下，冲到对面，获得安全？则充满未知。苏希溪站在马路边，看得出神。

“姑娘，你走不走？不走别挡路啊。”后面送外卖的小哥，滴滴摁着电动车喇叭，苏希溪回过神来，赶紧让开。没几秒的工夫，对面的绿灯已经转红，她过不去了。苏希溪感觉到，冯映箐给她的支持就如同眼前，马路对面的那一盏绿灯。只是远远地给周围的人及马路对面的苏希溪一个准许通行的信号。而赖泼戎就像是在一旁虎视眈眈、加满了油门、随时准备反扑的那辆危险的重型卡车。

冯映箐的绿灯对赖泼戎这辆重型卡车而言，只是一个非常弱的约束，后者也很可能根本不遵守绿灯的指示规则，空气里充满危险的气息。

部门内部的不同人的信息呈现出了一个事实：在这条你死我活的争夺权力的窄道上，身为新总裁的冯映箐和身为原总裁人选的赖泼戎，反复进行着这场以不断牺牲着棋子为代价的“猎杀游戏”。赖泼戎作为诚千集团原先最被器重的副总裁，掌握着诚千多个核心部门的管理大权，有恃无恐，非但没将冯映箐放在眼里，反而试图将冯映箐拉下马，取而代之。

冯映箐自然不会坐以待毙，也在不断地试验着让赖泼戎出局的计策。苏希溪在毫无防备的情况下，置身于的这副棋局，正是冯映箐提拔新生代力量，一步步分化掉赖泼戎的权力，连赢数子后，赖泼戎抵抗最顽强的时候。

在失去多个核心部门的实际管理权后，市场部是赖泼戎掌握在手中的最后一个依仗，他绝不允许手里最后的这个部门被褫夺。赖泼戎凭借董事长对他的偏爱，以及在诚千多年的积累，一次又一次地使出浑身解数来捍卫他最后的领地。

苏希溪就这么将自己置身于春冰虎尾的境遇中。在她之前，这个职位上已经先后有5人没能通过这场游戏的考验，被那辆重型卡车“碾得粉碎”。

一枚棋子不成功，便再换一枚棋子。“善弈者谋势，不善弈者谋子。”冯映箐显然是谋势者，她也并不计较某一个棋子一时的得失。

由此，苏希溪是赖泼戎必然要清理掉的障碍。

苏希溪入职诚千集团担任助理副总裁一职，有如鼎鱼幕燕。赖泼戎在一切大小事上，处心积虑地处处打压她。而周荞和贾司文也处处埋坑。在如此险恶的职场环境里，苏希溪不断地化解着赖泼戎的阴谋。如此，时间过去了一年，苏希溪迎来了FUG项目。

12 超级富豪班

“弄不好，咱们这个超级富豪的 EMBA 班级，很快就能一起整合资源搞出轰动整个金融圈的大手笔！”回到酒桌上，马翊似醉非醉地说道。

虽然迈果科技的创始人马翊，看起来是在中澳国际商学院EMBA班结识诚千集团董事长余晖的。但迈果科技投资者关系总监钱明柏和诚千集团的副总裁赖泼戎，这两个人早就背地里来往了。

上海表面上很大，但金融圈人群的地域活动轨迹高度重合。苏希溪在滨江的不同聚会场合几次撞见赖泼戎和钱明柏私下见面，这也让她逐渐起疑。

陆家嘴金融中心的数栋写字楼都离黄浦江不远，各大金融机构高管们工作日约见客户和朋友，常选在滨江大道上的几家江边餐厅。有一天下班后，苏希溪和附近一家外资银行的朋友，约在滨江大道19号的西庐晚餐。晚上19：30，苏希溪忙完当天的工作，她才刚出公司大楼，见到前方一个又高又壮的男人背影，是赖泼戎。赖泼戎在苏希溪进公司后，处处针对她，多次挖坑陷害她。在公司外，苏希溪根本不想搭理这个人。

赖泼戎一直在她前方走着她要去的路线。苏希溪只得放慢脚步，远远地走在后面。“不会是去同一家餐厅吃饭吧?”她心里想着。果然，穿过马路，就见赖泼戎上了滨江大道北边的绿化带，十几步台阶后，往左边不到一百米，就见他的身影进了西庐餐厅。

苏希溪不想和赖泼戎撞见，故意拖延在后，进入餐厅。她和赖泼戎坐在了相邻的包间里。在经过赖泼戎的包间时，透过半掩着的门，苏希溪看见赖泼戎和另外两个男人在包间里寒暄。赖泼戎递上他的名片，其中的一个男人热情地和他交换了名片，另一个男人，既没有接赖泼戎的名片，也没有拿出他自己的名片。赖泼戎在那一瞬间，很是尴尬，悻悻坐下了。

苏希溪和朋友点了招牌螺头汤、手剥河虾仁、泡椒芦笋炒元贝、古法黑松露牛肉、水晶蟹、燕窝桃胶。服务员下单时，她瞟了一眼旁边包厢的下单情况，看到什么波士顿龙虾、陈年普洱两头乌、葱油蒸青膏蟹、蒸深海大黄鱼、酱麻油海蜇皮等，都是些荤腥的横菜。“果然什么人吃什么菜。”苏希溪心里嘲笑道。

苏希溪第二次在公司外撞见赖泼戎，是在陆家嘴国金中心52楼的爵士酒吧，也是在工作日的下班后，大约晚上10点。

苏希溪和朋友相约在AURA，欣赏着黄浦江的夜景，听到身后传来熟悉的声音，她往后看了一眼，是赖泼戎的背影，她赶紧回过头来，示意对面坐着的朋友不要出声。两个卡座中间正好有一个大的柱子隔开，苏希溪此时坐在大柱子后的单座沙发椅上，正是从外走进酒吧视线的盲区，赖泼戎看不见她。

苏希溪拿起手机，发了微信给对面坐着的朋友：“我遇到一个特别讨厌的人。你千万别叫我的名字，也不要和我说话。静观其变。”

朋友朝着苏希溪心照不宣地点点头，帮忙留意着背后桌的动静。现场的爵士歌手正在低声吟唱着，不时有现场伴奏的乐器声。

苏希溪听得不是特别清楚，她依稀听到赖泼戎在和人聊着什么“收购项目”“美国”“安基证券”等字眼。

“帮我偷偷拍一张后座的照片，别被对方发现了。”苏希溪给朋友发去微信。

很快，照片传到她的手机上。酒吧灯光较暗，图片不是很清晰。放大后，苏希溪看出赖泼戎对面坐着的男士，似乎是不久前在西庐餐厅和赖泼戎交换名片的那个人。“他们有什么工作上的往来吗?”诚千集团的核心项目，苏希溪都了解。在对公的场合，没有见到这个人出现过。但赖泼戎这么三天两头地密会此人，意图何在?苏希溪心想着。

这边座位上，苏希溪和朋友悄无声息地坐了一会儿。那边座位上，赖泼戎和那人一杯接着一杯喝酒。

“钱明柏！哈哈！钱总你这个名字取得可真是妙!”爵士歌手几首唱罢，中场休息，音乐暂停了下来。四周突然安静了，苏希溪清楚听到了背后座位上的赖泼戎的话。

“赖总，你过誉了。”

“就冲你这名字，你就适合干你的工作。钱明柏，把钱整得明明白白的。”

“哈哈哈哈，还得赖总帮衬呐!”

“帮衬成了，怎么算?”

“这个数，”钱明柏豪气地伸出一只手掌，“500万元，你赖总的!”

“好，爽快！就喜欢和钱总你这样的人打交道。让人放心!”

说到这里，音乐又响了起来，歌手又开始演唱起下一首爵士歌曲。

他们的几句话透露出了很多信息，苏希溪快速将刚才听到的关键词在脑中串联起来，呈现出一条逻辑线：“美国的收购项目，赖泼戎充当诚千集团的内应，吃下500万元的回扣。并且，这个项目和安基证券有关系。”苏希溪想到这里，吃了一惊。她看得出来，赖泼戎在诚千内外似乎是横行无忌的，没有人敢招惹他。难道赖泼戎胆子这么大？犯法的事情他也敢干？她往柱子后面挪了挪，将自己更往里面藏，担心卷入是非。

一个月后，马翊、余晖、徐国伟在商学院EMBA班上“不经意”地正式相识了。余晖上这个班，是赖泼戎为他鞍前马后张罗的。余晖书读得不多，中专毕业后就出来做生意，对这种镀金的项目，他极乐于参加。

中澳国际商学院EMBA班正式入学前办了一个私下聚会，也是班级学员间的第一次见面。他们参加的是学费最高的一个班，比一般的名校商学院百万左右的学费还贵上数倍。

国内各大高校商学院众多，中外合作的学位圈钱项目更是不胜枚举。近年，商学院被一些企业家相互诈骗、名企老板泡十八线女明星的新闻搞得乌烟瘴气、声名狼藉。在这种趋利轻德价值导向下，商学院的报名者蜂拥而至，要么是想着结识大佬，找人脉找资金，或者是想和女精英交换房卡的男学员；要么是想着吊金龟婿，搞定投资项目而来的女精英。多是些各有所图、皆不干净的所谓“成功人士”。

中澳国际商学院新一期的EMBA班，班里的学生都是各行业资产金字塔尖的人物，而不是一些迫切想要沽名钓誉、嗷嗷待哺、吃相难看的半吊子富翁。这些人已经积累了足够多财富，或者是到了足够高的社会地位。中澳国际商学院意在通过对新的EMBA班的打造，重塑他们在国内商学院办学方面的权威性。

“这一届学员就读的是咱们中澳国际商学院新改革后的第一期班级，在座的各位都是我们精心遴选出来的商界精英。我们还特意做了学员构成的差异化结构设计。

既有来自传统制造业的企业家，拥有两家驰名鞋服品牌公司的创始人肖贵；又有山西煤老板起家，现在拥有多处商业地产的大佬崔达；更有传统房地产行业起家，如今业务扩张到信托、融资租赁、财富管理、私募股权投资的新兴金融大佬余晖；又有财富新贵，千亿市值互联网公司创始人马翊；还有地方国资投行董事长徐国伟；可谓Old Money、New Money集聚一堂，期待我们新的班级擦出新的火花！”商学院的执行院长陈歌踌躇满志地说道。

陈歌是海外某著名高校终身席位教授，回国在中澳挑起商学院大梁，一心想要力挽狂澜，做成国内商学院的金字招牌。他今天亲自参加班级聚会，也显示出对这个班级的重视。

这些超级富豪，正如陈歌发言中所道，学员们皆已经身处金字塔尖，习惯各行业后辈们求着自己，互相瞧不上。马翊见大家架子端得十足，都等着别人化冰，于是，主动当了活跃气氛的人。毕竟，他作为“财富新贵”，38岁的年纪也是在座人中最年轻的晚辈。

“大家还记得前些年一些女演员读商学院傍大佬的事吧？”马翊用商学院的风流韵事来破冰。

“哦，那几个女人，我也是佩服得很呐！”崔达说道。

“你佩服她们？哈哈哈，崔董重口味。前些年，这些女演员没脸没皮，自以为掌握了成功的精髓，不顾尴尬地往一切名人身边贴。套用着成功人士故事里的各种概念，可惜只学了个表面。没羞没臊地将她们自己活成了众人眼里的笑话。”马翊有些不屑。

“但在大家的笑声中，她们慢慢地就成了名气大增的人。人有名气了，还会缺财富吗？”余晖摇摇头，微笑说道。

陈歌带着一脸不解的表情问道：“还真是。曾经有一个演戏差、极具争议的流量女明星说过一句话，她说‘每次不管什么原因，只要上了热搜，之后我的身价就会涨一番’。我真是不理解，这是为什么呢?”

“这个时代的人，不论出的是好名声还是恶名声，只要名气大就是一切。是不是这个时代有病？哈哈哈哈。我们都有病。”崔达自嘲道。

众人越聊越嗨，就徐国伟一直不大吭声。听到崔达的这句话，徐国伟插了一句话：“大概真是有病。”徐国伟心里其实在想着，谁跟你是“我们”？

这个EMBA班中，徐国伟和马翊是受教育程度最高的，两人均是名校硕士毕业。徐国伟还攻读了中科院的在职经济学博士学位。其他人如肖贵、崔达、余晖多是军人退伍或高中毕业。所以，徐国伟很买马翊这个后辈的账。但对其他人，他心里多少还是有些不屑。

酒过三巡，在马翊和陈歌的“控场”下，众富豪们喝得渐渐有些多了。崔达和肖贵谈得来，两人一起上卫生间后，在休息室抽着雪茄。

“我就看不惯徐国伟那副穷酸样。对，他作为大型国资金融机构的一把手，是有着巨额的资金调度和分配权限在手里，但毕竟那是国资企业，花的是公家的钱，一天到晚地担心着花销会不会超标。”崔达吐槽道。

“就是，老是一副假惺惺把清廉、纪律等挂在嘴上的样子。我看呐，电视里专业演员的演技都没他徐国伟好。我也是想不明白，我们今天在场的各位没有一个是他那个体系里的人，他还是一副表演的样子，演给谁看呢？表面功夫做那么足，满嘴虚言，套话！这些对他升迁有用，但在我们这儿，没用啊！”肖贵不屑地接话道。

“他这是演习惯了。你想，人家一生在体制内混。大型金融集团的董事长，那是一只脚踏在政治圈里，毫无疑问的算是半个政治家。”崔达说道。

“那又如何？演戏演一辈子不累吗？要么，他就真的表里如一，按照公务人员的价值导向兢兢业业地服务人民。要么，实际上贪婪成性，他有本事就明着贪。像现在他这样表面一套，背地里一套，活得多扭曲啊！不像咱们钱是自己的，花得敞亮！人活得也敞亮！”肖贵接着他的话。

“那么，花公家的钱好处是什么咯？那意味着，企业赚钱了是公家的，亏钱了嘛，它也是公家的呀。”不知什么时候，马翊已经站在了他们两人身后，说道。

“马董你是谁也不得罪呀，跟他徐国伟都走得到一块儿。”崔达调侃道。

“哎，可别小看这徐国伟，他的财富是不如你我多，但人家后台比你我硬实多了！这也就意味着，人家的后台兜底兜得扎实着呢！

你们想想，铁打的公家，流水的董事长。亏钱留给下一任，换个地方，还能捞个企业一把手干干。再不济，窟窿太大，降个职位。或是油水都落袋了，提前退休享清福。怎么着人家那都是稳赚不赔的呀！”马翊补充道。

崔达和肖贵没将马翊当外人，马翊的一番话，他们也觉得在理。

“弄不好，咱们这个超级富豪的EMBA班级，很快就能一起整合资源搞出轰动整个金融圈的大手笔！”回到酒桌上，马翊似醉非醉地说道。

“马董有魄力！期待咱们班的大手笔！”众人一起举杯。

苏希溪住的小区出门往左手边步行100米，到杏紫路上，就有两家上海老字号点心店。点心店旁边，是一家杂货铺，卖着针头线脑和毛巾袜子。

上海的一些餐饮点心店，不像其他大都市，只招一些二十来岁的小姑娘做服务员。上海餐饮或点心店的售货员，多见五六十岁的阿姨叔叔，都是些上海本地人，来买东西的也多是周边的街里街坊，常见他们客客气气地打着招呼。

苏希溪住的小区比较新，小区周边都是花园的隔离墙，没有什么小店铺。所以，走到杏紫路上，才像是落入了市井的烟火气中，有了些生活氛围。

虽说全国各地都能买到差不多相同种类的点心，但上海几家老字号的糕点味道实在更为出众。尤其是青团，鲜肉月饼或肉松小贝。这些各种易甜腻的糕点，由上海的老师傅们的手，做到了将好的口味延伸到甜腻边缘的临界点。恰到好处地吃上一点，味蕾既有幸福感的滋生，又刚好能停住不会再被腻到。

在以前，月饼属于苏希溪最不爱吃的食品之一。她更无法想象，月饼里面馅儿是咸口味油腻的肉，那该是她想象中最难吃的食物了。但是，吃过上海的鲜肉月饼后，她竟然能一次吃掉半个或是一个。老西房和新长发的鲜肉月饼，小小的月饼，酥酥的表皮，一口咬下去，满满的肉馅儿，随即心中便升起了满满的碳水化合物带来的幸福感。

她经常去点心店买上一袋热乎乎的糖炒栗子，偶尔买点鲜肉月饼。热量太高，她不敢多吃。一来二去，苏希溪便和这些人熟了起来。

有一天，她在点心店旁的咖啡店买了一杯热澳白，边喝边等着店员吴阿姨给她装刚出炉的炒热栗子。吴阿姨说道："小姑娘，我记得以前问过侬，侬是在金融机构工作，对伐?"

"是的，阿姨。"

"那么，就好了嘛。侬觉得最近有好的投资机会不了?"

苏希溪认真想了想，回答她："这不好说。"

"那么，股市最近跌得厉害，侬讲是不是可以抄底了?"吴阿姨主动聊到股市。

"股票市场是跌了很多。但市场上的股票太多了，泥沙俱下，上市公司质量参差不齐。如果公司的基本面不好，就算跌到几毛钱，也不值得投资的。”苏希溪谨慎地答道。

“我儿子讲，跟着大机构买机构抱团股，都是些好股票，现在也跌了三分之一不止了。这总归能买伐？”吴阿姨不死心，继续问道。

“行业龙头股的公司基本面是大差不离。但是，在市场下行期，没有人能精确预测股价的底部。不排除好股票也有继续往下走的可能性。

当然，你可以买入长期持有。但一旦继续下跌，你们拿得住不啦？很多股民账面浮亏到20%，见到市场天天一片绿，就心理承受不住了割肉。短期看，也许是避免了接下来股价更深的探底。但后面再中长期地看，股价回升了，又后悔了。又再次买在高点，卖在低点。如此，几进几出，血本无归的哦。”苏希溪答道。

苏希溪见吴阿姨似乎对投资兴趣很浓，担心她损失本钱，好意提醒吴阿姨:“投资还是要由掌握金融理论和实战经验的金融专业人士去做。市场上太多陷阱了。”

“对，对，侬讲得有道理。我那些老街坊，一辈子存下来的养老钱被骗光的也有。前几年这样那样的高额反息的各种名目的金融产品，还有不少是打着大金融机构名号出售的，钱投进去，领了两期，后面就再也没有下文了。那些大老板被抓起来，坐了牢。老百姓打官司本钱都讨要不回来。我们确实要万万当心。”吴阿姨还是有警觉意识。

苏希溪见她似乎迫切想要尽快寻找投资方向，于是问道：“吴阿姨，你是想用养老钱做投资？”

“我哪里有什么养老钱？我没受过太高的教育，收入也不高，没存下什么钱。但住在这大上海半辈子了，也不是白住的哦。阿拉石库门的房子旧是旧了些，但总归嘛是值些钱的呀。这不是快要拆迁了吗？政府给了我们家一笔补偿金。”

“那是好事呀，你可以拿这笔钱买一套新房子住。”

“侬不晓得的呢，这点钞票不够的。我儿子结婚总归要一套房子的呀，我和老伴将来也不好和儿子住在一起的。那么，两套小房子是必须的咯，动迁款只够买到嘉兴的乡下去了。他们年轻人上班怎么办呢?”吴阿姨显得有些发愁。

苏希溪一听，想着你们老两口就管自己就好了嘛，你儿子的房子为什么也要管？你儿子有手有脚，成年人为什么不能靠他自己的能力赚钱买房子、娶老婆？话到嘴边，她又收了回来。心想到，这是别人家的家事，也不好说得太直接。

见苏希溪不作声，吴阿姨又主动聊起话来：“那么，我儿子就想咯，我们先租房子住，拿这笔钱去做投资。以前我们是没有钞票，现在拆迁款打过来呢，我们也算是有资产的人了。

那么，现在人人都在讲，只靠一点死工资，就算忙上一辈子，怕也是过不上好日子的。要靠钱生钱。哪怕赚个一半，也能多买一两个房间。多投几只金融产品，来回就多赚出了一套房子。那么，我们最终两套房子也就有咯。”

苏希溪听到这里，心里一阵紧张。吴阿姨儿子的这个操作，只怕要将这个原本就生活在上海底层的家庭毁于一旦。吴阿姨递过来纸袋包着的炒栗子，苏希溪伸手去接，热乎乎的气从纸袋里透出来。她不由得抓住吴阿姨的手，劝道：“吴阿姨，金融投资没有这么容易赚到钱的。不要一时冲动，千万要谨慎啊!”

见苏希溪这么严肃的神情，吴阿姨的投资热情似乎有几分减淡。“好的呀，好的呀。”吴阿姨想了想，答道。

13

与虎谋皮

当水化成雾升到高空时，它就不应该记得曾在哪条江河湖泊里自在的日子，它能做的就是勇敢不断地上升，再勇敢接受电闪雷鸣的冲击，才能把自己化成雨，成一颗新的水滴。

当水化成雾升到高空时，它就不应该记得曾在哪条江河湖泊里自在的日子，它能做的就是勇敢不断地上升，再勇敢接受电闪雷鸣的冲击，才能把自己化成雨，成为一颗新的水滴。

中澳国际商学院新改革后的第一期EMBA班级，开学才三个月时，就不负众望，果然一起整合资源搞出了一个大手笔。

这个超级富豪小团体形成后，38岁的迈果科技创始人、董事长马翊因善于交际，能主动低下身段，很快成为这个小群体里的中心人物。他的话也在同学中，越来越有分量。

“大家奋斗了大半辈子，到了现在这个阶段，子孙好几代的财富自由都实现了。你还别说，有时候活着还真是有些空虚。”山西煤老板起家，拥有多处商业地产的崔达有些感慨道。他如今的生意多已经停了，平日里靠着全国各大城市的多处商业地产收着租金，有着大把的钱和大把的时间等着他去花。

“确实，崔总这个感觉我也有。那么，就这么过下去，也是没意思的咯。人生嘛，还是要做些有挑战的事情。”马翊接着他的话说道。

“你一个坐拥千亿元市值互联网公司的财富新贵，不好好享受人生，还在不安分琢磨些什么呢?”创办传统制造企业出身的肖贵问道。

“呵呵，”马翊不以为意地笑笑，接着说道，“我最近得到一个消息，美国FU集团有一个特别好的项目在出售，在找意向的收购方。”

“哦？FU集团的项目？什么样的项目？”诚千集团的董事长余晖有些心动。他想着FU这家全球大名鼎鼎的公司，旗下的项目应是不差的。

“是人工智能医疗项目，据我们初步了解，FU集团的这个项目掌握着几项人工智能医疗的核心专利技术，目前北美的主要医院都引进了它们的AI医疗设备。”马翊说道。

“这高科技的生意，咱们也不懂啊。看不明白的生意，还是不要碰的好。”肖贵摇摇头说道。

“诶，你这就是守旧了。放着这么大的一个马董不用？他是科技方面的专家呀。”崔达显得更为开放一些。

“你懂什么？互联网是上一代的科技，人工智能是新一代的科技，它们之间隔着辈儿呢。俗话说，隔行如隔山呐！”肖贵不为所动。

马翊见二人争论不休，说道：“这话对了一半，但也没那么难琢磨。我给大家科普一下，人工智能医疗，就是以计算机的深度学习与大数据作为基础，人工智能设备能够自动分析和匹配各类疾病，协助医生完成诊断、治疗工作。目前，什么大脑、心脏、肺、肾，以及全身骨骼的医疗影像都可以做到智能化。尤其是对于心血管疾病体现在医疗影像上的诊断和治疗，人工智能已经在落地了。”

“哦，人工智能医疗一定是一个新的投资风口。但国内还在起步阶段，北美目前这个市场的增长率是多少，你们有过调查吗？”安基证券的董事长徐国伟不紧不慢地问道。

“徐董这个问题问得好，问到了核心。整个北美市场的AI医疗市场2020年规模为20亿~30亿美元。但复合年增速会非常快，医疗保健领域人工智能市场的复合年增长率预计将达到43.5%。到2025年，这个市场规模将达到276亿美元。”马翊答道。

听到五年十倍的市场增长空间，EMBA班级里的同学们心里都快速盘算了起来。

“我们在座的各位，你还别说，各自的资源整合起来，能天然地形成一个完美的收购方。”马翊见大家有些触动，趁热打铁地继续说道。

“你说说怎么个整合法?”崔达问道。

“我们由国资投行董事长徐董牵头，成立一个并购基金。诸位出资作为并购基金的LP，我们迈果科技和安基证券作为GP，一起来收购FU集团的AI医疗项目，如何?”

“这个项目收购价多少?”

“约合300亿元。”

“300亿元的收购，真是个大手笔啊。”

“那这个项目怎么退出呢?”众人问道。

“这个好办，拿到优质资产后，退出是件容易的事情。很多方抢着要呢。我先表个态，我们迈果科技可以回购这个项目。”马翊答道。

“马董是有这个实力的，项目装入他的上市公司，届时公司市值的增加非常有想象空间。可以，我对这个收购蛮看好!”徐国伟说道。

“好啊，”众人见徐国伟都这么有信心，纷纷赞成，“那马董、徐董牵头，我们支持。有钱一起赚嘛!”

整个过程中，诚千集团的董事长余晖话很少，但他对项目情况和大家的表态，每个字都记在了心里。

过了几周，苏希溪再次去买点心。

“小姑娘，侬讲得对，幸好当时听了侬的建议，没买那几只龙头股。这段时间，还在噌噌往下跌，又跌了很多。如果当时买了的话，现在就亏了上百万呢！气都气死了。”

“避免了损失就好。”苏希溪听了吴阿姨的话，也觉得欣慰。

“侬上次讲，要专业的人士去投资，那么，阿拉如果买公募基金能赚到钱伐？他们都是专业的基金经理。”吴阿姨问。

“这几年公募基金的管理规模是屡创高峰。但是，基金的表现其实差强人意。”苏希溪依旧谨慎地回答吴阿姨的咨询。

“很多人说基金公司赚钱，基民不赚钱。这是真的不啦？”吴阿姨问道。

苏希溪想了想，说：“全市场有两千多位基金经理，有三分之一的基金经理从业年限不足一年。每年有几百位基金经理离职。即便是有些老战将，但离职率这么高，他们也很难对一只基金进行长期管理。都是坑啊，吴阿姨。还是那句话，要慎重。”苏希溪答道，“金融投资环境太乱了，普通人不如将钱存在银行，就算跑不赢通胀，本总归还在。”

点心店旁边杂货铺的李师傅，平时总爱搬着一张躺椅，搁在店外的空隙地睡觉。他听见吴阿姨和苏希溪两人的对话，突然激动地从躺椅上站起来，说道：“老吴啊，侬不要脑子瓦特掉哦。市场上这么多的金融大公司，运转资金可都是老百姓兜里的钱。指望他们帮你赚钱？你想得美啊。他们是要为自己赚钱的呀。他们赚的钱从哪儿来的？又不是像过去阿拉上海的那些生产商品的厂商，能创造价值的。金融公司赚的钱就是从老百姓兜里来的。”

“哦哟，老李，还不知道侬懂这么多的喔。侬讲得似乎也有几分道理。”吴阿姨若有所思地点了点头。

“现在的有钱人心黑着呐！除了上市公司的大老板，一些大名鼎鼎的明星演员，赚着天价的演出费还不知足，光鲜亮丽的外表下，心比这柏油路面都脏，人模狗样地伙同背后的老板参与到金融诈骗里去。好在国家监管力度大，处罚了这些人。但坏人太多，抓不尽的呀！侬还是当心点好！”李师傅愤慨地继续说道。

“侬这是从哪里知道这些的伐？”吴阿姨问道。

“喏！侬也得多听听新闻，新闻里几乎天天都有讲这些金融案件。”李师傅答道。

李师傅的这些话，苏希溪听来虽然是有些片面，但这也是老百姓自己总结出来的经验和智慧，便也没有去纠正他。总归，老百姓口袋里的钱捂得紧一些，对他们是有好处的。

“吴阿姨，投资需谨慎啊！要不您就在离市区近的地方看中房子先买一套。房价降也是有可能的，但总归是上海的房子，不会让你亏损太多的。”苏希溪说道。

“好的，苏小姐，再会，再会啊。”吴阿姨应允着。

14

晚宴

这栋别墅完好保留着20世纪初的样貌和格局。从花园一侧的汉白玉门厅，拾级而上，进入小楼。穿过幽长的重重半圆穹顶的走廊，水磨石的地面，历史年代感扑面而来。

《水图》展举办两周后，FUG公司美国总部派到上海接洽并购事宜的一行人来了。

安基证券做东，安排了晚宴，为FUG的代表们接风。

在延安高架路南，上海展览馆对面，延安中路8181号，是有着民国“金融巨子”之称的胡笔江旧居。外面不醒目，往里走别有洞天。整栋洋房都被改成了别致的新派中餐厅，单名一个“简”字。最重要的是，这家餐厅有着外国人爱看的京剧现场表演。

赵仁意是这家餐厅的老客户。他作为办公室主任，在这里安排了许多安基证券重要的商务宴请接待。

餐厅经理根据预订信息，提前将赵仁意个人和公司背景资料调出来，由于熟悉过很多遍，临时只需稍加记忆，便可以熟稔于心，以便提供独到的定制化服务。

上海餐厅的经理或领班，通常身上留存有一种老式的洋派感。男领班也打扮精致，不过分热情，却又体贴周到，提供真挚和绅士感十足的服务。他身着黑色套装，头发梳得一丝不苟，准确地称呼着赵仁意的职务，给人一种宾至如归的感觉。

宋经理为赵仁意一行人领路。往里走了一段距离，进入一个大院子，里面五色灯光错落，映照着雅致的亭台水榭。修剪整齐的花园草坪和水池边，依次摆放着藤制桌椅和朱红色的室外遮阳伞。

这栋别墅完好保留着20世纪初的样貌和格局。从花园一侧的汉白玉门厅拾级而上，进入小楼。穿过幽长的重重半圆穹顶的走廊，水磨石的地面，历史年代感扑面而来。

再沿着茶色的实木栏杆，一路到二楼的宴会厅。整厅从墙面，到窗帘、家具陈设，皆是祖母绿色调。孔雀蓝的真皮沙发，在屋顶射下来的一簇簇浓烈灯光照耀下，显得娇艳奢华。

“还是按老规矩，先上一壶明前龙井？”宋经理熟络地问道。

“行啊。今天宴请的是从美国远道而来的贵客，宋经理，一会儿京剧表演的演员，侬得给阿拉安排顶呱呱的哦。要真是角儿过来啊！”赵仁意学着北京的儿化音，回他。

“好的，一定安排唱功最好的表演者过来，这也是弘扬我们中国传统京剧文化嘛。”宋经理答道。

“主任您既然说是贵宾，我们新到了龙井御前十八棵。要不一会儿贵宾到齐后沏一壶？”宋经理再建议。

“龙井御前十八棵？那可是极其稀有的珍贵茶叶。”赵仁意说到这里，犹豫了片刻，心里迅速打起了小算盘，御前十八棵是天价，每公斤售价高达数百万人民币。他倒不是心疼钱，这宴请费用走的是公账，但他顾忌招待纪律。安基证券毕竟是国企，这宴请超标的费用该怎么做账，以便应付日后的审计？

他转念一想，董事长徐国伟今天也来，有他在，这办公室招待的预算就不能低。别让董事长以为办公室舍不得花这点招待费。一壶茶也就五克茶叶，合计一两万元。回头从账上别的明目里填补，也是可行的。

赵仁意是典型的上海男人，精打细算地盘算着其中得失。

想到这里，赵仁意手一挥，下定决心，说道：“好嘛，好嘛，来一壶。”

“好的，赵主任。”

赵仁意吩咐安基证券办公室的人，提前打印好了参宴者的姓名台卡，按序摆放好台卡，指示座次。

今天参加晚宴的人共有13名。主座的安排为安基证券董事长徐国伟，他右手边，依次是FUG集团董事局副主席、FUG项目负责人伊桑·道格拉斯（Ethan Douglas）、诚千集团董事长余晖、诚千集团副总裁赖泼戎、安基证券办公室主任赵仁意、安基证券董事会办公室助理主任安琪允。

徐国伟的左手边，座次依次为诚千集团总裁冯映箐，FUG项目中方代表吴念，迈果科技创始人兼总裁马翊，安基证券投行部负责人许亦言，诚千集团品牌市场部负责人苏希溪，迈果科技投资者关系总监钱明柏、陆吟吟。

一会儿工夫，明前热茶上桌。服务员连带着端来一个水滴形古香古色的木架，上面错落陈列着一块块精致的上海点心，被一起摆在了沙发前朱红色方形箱子状的茶几上。“点心是赠送的，这个季节的时令食材，都新鲜着呢！”女服务员介绍道。

“谢谢，点心放到桌上去吧。”安琪允吩咐道。

待先到的人喝完一壶明前龙井，后续众宾客相继到齐。

“人到齐了，请各位落座，阿拉先吃些点心。”赵仁意热情地招呼大家，从沙发移步至餐桌。

“上海苏浙一带的糕点向来精致可口。这‘简’餐厅的点心，更是一绝。”接话的是陆吟吟，她是迈果科技投资者总监钱明柏的老婆。

陆吟吟四十多岁的年纪，精得像猴儿一样。以前是某电视台生活类节目的主持人。结婚后就辞职回家，开了一家小咨询公司。承接钱明柏一些资方的关系维护工作，她自己也靠着八面玲珑的手段，在各色场合，结识了一些富人资源。

陆吟吟有着一张典型女主持人的整容脸：生硬的高挺鼻梁，削得很尖的下巴，眼睛上贴着像燕子尾巴一样超长的黝黑色假睫毛，填着浓黑的眼线。她一开口，就展现了主持人字正腔圆的发音和优秀的嗓音条件，中气十足清脆悦耳的声音在整个餐厅回荡。

“对，对，你们女孩子喜欢这些甜点，先填填肚子。”赵仁意打着哈哈。

“Douglas先生、吴先生，你们这个季节来上海算是来对了。既有只能在夏季品尝到的鲜薄荷糕，又有初秋的桂花所制的条头糕等各类时令点心。”苏希溪笑意盈盈地说道。

“哦？上海的精致果然名不虚传，这点心也有这么多讲究。我几年前去过北京，他们有道点心，叫‘驴打滚儿’。”道格拉斯中文还算流利，学着北京腔的“驴打滚儿”惹得众人忍俊不禁。

桌上，细长圆鼓鼓的白色条头糕，上面洒了一层新摘桂花，晶莹剔透，入嘴香滑可口。白糯糯的薄荷糕，上面点缀的红绿丝浓淡相宜，是甜甜凉凉的口感。众人吃了一些。

15 贵妃醉酒

陆吟吟显然已经习惯于在无数的饭局上充当菜品，并且她已经从无数次被当作菜品后，能够反身玲珑的左右参与饭局的人。也算是会混圈子。

服务员为宾客们斟上沏好的茶："请各位贵宾品尝御前十八棵龙井茶"。

徐国伟、余晖等人一听到服务员报的茶名，都愣了一下，仿佛都想要确认一下。"是龙井御前十八棵？"

"是的。"服务员确定。

如此见多识广的大企业家都急着确认，道格拉斯不免有些好奇，问道："这茶有什么特别吗？"

"道格拉斯先生，中国有句古话，'物以稀为贵'，这茶叶可真珍贵着呢。"徐国伟笑着介绍道，"大家都尝尝。"

他端起茶杯，品尝了一口茶。"好茶"，徐国伟看向赵仁意，满意地笑着。

赵仁意暗自窃喜，不多语，嘴角上扬。

"这御前十八棵还有着传奇的故事。"冯映箐缓缓说道。

"什么故事？"道格拉斯追问道。他对中国的文化很感兴趣。

冯映箐平时在生意场上的应酬，大都是随意的浅谈，她没想到这个外国人会打破砂锅问到底。这故事她只知道一星半点，若讲得不好不是露怯吗？于是，她不动声色地说道："泼戎，你给讲讲龙井御茶的故事。"

赖泼戎正往嘴里塞着一块条头糕，粘着牙，还未咬断，听到冯映箐点他的名，只好一口吞下去，慌忙组织着语言："这御茶嘛，就是西湖龙井茶中最名贵的一个品种。西湖龙井是中国的十大名茶之一，享誉世界。御茶就更好了。"

"你这也没把御茶怎么个好法说出来呀。这传奇的故事更是没提。"冯映箐笑着揶揄道。

余晖见惯了冯映箐和赖泼戎之间，各种明里暗里的"斗法"，他不屑一顾地笑着摇摇头，只管径自喝茶。

"希溪知识渊博，你来说说这个故事。"赖泼戎不怀好意地将皮球踢给苏希溪，想让她接不上来，当众出丑。

"这故事说来也简单。在杭州西子湖畔，狮峰山上，胡公庙前，清朝乾隆年间流传至今的十八棵茶树，所产的茶叶就叫'龙井御前十八棵'。相传是由乾隆皇帝钦点的，专供当朝太后的御茶。每年产量只有二两。以御茶和产量少两个稀有因素，成为中国最名贵的茶叶。"苏希溪落落大方，娓娓道来。

"听苏女士这么一讲，我就清楚了。我们喝的是古代中国皇帝喝的茶叶！中国历史和文化底蕴源远流长啊！"道格拉斯称赞。

"好口才，好见识。上次的《水图》展，就见识了希溪。诚千人才济济呀!"马翊也在一旁夸奖。

众宾客见毫无提前准备的苏希溪寥寥数语，简洁又有重点地将这个故事讲了出来，纷纷附和。赖泼戎本想让苏希溪难堪，没想反而给了她表现机会。

苏希溪在重要的应酬场合屡屡出彩，压他一头。赖泼戎不由得心里恨得牙痒痒。"叫你来你不来，都让苏希溪出风头了!"赖泼戎在桌底下，拿着手机偷偷发了一条微信给周荠。

“这个场合总裁没安排我参加，我怎么能去？我级别也不够。”周荞很快回复。

“苏希溪有什么弱点？赶紧去找一些来告诉我。”赖泼戎回她。

“我想到了，苏希溪平时滴酒不沾，这是应酬大忌。你想办法让董事长和总裁看到她的这个弱点。”周荞回道。赖泼戎抬起低头在桌下看手机的脸，嘴角歪笑，计上心来。

有一种说法是，有一群男人在的饭局，在座的漂亮女人才是那盘菜。陆吟吟显然已经习惯于在无数的饭局上充当菜品，并且她已经能够从无数次被当作菜品后，反身玲珑地左右参与饭局的人。也算是会混圈子。

陆吟吟这类女人，未必有什么更深的内涵，肤浅，且为利是瞻。算盘打得贼精，有着高人的情商。很会来事儿，很热情，但这种热情是走表面，不走心。若是事情没有按照她想要的方向发展，她没有得到利益，能分分钟翻脸，让人领教她的现实和无情。

钱明柏将她带来参加晚宴，也是想让她活跃活跃气氛。菜上桌，一起举杯后，陆吟吟特别会来事儿地一一给宾客们敬酒。这也是赖泼戎最擅长的事：喝酒。

但这是苏希溪给自己设了底线的环节。她并不是前台业务部门，也不是销售人员。她不是靠喝酒来体现她的工作能力的。所以，每到这时，苏希溪就将自己低调地弱化起来，使大家不太注意到她。安琪允被赵仁意关照着：“不能喝酒意思一下就可以。”

平时也能应付过去。偏偏今天赖泼戎注意到了这一点，专门使坏心眼儿。

现场几位董事长都是上了年纪的男性，尤好白酒，于是，赵仁意点了上好的茅台五十年份。

“希溪，咱们一起敬远道而来的FUG的贵客。”赖泼戎拉着苏希溪，当着众人的面，苏希溪无法拒绝，只得拿起面前的红酒杯，却被赖泼戎一把按下了她抬起的手。

“看看，不懂酒了吧？有着五十年陈酿年份茅台在这，还喝什么红酒？喝茅台啊！”赖泼戎皮笑肉不笑地说道。

苏希溪平时滴酒不沾，若是红酒，尚能一小杯。但她根本不会喝白酒。赖泼戎拿起小酒杯，倒满了茅台，硬递到苏希溪手里，再拉着她一起走到道格拉斯面前。

赖泼戎喜好饮酒。平日的应酬饭局上，他去给别人敬酒，都是一只手举着小酒杯，另一只手直接端着装满酒的小酒壶。这边酒杯里的酒才刚喝完，他随手就给自己斟满。如此，他练就了如无底洞一般的酒量，大概是千杯不醉。

和道格拉斯套完近乎后，赖泼戎将酒杯里的酒一饮而尽。然后，他得意地看着苏希溪，就等着稳赢。因为无论是苏希溪喝下酒后醉出洋相，还是她拒绝不喝，这一把她都是输。

企业的大老板对雇员的评价，未必是真正留意到他们的工作能力，而大多是形成于浮光掠影中获得的一些细节碎片化的主观印象。企业混子赖泼戎深知这一点，于是，在一切有余晖和冯映箐在的场合，他不遗余力地让大老板对苏希溪留下差的印象。

知道余晖和冯映箐在旁边暗中观察着，苏希溪这个时候不能退缩，她硬着头皮，将杯里的酒也一口气喝下。

高度白酒颇为辛辣的反劲冲上来，瞬间，辣得她想哭。她强忍住不适感，赶忙回到自己的座位上，脚底下开始有些飘忽。

众人各自敬酒，觥筹交错，没人在意谁是否喝醉。

坐在苏希溪旁边的安基证券投行部负责人许亦言，和诚千董事长余晖刚喝完，回座。见苏希溪正端起面前的一杯柠檬水，想要缓解酒精带给她的不适感。许亦言连忙制止她，“酒后不要喝冰水或柠檬水。”遂替她找服务员要来一杯热开水。

有点晕乎乎的苏希溪转头看了看他，许亦言干干净净的，待人接物有礼貌，有分寸感，又亲切体贴。“谢谢。”她冲他笑了笑，喝了几口热水，感觉好了一些。

“你得先吃点菜，不要空腹喝酒。”平时许亦言是不会管别人的闲事的，今天不知道为何，看不下去。他见苏希溪并不会喝酒，又被赖泼戎针对着，于是，多嘴提醒她道。

苏希溪此时却一点胃口都没有，她夹起一块清蒸东星斑鱼肉，嚼了嚼，勉强咽了下去。还未等她缓过来，赖泼戎又提着他的小酒壶，招呼起来了：“希溪，咱们一起敬敬徐董事长。”

苏希溪看了他一眼，见赖泼戎今晚就盯上了自己，心里想着：“你有完没完?”一阵恼怒，又不得不压着情绪。她确实不擅长喝酒，也不喜好。这怎么和赖泼戎拼呢?她坐着想对策，一时间没有起身。

赖泼戎过来，又欲给她倒酒，只见苏希溪的酒杯里已经斟满了白酒：“好，好，酒也有，咱们去吧?”

苏希溪脸上泛起了两抹浅红，像是白净的脸上，着了淡粉色胭脂。显得更漂亮了。她抬起头，盯着赖泼戎，心里都想骂脏话了：“你这只死乌龟，迟早有一天，你要喝死在酒桌上。贪杯、贪婪、无耻的小人。”

苏希溪又用余光环顾了一下在旁边的余董和冯总，她脸上挤出一副甜美的笑容，眼神向赖泼戎递着话：“怕你不成，不就是喝酒吗？”她一把抓起酒杯，噌的一下站起来，径自走在前面，回过头向赖泼戎不屑地看了一眼：“走啊！”

徐国伟温和地浅笑着，苏希溪给自己做足了心理建设，鼓起勇气，一口气喝完手里的小杯白酒。但这次，那可怕的辛辣感并没有涌上来。她突然反应过来，有点不对劲，有人悄悄给她倒在酒杯里的是白水。她掩饰住自己的诧异，不动声色地继续应酬。

狡猾的赖泼戎觉察到了什么，不等苏希溪再回到座位，再将她一军。两人向徐国伟敬完酒，经过迈果科技马翊身边时，赖泼戎停下脚步，挡着路，说道：“这徐董敬了，不敬马董，怎么能行？我们不能厚此薄彼啊！”

说话间，赖泼戎用随身带的小酒壶，给自己斟满酒，又给苏希溪倒满，这回他亲手倒的是货真价实的高度白酒，料想苏希溪再出不了什么花招。

马翊也看出了苏希溪不会喝酒，他对这个女孩子有几分喜欢，看她面露几分犹豫和为难，便有些怜香惜玉。马翊不动声色地说道：“这样，赖总，既然你这么有诚意，咱们连喝三杯如何？”

赖泼戎一听，他喝三杯，意味着苏希溪也得跟着喝三杯，三杯喝下去，苏希溪还不得挂？赖泼戎很乐意。

没想到喝到第三杯时，马翊接过苏希溪的酒杯，说道：“我这酒不够了，希溪的酒我征用了啊！”说罢，他一饮而尽。苏希溪和赖泼戎还没缓过神来。

“泼戎呀，三杯下肚，我得缓缓！啊，就这样。”马翊自顾自坐下来，开始吃菜。

赖泼戎没想到他就这样被马翊套进去了，心有不甘，但对着马翊晾给他的后背，也无可奈何，只好悻悻回座。

16

重逢芮褰之

半空中悬挂着的是一弯尖尖的新月。旁边，伴随着一颗细细碎碎的星子。苏希溪听着，眼神里不自觉闪现出往日的情分。她回头看着芮褰之，说道：“为什么月亮的身边，总是有一颗星星，不近不远地伴随着它呢？”

饭局场子热了起来，众人推杯换盏，饮酒正酣。两名脸上着浓墨重彩，披华丽戏服的女子推门而入，眨巴着大眼睛，被人从头到脚盯着打量。

“各位贵宾，这两位是我们这里表演功底最佳的京剧演员。贵宾们今天想听一段什么?”餐厅经理出现了，笑着问道。

“道格拉斯，吴先生，你们想听个什么唱段?”徐国伟问道。

“我对中国京剧并不熟悉，叫不上来名字，就你们点吧。”道格拉斯推辞道。

“那好，我们今天就客随主便了，那就先唱一出单折戏《贵妃醉酒》吧。”徐国伟说道。

在这栋洋房二楼的宽敞宴会厅里，即刻，响起了婉转悠扬、嗓音圆润的青衣唱腔，从敞着的窗户飘出去，咿咿呀呀地飘荡在这个民国就有了的花园上空。

《贵妃醉酒》唱段女主人公杨玉环那似被抛弃、无处排解的寂寞和饮酒后癫狂失态的爱痴状，在餐厅包厢被零距离观看的演员的脸上，显得更加生动。

“好，好!”众人鼓掌喝彩。

一位唱罢，另一位登场，“再来一出《昭君出塞》。”余晖也点起了唱段。

于是《昭君出塞》里的女京剧演员，又换成了一种凄凄离离的去国离家的悲戚感。

这群老男人近距离地欣赏着戏剧。不知道为何，在座的女士都有些如坐针毡。大概不习惯这种餐厅揽客的手段，它在试图打造一种阶级感，有人唱乐，有人玩赏，但首先，是以男性的满足感为优先的，同时是有些让女性尴尬的。

安琪允和苏希溪互相交换了一个眼神，心照不宣做个安静的陪衬。

这家餐厅在表演专业度上都可以媲美专业京剧演员，听着听着，也渐渐将大家带入了几分。表演者唱着："愁似，雁门关上望长安，总有那，巫山十二难寻觅。"

当唱到"怀抱琵琶别汉君，西风飒飒走胡尘"时，宴会厅的门再次被推开，几个人推门而入。走在最前面的男人，个子不高，短短的头发显得很精神，全身上下、从里到外干净利落。这个身影，苏希溪恍然间，似乎是见到了一位故人。

钱明柏将新来的人径自带至上座，引荐给徐国伟、余晖、道格拉斯和马翊。

苏希溪用力揉揉自己的眉头，想让自己清醒一些。刚才喝下的高度白酒，和着这满屋子环绕着的伶人高调，让她大脑有些缺氧，一时间有些恍恍惚惚的飘忽感。

赵仁意示意京剧表演停了下来。钱明柏说道："给大家郑重介绍，这是雪下资本创始人、总裁芮褰之。也是我们FUG收购项目的重要意向LP，刚下飞机，从北京赶过来的。"

苏希溪再次看看那边，众人站了起来，新进来的男人被挡着。但她清楚听到了几个字："雪下资本""芮褰之"。

其他人退出门，新进来的几个人，只有芮褰之留在了宴会厅。赵仁意授意服务员在道格拉斯的右手边新加了座椅和餐具。芮褰之坐下，他环顾众人，嘴上说着："不好意思，原本没有计划参加今天的晚宴。不请自来，多有打扰。"

当他的目光扫到苏希溪时，芮褰之也愣住了。但也就一瞬间的走神，他很快就调整回了正常神态。

芮褰之是投资界赫赫有名的人物，管理的资金规模高达数千亿元。钱明柏让陆吟吟照顾好芮褰之，陪好酒。

既然有了陆吟吟的长袖善舞，安琪允和苏希溪也就不需要多去费劲张罗。尤其是，当苏希溪看到芮褰之走进来后，她的思维就开始飘忽不定。

戏曲唱罢，到了与京剧表演者合影的环节。餐厅经理招呼着："各位贵宾，可以和我们的演员合影留念。"

赵仁意先请了道格拉斯和吴念与华丽戏服女子合影。剩下的其余众人，都不再主动。赖泼戎便上去，一把搂住表演者，脸都快凑到女演员脸上了。那女演员眨巴着大眼睛，心有几分不情愿，却也不好挣扎，只盼着合影环节快快结束，好从这被当成工具和摆设的酒局中逃离出去。

陆吟吟穿着一条露肩的紧身连衣裙，生生地将她有些粗肥的身型裹得一览无余。她笑起来有几分甜美，开口说话，更是茶里茶气，装腔作势的。她和男人应酬时非常放得开，整晚像生在芮褰之身上一般，死缠不放，一杯一杯地敬酒。此时，她也热情地张罗着芮褰之去合影，她自己亲密地贴着芮褰之而站。她的丈夫钱明柏不仅不阻止，反而一副乐见其成的样子。

看上去，芮褰之也是早就习惯了这种应酬场合中男男女女之间暧昧不明的举动。他不主动，也不做任何的拒绝，颇有几分醉翁之意不在酒，享受其中的意味。

苏希溪并不喜欢眼前的这一番景象。她来到宴会厅外，信步走到老洋房二楼宽大的阳台一角，倚在半人高的大理石栏杆旁。黑夜中，她独自望着楼下庭院里的草木。一束幽暗的绿光照耀过来，显得她的身影分外落寞。

“东篱把酒黄昏后，有暗香盈袖。”苏希溪身后响起一个男人的声音，有几分熟悉。她回头一看，芮褰之不知什么时候站在了她身后。

这是别离三年后，苏希溪和芮褰之的第一次见面。

苏希溪此时并不想看到芮褰之，无论是过去还是眼前，当爱着一个人的时候，就没办法做到所谓的大度。她转过身去，对着天空，自顾吟诵着一首古词：“别恨绵绵，屈指三年。”

“北宋词人晁端礼的《行香子·别恨绵绵》”，虽然身在金融领域，但诗词歌赋尤其是中国传统文化是他们俩共同的喜好。芮褰之准确回答上了词的出处。

他眼里泛出几分柔情：“再相逢、情分依然。君初霜鬓，我已华颠。况其间有，多少恨，不堪言。小庭幽槛，菊蕊阑斑。近清宵、月已婵娟。莫思身外，且斗樽前。愿花长好，人长健，月长圆。”芮褰之念完了这首词。

天上并没有圆月。恰恰相反，半空中悬挂着的是一弯尖尖的新月。旁边，伴随着几颗星子。

苏希溪听着，眼神里不自觉闪现出往日的情分。她回头看着芮褰之，说道：“为什么月亮的身边，总是有一颗星星，不近不远地伴随着它呢？”

面对苏希溪的追问，芮褰之眼里有一丝警觉，刚才的柔情很快就消退下来，“莫思身外，且斗樽前。”他突然冷漠地回道。

苏希溪敏锐地察觉到芮褰之转瞬即逝的柔情，怅然若失地说道：“庭院深深，月色浅浅；时光悠悠，思绪寂寂。”她心里再清楚不过，不论多久没见，芮褰之都是一贯冷静的、冷漠的、没有温度的。

苏希溪内心对芮褰之的感情，总是被他的冷漠逼于无形。一如既往，苏希溪不想再多言，她收起自己的感伤，独自走回屋内。经过芮褰之身边时，芮褰之并没有叫住她。他的表情看不出任何情绪，只是，眼睛不由自主眨了一下。

17 莫干山之旅

裸心谷酒店大堂外，视野开阔。草坪中拴着一匹棕色高大骏马，在低头食草。近处，是一个有潺潺流水的水池。众高管也纷纷走到室外，三三两两，分散而立，大口呼吸着山里清新的空气。

FUG派来洽谈并购项目的代表在中国的行程，被接待方密集安排满了。

欢迎晚宴的一周后，正逢中国的中秋佳节，有三天的小假期。诚千集团做东，请FUG集团代表、安基证券、迈果科技等与FUG项目收购相关的几方高管及亲眷，赴杭州莫干山共度节日。

诚千集团预订了莫干山上最好的酒店——裸心谷的五栋全景树顶别墅。周六一早，众人从上海驱车前往莫干山。行驶过九弯十八绕的山路，上午11点多，到达了位于山下的裸心谷酒店大堂。

苏希溪安排了几位同事来打前站，对接近20名高管的行程。

毕晓瑜、赵以思、于蕾提前一天就到了。视频组的于成和刘杰也一道跟来，为此次行程拍摄一些照片和视频短片留念。

毕晓瑜机灵，安排她带着赵以思、于蕾收集众高管的证件，统一去酒店前台办理入住的一些事宜。苏希溪不需要太操心，她到前台简单看了一下进展，转身走向通往室外的大门。

裸心谷酒店大堂外，视野开阔，有一片占地很大的草坪。照着欧洲庄园的样式，四周围起一圈矮矮的白色木栏杆。草坪中拴着一匹棕色高大骏马，在低头食草。近处，是一个有潺潺流水的水池。众高管也纷纷走到室外，三三两两，分散而立，大口呼吸着山里清新的空气。

苏希溪迎面遇见雪下资本的创始人兼总裁芮褰之。

“怎么这么巧？在这儿都能偶遇到你。”一周前的短暂重逢，芮褰之的反应，让苏希溪隐藏起了她的柔情，她冷淡地问道。

“是啊，我总是不请自来。”芮褰之对苏希溪的揶揄，也不恼怒。他淡然一笑，自嘲道。

“天下这么大，几年都不曾遇见，这两天却天天见，”苏希溪看向芮褰之，“事出蹊跷，必有因。”

芮褰之听后，先是脸色微微一变，很快又恢复原样，不显痕迹。这次，他没再接话。

“芮总是我请来的贵客，哪里算什么不请自来呀！”迈果资本的投资者总监钱明柏见状，急忙上前圆场。

“可是你们没有提前打招呼，诚千没有安排芮总的住处。这裸心谷一到节假日，别说是订别墅了，就连普通的房间都难订得很。芮总来了，晚上住哪儿？睡客厅沙发吗？”苏希溪说道。

“不劳烦苏总了，我住在对面山上的裸心堡酒店。我来之前，助手已经帮我预订好了房间。”芮褰之显得谦让有礼。

苏希溪噘起了嘴，心想：他还真是有备而来。三番两次的相遇，他究竟是什么来意呢？

待到众高管皆已办妥入住手续，陆续坐着酒店的高尔夫球车上山，出发去别墅时，赖泼戎才姗姗来迟。

赖泼戎的座驾是一辆黑色路虎揽胜，车的外形和他本人一样，显得彪悍粗犷。可能是因为到郊外过周末，他的心情有些奔放。他的车上竟然挂着一条红色旗帜，那是诚千集团以往组织越野车拉力赛时用过的横幅。赖泼戎有些放飞自我地挂在了他的车上。这使得他的到来显得很“拉风”，那情形颇有几分悍匪进村的即视感。

“赖总车上的横幅有公司的名称，但是以前的旧LOGO。那活动办了很久了吧？”出于职业特性，苏希溪对公司VI标识细微的变化都很敏感，她随口问道。

“是蛮久了。我记得好像还是上一任总裁在的时候办的活动。那旗帜上的旧LOGO也是前一任总裁时用的，新总裁来了以后，改过一次公司品牌的VI标识。”毕晓瑜和赵以思都回忆起了一些片段。

“赖总的车上挂上一任总裁的旗帜，这是故意的吧？”苏希溪说道。

“啊？”别看毕晓瑜平日做事有些高调和张扬，但有时候反倒没什么城府。苏希溪也比较喜欢她的这一点，也不向她多做解释，只是笑了笑。赵以思在旁边，听懂了苏希溪的这句话，也跟着不屑地笑了一下。

钱明柏殷勤地跟着芮褰之，将他送上酒店的接驳车。赖泼戎的车经过他们身边时，停了下来，放下车窗。赖泼戎探出头来，冲着钱明柏说道：“钱总，一会儿我找你啊。”说罢，意味深长地一笑，不等钱明柏有所反应，他的车就往前开走了。

山里的天气多变，众人才到一会儿，便下起雨来。下午原定的各项室外行程都无法进行，只得待在酒店里先各自休息。有些高管带着家人，想要些自由的空间，中午便各自叫酒店餐送到别墅。直至下午七点，再参加诚千统一安排的晚宴。

“苏总，今天晚宴的地点改了。我们原订的餐厅需要取消。”赵以思来到苏希溪入住的别墅，说道。

“改到哪儿了？为什么要改?”苏希溪问。

“为什么改不清楚，只收到迈果科技钱总的微信，说是改到裸心堡酒店的餐厅。”赵以思答道。

毕晓瑜也推门进来：“苏总，您听说了吧？FUG集团代表不在我们订的餐厅吃饭了。”

“嗯，听说了，你知道改餐厅的原因是什么吗?”苏希溪问。

“我刚和迈果科技的工作人员聊天，据他们说，是FUG集团董事局副主席、FUG项目负责人道格拉斯喜欢裸心堡的餐厅，他说看到那个城堡就觉得有到家的感觉，所以，想去那里用晚餐。”

裸心堡是莫干山的标志性建筑，为1910年苏格兰传教士医师梅滕所建，更是有一个“莫干山1号”的显著门牌号。

“那个城堡是所英式的，而道格拉斯是一个土生土长的美国人。美国建国都快250年了，就算他往回倒五六代都未必能扯上点什么关系。道格拉斯到那儿能有什么到家的感觉？这不是瞎说吗?”苏希溪洞察力和分析力优于常人，一般的托辞，她一眼就能看穿。

“是哦，那就不知道为什么了。”毕晓瑜摇摇头，她想不到其他原因。

“只怕是这背后有人捣鬼。”赵以思想了想，说道。

“改后的地址和时间都发给各位高管，做个温馨提示。避免因为信息不对称，怠慢了谁。”苏希溪交代道。

“好的。我会一一通知到。”

“行，你们都回房间休息吧。”

“好的，那我们先下山了，有什么事情您手机随时联系我们。”毕晓瑜和赵以思先行离开。她俩和其他随行的工作人员，住在裸心谷外面的另一家民宿。

18 烟雨迷离

雨下得小了，丝丝缕缕落在她的脸上、身上，清清凉凉的。苏希溪喜欢这样轻便舒适的装扮，她不喜欢任何形式的束缚，但她也清楚地知道，生存在这世间，多少是要被约束的。

这莫干山虽然有诸多酒店和民宿，但毕竟是在深山里。游客再多，被不同的景点或酒店稀释开去后，既不拥挤，也不嘈杂。只要四周的人一退去，马上就呈现出一种在都市里难寻的静谧感。

也有一种空旷的寂寥感。

苏希溪入住的这栋别墅，在半山上，面朝山谷而建，整体风格并不奢华，建筑师的建筑理念是回归自然、贴近田园。

别墅的一楼是整层通透的宽大客厅和没有任何遮拦的墙体。一整面墙都是窗户，被分割成了六块透亮的落地窗。宽大的客厅一角，摆放着一张很大的实木长方形桌子。沙发后的一个区域，也被布置成了一个饮茶闲谈的茶室。挑高六米的客厅白墙上，悬挂着数个竹编萝筛。一个古朴的大瓷缸里，随意摆放着一把干枯的树枝。

客厅外是一个同样宽大的阳台，视野极好，可见远处重重的山脉，层层叠叠蔓延着直至天外。苏希溪打开玻璃门，走到阳台上，凭栏眺望。

山里的雨，总是容易生起雾，她看向对面山顶的裸心堡，虽然是近年翻修的，但建在原址保持着原貌的城堡，在周围的古木和青松翠柏的环绕里，也有着一种悠远的意境。如烟似雾，朦朦胧胧，但再看，那犹如中世纪欧洲的古老城堡，傲立在山顶，尖尖的像是一顶帽子，也生出了一些变幻莫测的神秘感，仿佛恐怖电影里的镜头，里面会有蝙蝠和吸血鬼从城堡中涌出。

在这个重山深处，在这个烟雨迷离的下午，住在对面山上城堡里面的芮褰之，此时在做什么呢？苏希溪想着。

分开的这三年，他们俩互相还保留着微信好友，却极少有直接联系，一直是各自过各自的。从朋友圈偶尔透露出的信息看，这三年里，芮褰之的事业发展得很好。他所创办的私募股权投资公司，已经跻身投资界第一梯队。

“这是他应得的。”苏希溪想到。芮褰之在事业上的努力和付出，苏希溪看在眼里。即便是他们没有在一起，她也希望他得到他追求的成功。也因为此，才在他们恋爱时，芮褰之一次次爽约，没有时间陪伴她。

无论何时，都将利益摆在第一位的芮褰之，这两次，总归不会是因为她苏希溪而来。难道是和FUG收购项目有关吗？

苏希溪记起那晚喝得有些醉时，依稀听到钱明柏介绍，芮褰之的雪下资本也是穗广基金的重要意向LP。但此前一直没有任何信息是关于雪下资本入局的，况且300亿元的认购额早已经满了。各路资金想投都进不来。难道芮褰之是来抢资产项目的？与其说芮褰之是跟随着大家的步调，不如说他是跟随着FUG集团代表的步调而来？

如果真是因为此，苏希溪觉得这比起不是为了她而来，可能是会更糟糕的事情。她隐隐为芮褰之感到担忧。

早上车行山路的颠簸，让苏希溪有些晕车。她中午没什么胃口，喝了一口黑咖啡，看了看时间，才下午一点，时间尚早，距离晚上的安排，中间还有六小时的空闲时间。

虽然是工作出游，但无论如何，今天还是假期，带家人一道而来的高管们纷纷在陪家人。苏希溪只身一人，这六个小时她可以安排一些自己喜欢的活动。

她换上了一套舒适的Lululemon运动服，外面套上防雨衫，穿上轻便的运动鞋，只拿了手机，其他什么都没带，关上门，她要在雨中登山。

雨下得小了，丝丝缕缕落在她的脸上、身上，清清凉凉的。苏希溪喜欢这样轻便舒适的装扮，她不喜欢任何形式的束缚，但她也清楚地知道，生存在这世间，多少是要被约束的。

所以，她很珍惜自己一个人独处的时间。那让她从里到外，身心彻底有自由自在的不被束缚感。在她自己的空间里，那份自由的空间可以很广阔。在那里，没有尔虞我诈。她不需要戴面具，不需要伪装，不需要深思熟虑，不需要小心提防，也不需要步步为营的谋划。

在雨中，苏希溪一个人自由自在，漫无目的地走着。苏希溪蛮开心的，走着走着，她来了两个大踢腿，她有舞蹈功底，踢腿能踢到180度。“嚯，这姑娘厉害啊。”她身后传来路过的酒店服务员的赞许声。

苏希溪没有回头，她笑了笑，筋骨活动开了。她今年35岁，已身为一个大企业的管理层。平时在职场里环境险恶，她小心收敛着心性。而且，年纪也是一个约束。社会隐形规定了，一个35岁的女高管，就得模糊性别，淡化个人喜好，得沉稳多谋。不能再是一个心思简单，冒着粉红泡泡的小女孩。

苏希溪平时喜欢健身和运动，行动敏捷。她哼着歌，蹦蹦跳跳着，步伐轻快，毫不费力就登上了山顶。在眼前这一幅雨雾弥漫着的山景里，苏希溪仿佛看见了多年前的一个小女孩，生得漂亮，但不乖巧。她小的时候自由自在，上天入地，倔强而有主见。

数年后，她变成了一位身形优雅的女士，有着芭蕾舞蹈者的姿态，静静坐在咖啡厅的一个角落。她不言语，安静地、乖巧地坐在那里，浑身上下散发着书香味。她的美丽换了一种风格。那是经过了时间和经历的洗礼后，雕刻成的样子。也许，那是芮褰之喜欢的样子。

但苏希溪并不喜欢活成被别人定义的、表里不一的模样。

在她所处的虚假的中产阶层，所有的标准都被固化了。比如，审美就被那几个标志性的奢侈品的设计款式所左右。在那个充满勾心斗角的职场和生活环境里，这个阶层正在逐渐摒弃掉崇尚公平、正义，通过个人努力实现自身成功的价值观，反而倡导同一种隐形的扭曲价值观：成年人只看利益，不论对错是非。大家纷纷选择不择手段，弱肉强食，放弃了自尊和人品，出卖美德往上爬。

正是这种扭曲的价值观，导致不择手段的人屡屡上位。越来越多的人想要逃离职场，不是他们不愿意付出，而是他们不愿意被职场的潜规则驯服，不愿意承认一句“职场就是这样的”，而就接受那些黑暗、不公、扭曲、不道德。

通过不择手段获得利益后的那些人，又反过来以成功人士自居。物质世界极尽奢华，精神世界又一片荒芜，于是，他们更加肆无忌惮地践踏公正和道德，自以为高人一等，享受着高高在上的掌控感。

苏希溪不愿那样活着。她想要她思想的空间不被约束，不被规则约束，不被世俗约束，不受世事变迁约束，不受人生沉浮的际遇所约束。她想要追求自己内心真正想要的东西。比如，爱情，是更好的爱情，而不是妥协和苟延残喘。是事业，是更好的事业，而不是非要变成接受一切不择手段，获得丰厚利益的现实男女。

苏希溪从心底鄙视着那些人。她欣赏self-made[1]，成功又不丢掉美好品质的人。这也是她深爱着芮褰之的原因，她以为芮褰之是典型的依靠自己取得成功的人。但这几年，她不再对此持有确定性。

芮褰之也尊重想要追求独立的苏希溪，但他认为，这样有主意的女生，这样不识时务的女生，不适合做妻子。

翻涌的回忆，犹如雨雾从远处的烟雨深处，滚滚而来。让苏希溪有些难以招架。有些想法，苏希溪也没有和芮褰之沟通过，她只是猜测。不管怎样，他们分开了三年，这是事实。

她拿起手机，写下一行字：“ 山行易，回望难；烟雨重锁喉，未语亦休。”顺手将一路经过几座百年的历史别墅时拍的一些风景照片，分享在了微信朋友圈里。

---

① 白手起家的。

19 交易

这三位男士都不同凡响。一位是千亿私募基金的创始人兼总裁，一位是外资投行的首席经济学家，一位是国企投资银行部总经理。

裸心谷的树顶别墅，通常的设计是一楼是客厅；下到地下一层，是建在悬崖上的房间，通常一栋别墅设有两个套间。

赖泼戎趁着诚千是此次招待的东道主，安排了他和钱明柏住在同一栋别墅。他坐在客厅里抽烟，迟迟等不来钱明柏。赖泼戎发给钱明柏的微信，也迟迟没有得到回复。

后来他才知道，钱明柏是自己做主和安基证券的赵仁意换了房间，换到另一栋别墅去了。

赖泼戎只好登门拜访，在钱明柏的房间门口堵到了他。“钱总，我刚到时不就跟你说好了吗？我找你有事啊。”赖泼戎不满地责问道。

“赖总，不好意思啊，虽说是你们诚千做东招待，但毕竟此次收购项目，我们迈果科技是牵头方，我既要照顾各资方，又要照顾项目方。实在太忙了，多有得罪，多有得罪啊。”钱明柏圆滑得很，说话从不轻易得罪任何一方。

赖泼戎莞尔一笑，说道：“确实是，钱总照顾各方，也确实忙。我能理解，能理解啊。只要不是故意躲着我就好！”

“赖总大人有大量，还请您不要见怪呀。”钱明柏说。

“话说回来呢，我找你，也没有其他事，就是之前我们谈好的……

啊?”赖泼戎没有明说，用手比划了一下数钱的姿势。

“赖总，我没明白，您的意思是什么?”钱明柏假装没听懂，问道。

“老狐狸，你这是揣着明白装糊涂啊。”赖泼戎心里想道。但他面上也不翻脸，继续说道：“FUG收购项目，我帮你们在余董事长和他儿子余军那里吹了多少风，才有了现在的局面。之前，说好的500万元的酬劳费，我可只收到了100万元。现在项目进展也接近一半了，剩下400万元的尾款，是不是也该再分笔打过来了?”

“赖总，我知道这中间您出了不少力。无论是我个人还是迈果科技，都深深地记在了心里，非常感激。但500万元酬劳，也只是酒桌上的一句酒后话。况且已经给您卡上转过去了100万元。公司拨给我的预算也有限的呀!”钱明柏有些为难地说道。

赖泼戎一听这话头，钱明柏是想要赖账的意思。他嘴一歪，一只拳头狠狠砸向钱明柏头上方的木门上，脸往前凑到钱明柏跟前说道：“我说钱总，你这是想过河拆桥、卸磨杀驴啊!”

赖泼戎长得既高又壮，吓唬起人来用的手段也和不入流的黑恶势力一般无二。钱明柏自然不会吃眼前亏。他显得有些可怜兮兮地说道：“真不是，赖总，您误会了。我不是已经给了100万元了吗？这就表明，我和迈果充分肯定您对我们的帮助。”

“你别给我绕弯子，我说的是剩下的400万元，你们什么时候付给我?”赖泼戎不敢太大声，低声咬牙切齿地说道。

“赖总，没人说是500万元呀。您有合同吗？有明文约定吗？啊?”钱明柏将他一军。

“你……”赖泼戎被气得无言以对。钱明柏太清楚不过，这中间打点的劳务费，来处和去处都做了掩饰。根本不可能有任何落到纸面上的依据。

赖泼戎也知道追讨的钱“师出无名”，就算钱明柏不付这笔款项，赖泼戎即使用一些不正当手段，也得不到实质性的利益。于是，赖泼戎态度软了下来。“这样啊，钱总，咱们各让一步怎么样?”他把手放下来，说道。

“怎么个让法?”钱明柏试探性问道。

“剩下的款项，你如果一笔付清，我也不要400万元了。你给我300万元就可以。”赖泼戎说道。

钱明柏一听，心里哼了一声，嘴上回道:“赖总，给您的100万元真是我的预算上限了。这么着，等项目完全落定，诚千的220亿元到账后，我再付您50万元辛苦费，如何?”

“钱总啊钱总，你这算盘也打得太精明了！220亿元的资金到位，侬拢共只付我150万元，这说得过去吗？啊?”赖泼戎不满地反问道。

“唉，赖总，真没办法。这已经是我最大的权限了。”

“那你也不能事前说给500万元，事成了只付150万元吧？这差得不是一星半点啊!”

“赖总，今时不同往日。当时许诺您500万元，是当时的情况。现在，情况不同了呀。”

“有什么不同的?”赖泼戎不屑地问道。

“您可知道，我们这只并购基金可不缺资方。多少资金想投，投不进来的呀！认购意向额度早满了呀!”钱明柏有些得意。

“我说你当时找我的时候，你们还担心找不满投资的LP呢。你不能因为现在资方多，就不认账了吧?”赖泼戎火了。

“您也说了，现在资方多。那么，资方多是什么意思咯？大家都是生意人，利字当头，天经地义。您不会天真得跟我说，要我‘义’字当头吧？各自公司要发展都不容易，钱也不是天上掉下来的呀!”钱明柏怼了他一句。

“你……”面对滑溜溜的钱明柏，赖泼戎再次被气得说不出话来。

“这50万元我也不是必须得给，赖总。这雪下资本的芮总为什么这两次都会出现？您想想，我缺资方吗？哈哈哈……”钱明柏愈发得意。

赖泼戎知道这眼下的形势确实发生了变化，剩下的400万元怕是讨要无望。他下了一个最后通牒：“200万元，一个月内，你转给我。我们两清。不然，余董事长面前，我还是有一些话语权的。220亿元的大LP，也不是那么好找。没落袋前，你也不要太安心。”

钱明柏的老婆陆吟吟走了进来，赖泼戎说完，狠狠瞪了钱明柏一眼，转身离开了房间。

钱明柏对着赖泼戎的背影说道：“什么人呐！这不是公然敲诈勒索吗?”

“他敲诈，你就报警呗。”陆吟吟笑嘻嘻地回他。

“什么情况你不明白吗，还开玩笑？能报警吗？啊?”钱明柏刚才受了一肚子气，不满地对陆吟吟说道。

陆吟吟一副无所谓的神情，她和钱明柏是利益导向的一对夫妻。彼此之间有着深度的利益捆绑关系。两人结婚已经有12年，其间，两人各自出钱，投资的房产、股票，获得收益各入各账。生意上的往来，一笔笔账都算得非常清楚。这样的关系给他们带来了不菲的利益实惠。

“我帮你搞定他，不让赖总从中使坏，确保诚千的资金顺利到位。你当成一笔生意给我咯?”陆吟吟一本正经说道。

“他还要200万元，你搞定多少?”

“让他接受50万元两清。这150万元的差价，算是酬劳给我。”

“那我不是照样还要付200万元吗?成本并没有减少啊。”

“都是公家的钱，给你老婆总比给外人要强呀。这叫肥水不流外人田。”

钱明柏想想也是这么个理儿，从公转私，流向了他家里。“恐怕赖泼戎不会接受。”他担心道。

“我自然有我的办法嘛。”陆吟吟笑得千娇百媚。

“你，别到时候跟那只乌龟跑了啊。”钱明柏知道她的手段，心里不是那么的乐意。

“现在流行一句话是什么来着?基于共同利益基础的夫妻关系是最牢靠的。人不可信，利益捆绑还不可信吗?咱俩的关系就是八辈子也拆不散的，放心啊。”陆吟吟哄着他：“况且，咱俩不是还有两个宝贝儿子了嘛!自信一点，老公。”

钱明柏和陆吟吟都自认为是明白人，不择手段，只为获取利益。别说是老婆陆吟吟不时陪客户睡觉，如果客户是女性，只要对方需要，钱明柏也可以随时将他自己送上客户的床。

在他们看来，现在这个社会里，尤其是中产阶级以上的男男女女关系，也就那么回事。和不止一个伴侣有两性关系，是再正常不过的事情。越是颠覆三观的行为，越是某种程度上说明他们身处的社会阶层比一般人高，他们反而引以为傲。什么道德、名声，和利益比起来，在他们眼里简直是一文不值。

陆吟吟出面，150万元就省下了。在钱明柏和陆吟吟这对利益夫妻看来，这是一笔再值不过的交易。

安琪允和赵仁意刚从徐董事长入住的别墅出来，回赵仁意房间拿电脑。安琪允先进门，空荡荡的客厅，她听到楼下传来嗒嗒的拖鞋声音，走到楼梯口一望，只见陆吟吟正披头散发，衣冠不整地从房间走出来。

安琪允以为是自己的错觉，难道是他们进错了别墅吗？她再仔细一看，接着走出来一个男人，一把拉过去陆吟吟，从她背后抱着她，亲昵地在她耳旁说着什么话。

安琪允看得很真切，陆吟吟后面站着的男人分明是赖泼戎啊！

赖泼戎一把扯掉陆吟吟身上的浴袍，扔在地上，陆吟吟清脆而妖媚的“咯咯”笑声响彻整栋别墅。他们以为别墅里没有其他人在，一点也不加掩饰。

“嘘……”赵仁意不知道什么时候站在安琪允身后，对她比画了一个不要出声的动作，牵着她的手，往外轻轻走出去，退出了别墅。

出了别墅，赵仁意拉着安琪允一路小跑，两人一路跑到别墅对面的茶树林里才停了下来。安琪允喘着气，盯着赵仁意，他显然也看到了当时的情景。安琪允一时不知道该怎么开口，她第一次见到这么有悖道德的事情，仿佛要她提及此事，都觉得有些不堪。

“他们两人不是夫妻，对吧？”歇了一会儿，缓过劲来，安琪允终于开口问道。她希望是看错了，或理解错了，想要再确认一下。

“嗯。”赵仁意倒是显得镇定得多。

安琪允想要再说什么，赵仁意对她摇了摇头，说道：“保密，就当你什么都没看见。不要多事。”赵仁意嘱咐道。

安琪允见赵仁意一副见惯不怪的样子，不由察觉到几分赵仁意内心的深沉和心机。这和他平时表面看起来的儒雅大气根本不一致。她深吸一口气，也就不再和赵仁意多言。

安琪允转身回了自己入住的别墅，“天呐，眼前的都是些什么人啊!”她心里如此想着，感觉到她的三观受到了巨大冲击，有些信念上的坍塌感。

20 世间与世外

四个人又默默走了一段路，雨在似有似无地继续飘着。

雨天的路上，没有其他游客。这三男一女步行的场景，本就有些微妙。四人不说话，四周极端的寂静，恰恰如响雷一般，让每个人的内心都有些躁动。

山顶的苏希溪发了那条朋友圈后，沿着行车的大路，一个人慢慢往山下走。“叮……”她手机响了，拿起来一看，手机屏幕上弹出一条微信：“希溪，好久不见。”

苏希溪点进去一看，显示发微信人的备注名是“法银国际首席经济学家李渊”。这是一个她并不熟悉的人。她想了半天，这个人是什么时候认识的？是什么场合加的微信？

后想起是在不久前的画展上，李渊主动和她搭话认识的。苏希溪因出众的外貌，从小到大都很受欢迎。这些年来，她遇到的男生搭讪，少说也有百次。各种各样的搭讪形式她都遇到过，但数不清的搭讪男生里，她几乎没有遇到过任何一个靠谱的男生。这次，她想也不例外。回忆见到的李渊的情景，她当时似乎就有几分没来由的抗拒感。

苏希溪简单回了一个表情，算是应付过去了。

往下走，路经一处商店，看到在卖冰激凌。苏希溪平时几乎不吃任何甜食，但她会偶尔吃个冰激凌。于是，她过去买了一个奶油甜筒，坐在路边的长椅上吃起来。刚才沉浸在往日回忆中沉重的心情，在第一口甜甜的奶油融化在她嘴里时，就开始慢慢消散了，并且有一种清甜的幸福感。

正在苏希溪怡然自乐时，只见大路上远远的有几个人径直朝她走过来。苏希溪仔细一看，似乎是她认识的人。其中有一个是芮褰之！他旁边的是安基证券的许亦言。另一个人她看着有些眼生。

莫干山上的车道大路，不比林间的小路多，就这么一条，她想假装没看见他们，也没法儿装。都是工作场合的一些要紧人士，得大大方方打招呼。苏希溪连忙换了一副稳重的样子，但手里的冰激凌一时没地方扔。

三位男士走近时，其中，有两位不约而同开了口，问苏希溪。

芮褰之："怎么还跟以前一样，大冷的天里吃冰激凌？"

眼生的人："这么大的人还喜欢吃冰激凌呀？"

话说出口，两个人才意识到是同一时间，瞬间有些尴尬，相视笑了笑。

苏希溪不知道回答他俩之中的哪一个。她也并不想回答，她心里想道：35岁的女生就不能吃冰激凌了吗？冷天就不能吃冰激凌了吗？这些男生怎么就爱给别人条条框框的限制。

场面有些局促。原本准备好的场面话一时间也忘了，她望着眼生的那个人，问道："请问这位是？"

"哦，这是你们余董事长的乘龙快婿李渊。"芮褰之给苏希溪介绍道。

"法银国际李渊。"眼生的那个人似乎想要纠正芮褰之的措辞，他补充道。听到这个名字，苏希溪有些想起来了，这不是刚才给她发微信的那个人吗？

"希溪这么快就不认识我了？我们见过的呀。"李渊斯文地浅浅笑着。

"怎么会呢？认识，认识。"苏希溪回道，原来李渊还有这重身份。只听说余董事长的女婿是外资投行的一个高管，没想到竟然是他。不过，这也就解释得通，为什么李渊不是诚千邀请的VIP客户，却会出现在那天的画展上。

“但是你们三个人怎么会一起上山的呢？下午活动取消了呀，并没有安排统一的活动。”在登山运动状态中，苏希溪也放松了一些，不掩饰她的疑问。

这三位男士都不同凡响。一位是千亿私募基金的创始人兼总裁，一位是外资投行的首席经济学家，一位是国企投资银行部总经理。三人各自在事业上都非常优秀，早不是初出茅庐的毛头小伙子，看起来都是温和成熟的性格，不急不躁的。

但三人也皆是年轻有为。年纪最长的芮褰之，也不过才四十三岁；许亦言四十岁；李渊三十七岁。

“下午在房间待着没事，出来呼吸一下新鲜空气。路就这么一条，就遇上了，哈哈哈。”李渊答道。

“那你们这时间点也选得高度一致呀！看来你们三个人还真是挺有缘分的。”苏希溪说道。

“我看，是我们四个人都挺有缘分呀！”芮褰之接话。“你在山顶发的一条朋友圈，惹得我们三个人都不约而同地想上山看看！”他说道。

此话一出，场面又有一些尴尬。苏希溪感觉到，芮褰之今天的表现和以往有些不同。他以往是沉稳冷静的性格，但今天，似乎有些过于活跃，话也比平时多。倒是许亦言，惜字如金，保持着谦虚谨慎投行人的一贯风格。

“那你们继续往上爬山吧？我就不陪你们了，我已经爬到山顶了。我先下去了啊。”苏希溪急于脱身，她不想继续和这三位男士一起待在这种尴尬的气氛里，说完，她自己就径直往山下方向走去。

“唉，等等，我跟你一起下山。这莫干山我来过好多次了，山顶上去过无数回，我也就不上去了。”芮褰之叫住苏希溪。

“你们继续爬?”芮褰之问其他二人，他希望分头走。但没想到这二人也并没有想要继续爬山的意思。互相看了看，李渊说道：“晚上不是还要晚宴应酬吗？要不我们也别浪费时间往上走了，透气也透过了，早回去还能再休息一会儿。”

“好，那下山吧。”许亦言答道。

苏希溪本想甩掉他们，自己一个人清清静静下山，没想到，他们却一齐跟了上来，又回到了四人同行山路的尴尬场面。

“听芮总刚才的话，是和希溪早就认识吗?”一直沉默的许亦言，装作不经意地问道。

一时之间，没有人回答他。芮褰之和苏希溪不知道该怎么定义他们的关系，都没开口。芮褰之安静了一会儿，才敷衍地答道：“嗯，是。”

见两人不愿意回答的样子，也就没有人继续追问下去了。

四个人又默默走了一段路，雨在似有似无地继续飘着。雨天的路上，没有其他游客。这三男一女步行的场景，本就有些微妙。四人不说话，四周极端的寂静，恰恰如响雷一般，让每个人的内心都有些躁动。

走到一个小广场，分出几条小岔路。苏希溪灵机一动，说道：“不如这样吧，我们来比赛，各自选择一条不同的下山路，比比看谁最先回到酒店，如何?”

“四个人各选一条路，不能选同样的路哦。”苏希溪限定了一个条件，她不想还有人继续跟着她。

“好啊。”三位男士也是觉察出了几分苏希溪的心思，纷纷配合道。于是，四个人分头各自下山。

21 邂逅老者

苏希溪往回看了看，临近傍晚，山雾愈浓，能见度不高，看不了多远。古道两旁是十几米高的竹林，风一吹，窸窣作响。不久前还庆幸脱身了的闲适感一扫而光，取而代之的是她心里突然涌起的莫名的恐惧感。

苏希溪为了甩掉三位男士，主动选择了一条看起来很古朴的小道。这是一条古道，没想到前面看着还挺整齐好走的石板路面，越往前行，越破败，不像是蒋公道那样砌着整齐石头的宽路的古道。

苏希溪本想着她上山也没花多长时间，应该也很快就能回到酒店。但这条路越往前，越是年久失修的路面。它应该是一条平时几乎没有人走的古道。她几次想往回走，但又想着再坚持一会儿，可能很快就能到山下了。

山里的天黑得早，又碰上阴雨，还只到下午三点半，四周就暗了许多，开始麻麻黑。

小道很窄，前面的一段路更乱了。路面上的一些大石块歪七倒八，凌乱不堪地陈列着。大概是被溪水和山洪长期冲刷，铺路的石块大都已经翻出来了，像是一颗颗倒长着的刀尖，稍不留神就会磕碰到脚。山道两旁的泥土又被雨浸湿，非常滑。如果走小道泥泞的两旁，也难以下脚。

苏希溪往回看了看，临近傍晚，山雾愈浓，能见度不高，看不了多远。古道两旁是十几米高的竹林，风一吹，窸窣作响。不久前还庆幸脱身了的闲适感一扫而光，取而代之的是她心里突然涌起的莫名的恐惧感。

她开始有点后悔，与其被困在现在这样进退两难、人迹罕见的野山上，还不如刚才和那三位男士一起下山呢。尴尬就让它尴尬嘛，又死不了人。但眼下的这前不着村后不着店，路还走不了的山路上，真难说会不会有什么意外发生。

“有人吗?”苏希溪喊道。她心里越来越感觉到害怕。是继续往前走，还是原路返回？她正拿不定主意，站在原地。

“希溪——”，后面突然有声响，苏希溪吓了一跳，脚下一滑，摔倒在地。她哇的一声哭了起来。“是谁？谁在那里?”她大声问道，仿佛自己声音喊得越大，就越能给自己壮胆。

“希溪，是我，你没事吧?”不远处有个男人的声音回应他。是个人，不是别的生物。苏希溪放心了一些。那个人影从浓雾中影影绰绰的现了出来，还是看不清样子。

“你是谁?”苏希溪还坐在地上，见来人走近，她紧张地问道。

“别害怕，我是芮褰之。”那个人三步并两步地小跑着过来，伸出手来扶跌倒的苏希溪。

“哇——”苏希溪一看是他，刚才的紧张和恐惧感让她哭得更厉害。她抓住芮褰之伸出来的手，想要靠在他的肩上，却不小心把芮褰之也拉倒，芮褰之没站稳，两人一齐又都跌坐在泥泞里。

苏希溪不管这些，刚才把她吓坏了。她躲进芮褰之的怀里，一直哭，一直哭。哭了半天，不哭了，芮褰之才把她扶了起来。“不哭了，天马上要黑，趁着这会儿还能看见路，我们抓紧时间下山。”芮褰之冷静地说道。

“我们往前走，还是往后走?”苏希溪问他。

“这条路看来是走不通了。路面都烂成了这个样子，再往下走，几乎是寸步难行。但若原路返回的话，路程有些远，怕是还走不到大路上，天色就会黑。这一路上也有好多岔路，如果走错路，回不到大路上，就麻烦了。”芮褰之说道。

“那怎么办?”苏希溪看到了芮褰之，她心里其实就不再那么害怕。似乎即便是被困在山里，和他在一起，她也觉得不是绝境。

但芮褰之的心境就不一样了。他一定是要负责冷静地找到路，脱离眼下的困境和潜在的危险，将两个人一起带到安全的地方。那才是他在想着的事情。“我刚下来的时候，看到往回走，不远处有一条岔路，那条路应该可以到山下。我们走那条路下去。”

“你怎么知道那条路就是通的呢?万一走到一半，也是像这条路一样，前面没路了，怎么办呢?”苏希溪问道。

“应该不会，我仔细看了，那条路旁竖立了路标。路标的木头，看起来不是很陈旧，应该是一条可以走通的路。”芮褰之分析道。

两人决定往回去找芮褰之说的这条道。这时，苏希溪痛苦地叫了一声。

“你的脚是不是刚才摔倒时扭伤了?”芮褰之蹲下身来察看，苏希溪的袜子沾了很多泥，褪下来一看，脚踝处红肿着，不仅扭到了脚，还被锋利的石头尖划伤，流了不少血。芮褰之轻轻擦了一下血迹，苏希溪疼得直哭。

看苏希溪的样子，是难以再走远路。芮褰之思索了一下，拿出手机，但这一段路上，手机一点信号都没有。两人似乎真的陷入了困境。

“在这里吵什么呢?”四周突然响起了一个苍老的男人声音，苏希溪听到动静吓得慌忙躲在芮褰之身后，芮褰之握了握她紧紧抓住他衣袖的手，示意她不要害怕。两人朝四周看，难以辨别那个声音是从哪里发出来的。

苏希溪依稀见到一位白发老人从烂路之处慢慢走了出来，他身着一套纯白色棉麻质地的中式服装，头发尽白。说了刚才的那一句话，他就不再出声，而是立在路下，静静地看着芮蹇之和苏希溪。

两旁的竹林里风摇雨滴，不时发出一两个不明物体坠落的声响。

“我们该不会遇到鬼了吧?”苏希溪小声地说道。在这山雾中的路穷处，出现这样一个老者，显得很是诡异。

芮蹇之不相信这个世界上真的有鬼，况且这也还是傍晚，天色并未全黑，怎么会有鬼怪?但被苏希溪这么一问，竟问得芮蹇之心里也闪出了一丝灵异感。他握着苏希溪的手也不自觉得紧了一下。

见两人没回答，老人从那烂路往上走。只见他看起来年岁很大，有几分驼背，竟然腿脚十分灵便，颤颤巍巍地精确避开了那些路面上尖锐的石头，很快就走到了他们跟前不远的地方。吓得苏希溪和芮蹇之不自觉往后退了几步。

苏希溪看到老人衣领上有一颗颗斜下来的盘扣，那大概是20世纪的人爱穿的衣服。她曾在90多岁的外婆身上见过。如今，外婆已经去世十几年了。再看，老人穿的鞋，也是一双老式的厚底靴子，都不像是活在这个时代的人穿的式样。

她越想越害怕，一边更往芮蹇之身后躲，将眼睛埋在他的衣服里，不敢继续看那个白衣老者；一边小声说着：“天呐，怕真是遇到鬼了。原来世界上真的有鬼啊!”

“别自己吓自己，行走在世间，什么样不寻常的事情不都得经历?不必害怕，就算是鬼，最多也就只是吓唬你，让你感到害怕而已。鬼还能干啥呢？鬼没有人可怕。看看他想干什么？”芮寨之本是劝慰苏希溪，但自己说着说着，刚才浮起的那一丝恐慌也渐渐消失了。

“我问你们来这里做什么？”老者再次问道。

“我们走这条路下山，走到这里，发现前面没有路了。我朋友脚扭了，也往回走不了多远，被困在了这里。”芮寨之答道。

“哦，”老者听懂了，想了想，说道，“你扶着她，跟我过来。”说罢，转身往下走。

苏希溪想起了《西游记》里唐僧师徒遇到白骨精的片段就是在深山里遇到老人，跟她回家，结果被带到了白骨精的家里。她思维跳跃，想到这里，脱口而出：“白骨精是一具千年死人的骷髅。”

芮寨之其实也不约而同想到了这个故事，苏希溪说了这一句，他就懂了。他轻轻拍了一下她的头，小声安慰她：“好了，这是个人，不是一具骷髅。”

“这条路都烂成这样了，往前走只怕是走不通。”芮寨之提高声音，提醒前面的那位老者。

老者听罢缓缓转身，说道：“是你对这儿熟，还是我对这儿熟？”

芮寨之无言以对。

“这老爷爷还会怼人？那应该是个活人。”苏希溪听了老人的这话，觉得他像是有几分人气。她有些放心了。

果然，老人的胸有成竹是有底气的。芮寨之扶着苏希溪小心翼翼地走过这堆烂石头，艰难前行了二十多米后，老人走向了路旁延伸出的一条隐秘小道。这条路比刚才的古道更窄，没有任何显著的标识，看起来和四周的竹林荆棘丛融为一体，只能行一人，极不易被察觉。

但前面穿过一片密集生长的竹林后，小路渐渐宽了起来，路上也不再是光秃秃的湿泥，而是布满着密密浅浅的草根，既不滑，也不黏脚，路面干爽易走。

又往前走了一段，似乎到了山的背面。小道分出了两条，一条是修砌整齐，约两米宽，有些现代建筑感的洁净的石板路；另一条依然是窄路，约一米宽，古朴简单的样子。

老人带他们走向了一米宽的窄路。“老先生，只怕那条宽路更容易找到落脚点。”宽路的设计和材料质感讲究，很像通往别墅豪宅类的路径。沿着走，找到有现代文明的有人的居住点是大概率事件。芮褰之在后小心翼翼地提醒老人。

老人这回头也不回地说道：“你这个人话还真是多。你知道那条路通向哪儿？小心乱走给自己惹麻烦。”说罢，老人继续快步往前走着。芮褰之无奈，只好扶着苏希溪跟在他后面。

三人约走了百米左右，看到一所老房子，它有着江南老式建筑典型的马头墙，灰瓦。房屋看起来有些年头了，一米多宽门廊，数根粗大的实木柱立在石头上支撑着房子。老人推开已经褪色的镂空木门，让他们进屋。

22 回望终将消逝

老人调动着遥远的记忆，脸上不自觉泛起了笑意。在默认和习惯了她已经不在他身边好多年的现状里，追忆着很久以前她还在的那些日子。对老人来说，那段短暂的幸福，犹如一道远光，遥遥地还能映照着如今已经隔去了大半生光阴的这一刻。

如棋入戏

屋子里的陈设也相当古朴，只摆放着一些木质桌椅。老人招呼他们到主厅后面的偏屋，火塘里正烧着火。

木柴噼里啪啦燃得正旺，芮褰之和苏希溪围坐下来，烤着被雨淋湿，粘着泥的外套。贴身的衣服不便脱下来，便人往前靠着，让柴火驱散身上的湿气。一会儿工夫，苏希溪就感觉暖暖的。

老人拿来一个干净的木盆，和一条未拆封过的毛巾，递给芮褰之，指了指火塘铁架上煮着的铜壶，说道："喏，给你朋友清理下伤口。"

芮褰之用老人端来的木盆，倒了一些铜壶里的热水，细心地擦拭清理着苏希溪受伤的脚踝处的污渍，再用棉签蘸满药膏轻轻抹开。

苏希溪看着芮褰之，她从没有见过这样的他。"原来，你其实这么会照顾人。我一直以为，你是一个大大咧咧粗心的，事业上虽然很优秀，但什么生活技能都没有的男生。"苏希溪笑着说。

"那是因为工作忙，不想为生活上的事情花精力和时间，但不代表没有这个能力呀。"芮褰之有些得意地回答。

"你为什么会出现在我选择的小道上？"苏希溪问道。"不是说一人选一条道，不能选相同的吗？"见芮褰之不作声，她继续追问。

"万幸我走了这条道，不然，你说你刚才怎么办？脚受伤，手机也没信号，一个人在荒郊野外过夜吗？”芮褰之不说原因，绕到结果。

“好可怕，”苏希溪想到芮褰之描述的场景，她其实胆子很小，“真是想都不敢想。”

“谁让你一个人乱跑的？几个人陪你下山，好好的大路你不走，非要另辟蹊径。这下好了吧？”芮褰之有些责怪道。

“我也不知道会遇到这种情况嘛。话说回来，你是不是不放心我一个人走，才跟着我的？”苏希溪笑笑。

他们五年前相识，芮褰之总是很忙、很忙、很忙。他总是到处出差，在一起的两年，两人见面的次数屈指可数。每次约定了见面，都因为芮褰之的各种工作安排而一延再延。

上次一别，再见已经是三年后。

“如果知道要分开这么久才再一次相见，当初我就不应该那么轻易让你离开。但当时的我又能做什么呢？是在分别时，再仔细看看你吗？还是再多说几句话？还是做好要分别很久的充分的思想准备？”苏希溪伤感地回忆着。

“谁让你不辞而别，从北京搬去了上海？这一别就是三年。有人要做洋气的新上海女士，看不上老土的北京咯。”芮褰之有些调侃地答道。

“原以为去了上海工作，在北京那座城市里放不下的一些东西，我就可以放下了。三年前离开的时候，我是打算不再回北京的。过去的就让它永远过去了。”苏希溪说道。

“是吗？这几年时间过得好快，有些事情发生不久，我都觉得就像过去了很久一样。”芮褰之听到这里，也伤感了起来。

“但在上海的这三年，我发现并没有能逃离得了什么。你仿佛一直跟随在我身边，我只是见不到你。但你一直都在。

我还记得，我刚搬到上海，看房子定得急，没想到住到了一家刚去世老人家的隔壁。搬进去当天，帮我打扫房间的阿姨，才问到实情。住在这样的房子的隔壁，我每晚睡觉都留着一盏走廊里的灯不关。在我克服恐惧的过程中，有你的影子。

这个时候，我发一条朋友圈，你会第一时间留言安慰我。我在工作中受委屈了，遇到了重重待解的难题，发朋友圈状态，你也会很快有回应。谢谢你，褰之，谢谢你这几年远远地陪伴着我。在精神上起到支撑我的作用，感觉这几年间，我们的心就像从来没有分开过一样。”苏希溪回忆着分别的这三年发生的点滴，感慨道。

芮褰之确实密切关注着苏希溪。她的喜怒哀乐，他都留意着。虽然大都只是在她的朋友圈留下只言片语的几个字，甚至都没有微信上直接交流，未必对苏希溪的真实境况能起到实质作用，但在她所有的喜怒哀乐的时刻，他都第一时间，很快有一个回应。就像他一直在陪着她一样。

但听到苏希溪最后的几句话，芮褰之突然变得警觉起来。这几年，伴随着他事业上愈发成功，他身边总是会出现各种女生，深情款款地向他表白。他无从分辨哪些是真，哪些是假。于是，只要是听到这类话语，他一概就变得很警觉。

他认为谈感情是需要付出代价的，而他不想付出这个代价。他对苏希溪一直念念不忘是没错，但那并不是就代表着什么。

“我手机快没电了，晚上还有重要的晚宴，我必须联系上助理，我们必须赶回去。我去看看其他屋子里是不是有电源可以充电。”即使身在这深山处，物质最简朴的环境里，芮褰之只要提到工作，就又回到了那个现实世界中冷漠的样子。他找借口走出了偏屋。

“晚宴是你要求换餐厅的吗？你取代诚千招待道格拉斯是什么用

意?”苏希溪冲着他走开的背影，问道。

“你想多了。”芮褰之冷冷地回答她。

白发老者走了进来，坐在火塘边。苏希溪想着那个刚泛起柔情，可是那点人性味在他身上又转瞬即逝了的芮褰之，似乎他刚刚靠近她，又在离她远去。她盯着火塘里燃烧着的火苗出神。

苏希溪和芮褰之不同，她可以收敛起自己的心性，让思维变得复杂去应付世界，却始终保留着一份简单和真挚的内心领地，只对她自己和她爱与信任的人开放。她可以凭借自己的能力，去获取丰盈的物质世界，但她内心最珍贵的是真挚的情感，她可以随时放下那些繁杂和物质。

但在这人人都修炼了炉火纯青演技的现实里，假意稀释着真情，真假难辨，她的真挚反而显得像是赝品，甚至作假的人让真实的人反而产生了自我怀疑。

而芮褰之的真情从来是虚无缥缈的，是为了事业可以随时让渡的，是可以一段又一段地发生在不同女生身上的，他浮光掠影地从这些女生人生中路过，毫发无伤。他不会去管他是否伤害了别人。

“小时候，我奶奶和伯伯家也都有这样的火塘。从城里回老家，我们先要坐很久的汽车，再在窄窄的山路上步行，翻过几座山才能到。也因为离现代文明远，那里一度保留了完整的民俗文化。每当晚饭后，夜幕降临，大家就挤在一起，围着火塘而坐。小朋友们也喜欢凑上前，这里有大人们为他们在柴火上烤的红薯、糍粑、香肠。

还有老人们讲的惟妙惟肖的神话鬼怪故事。他们常常以讲着眼前的家常开头，以口口相传下来的远古的故事结尾。那些故事的发生地点，就在入村的溶洞里，或溪沟的岩石后。都是些周围熟悉的地方，让小孩子们容易相信，也容易由此而产生害怕感。

往往，孩子们听着听着，依偎在大人身边就睡着了。

被大人抱到床上躺着后，孩子们又醒了过来，他们住在吊脚楼上，听到山崖下养着的牛，系着的铃铛清脆的响声，溪水潺潺流淌的声音，害怕黑暗中会出现大人故事里讲的那些妖怪，迟迟不敢睡去。”无论是多么现代的物质社会，一坐在火塘边，看着火焰，人就即刻回到了从前。苏希溪回忆了很多小时候的情景。

“哦?”老人耐心听着，似乎很感兴趣。“你是少数民族?”

“您怎么知道的?”

“这种火塘是西南地区少数民族家庭中常见的，一家人围坐在火塘旁边取暖、做饭、谈古论今。”

“是呀，那您家里为什么会有呢?”

“我的爱人，她老家家里有火塘，非要我在这里，也给她做一个。喏，就有了这个火塘了。”

“那这个火塘有多少年了?”苏希溪好奇地问道。

“那好多好多年了，这个火塘造好的第二个冬天，她就离开了我。”老人调动着遥远的记忆，脸上不自觉泛起了笑意。在默认和习惯了她已经不在他身边好多年的现状里，追忆着很久以前她还在的那些日子。

对老人来说，那段短暂的幸福，犹如一道远光，遥遥地还能映照着如今已经隔去了大半生光阴的这一刻。

“人的感情很难琢磨，这些年，我觉得她早就走远了，但又好像她一直都在这里，从来没有离开过。”老人放缓语速，眼角似乎泛起了一些泪光。

苏希溪特别能理解别人的感受，她心软，见老人伤感起来，她也泪眼婆娑的。

老人见状，慢慢收回情绪，问道："你小时候常去奶奶家吗？"

"不经常，一年去一两次吧。经常是放寒假过年时去的。我平时和爸妈住在城里，奶奶家在山里面，小时候都不通路。下车后，需要步行一小时才能到村里。那是一片很神奇的地方。我最喜欢大雪封山时，'万径人踪灭，独钓寒江雪'的一派景象。

就那么几户人家，在山谷里，极其安静。围着火塘，煮化溪里的雪水，泡茶。遇上邻村来走亲戚的熟人，便请他们到火塘屋里闲谈。从爷爷奶奶、外公外婆，问到叔伯舅婶、小辈的孩子，共同认识的每个人的事，都能聊上几句。人和人之间，显得特别亲近。

奶奶年纪虽长，但总是随身带着一方有着精致刺绣图案的绢帕。这是她从小养成的习惯。她家有很好看的祖辈留下来的手雕梳妆边桌和雕花床。

后来上到初中的时候，再去，吊脚楼就拆了。"苏希溪回忆道。

"你是什么民族？"

"土家族。"

"那么，你奶奶家是在湘西？"

"您可太厉害了，还真的是湘西。不过不是现在的湘西自治州境内，是地域上属于湘西北一片。"

"不是我厉害，是我爱人也是湘西那一带的人。刚听你描述你奶奶家的情景，我就有些熟悉感。她过去也常常跟我说起那个神奇的地方。"

苏希溪问道："您的妻子是因为什么原因离开您的？"

"她是我的爱人，但不是我的妻子。"老人正色纠正道。

“……那，您有别的妻子?”

“没有。”

“她有别的丈夫?”

“也没有。”

“那您为何不娶她？你们相爱着，却为何没有结婚?”

“年轻的时候觉得对于一个男人来说，爱情似乎看起来四处都是，并不缺。遇到真挚的感情，又好像觉得可有可无。穷尽一生，更乐意去追求个人的成就和财富。”老人答道。

“是啊，往往为了爱情奋不顾身的都是女性。”苏希溪感慨道。

“外面那位男士是你男朋友?”老人问道。

“呃……”见苏希溪支支吾吾答不上来，“那么，你们是夫妻?”老人追问道。

“他都说了是朋友，哪是什么夫妻?”苏希溪语气里透露出一丝哀伤。她打量着老人，确实是上了年纪，显出了一些老态。但他行动自如，思维更是敏捷，一副活得很通透的样子。“可以问一下吗，您老人家贵庚?”她问道。

“83岁咯！”老人答道。

“但您身体这么硬朗，腿脚灵便，看起来比实际年龄小了十几岁不止呀。”苏希溪夸赞他。

“我嘛，我都老了。我的故事已经写得差不多了，即将盖棺定论。你们还年轻，还有大半辈子要过，来给我讲讲你们的故事。”老者笑着说道。

苏希溪见老人又将话题引了回来，有些幽怨地说道：“我和他几年前曾经在一起过，现在什么关系都不是。”

“曾经在一起过，那为什么分开了?”老人现出了长辈的慈祥。

“他很忙，总是将事业放在第一位。他说，他不擅长处理感情的事情。”苏希溪其实说不清楚，究竟是什么原因让她和芮褰之没有走到一起，也不是简单地说他忙，没有时间陪伴她这样的原因。苏希溪是一个独立的女生，她也需要充分的个人空间，并不需要一个时刻填满她时间的恋人。

“哼……”老人明显对这个理由也是不屑一顾。

“他说，婚姻没有意义，这个世界谁也不会一直陪着谁，没有什么东西会一直属于谁。”

“他还说什么了?”老人问道。

“他还说，有些人视感情如生命，有些人却是把工作当作生活的重点。他是后者，他要我理解他。”苏希溪回忆着芮褰之说过的那些话，她显然不认同他的那些看法。现实世界里，有无数的事实印证了芮褰之说的那些话，明显是一些形而上学的“不可知论”。

芮褰之的态度和他的一些想法，却如同给苏希溪洗脑了一般，限制住了她。爱情中，男生对女生的陪伴，对女生的责任，都是再正常不过的。就算再普通的女孩，她们也可以拥有那些。但于苏希溪而言，那就像一个禁忌。仿佛要求芮褰之的陪伴，要求他对她的责任，苏希溪就是不对的。芮褰之的态度让她觉得她根本不配拥有这些，她提都不该提。是，所以，苏希溪也没提。只是，莫名其妙地爱着芮褰之。

“他要你理解他什么呢?是要你理解他对你招之即来挥之即去的做法?只因为于他而言，那是让他舒服的状态吗?是要你理解他不必对你负责任的态度，任凭你一年又一年地白白耗费着你的青春年华?是要你理解，他既不给你现在的陪伴，又不对你负责任，不给你将来的无耻吗?”老人反问道。

老人犀利的言辞，让站在门外的芮褰之听起来如芒在背。

而火塘边的苏希溪听起来，似乎清醒了一些。老人的话从另一个角度道出了芮褰之的原意，听起来，芮褰之是多么赤裸裸地自私和不负责任的一个男人啊！他玩弄了苏希溪的感情，扬长而去，却轻飘飘地对她说：“你要理解我。”

“一旦你跟他要求陪伴和责任，他就希望你不声不响从他的人生中消失，再也不要出现。他迫不及待地想要将你从他的人生中彻底抹去。如同，抹去白墙上的一抹灰。抹去他人生中出现的一个污点，让它消失无踪，他的内心才会重新获得安宁。你懂吗？”老人语重心长地说道。

“芮褰之希望我不声不响从他的人生中消失，再也不要出现。他迫不及待地想要将我从他的人生中彻底抹去。如同，抹去白墙上的一抹灰。抹去他人生中出现的一个污点，让它消失无踪，芮褰之的内心才会重新获得安宁。”苏希溪将老者的话一个字不落地重复了一遍。

“你懂了。那你理解他吗？”老人问道。

这一番话是如此伤人，让苏希溪觉得心里好痛，但她竟然爱到了可以去谅解他的地步。苏希溪难过地、艰难地点了点头。

“你理解他了，那谁来理解你？”老人有些心疼眼前这个年轻的姑娘。

“他怎么不反过来想一想，你每一次想他的时候，他都不能出现。甚至，他可能还在另一个女人身边。你只能独自很难过，很伤心地哭一场，再默默把他放回心底最深处藏起来。

他自在来去，不必受你的任何牵绊，不对你的现在和将来负责任，留你一个人独自面对不确定的未知。在这些时候，他来试着理解过你吗？”老人的话一针见血，任由苏希溪为芮褰之找多少借口，都无法再粉饰什么。

苏希溪和芮褰之之间的感情，爱得深，却爱得卑微；爱得真，却爱得虚无缥缈，在这座深山处不知名的老屋里，被一个八旬老人一语道破。她伤心极了。

芮褰之走了进来，苏希溪下意识地急忙把眼泪擦干，将脸埋在手臂里藏起来，掩饰着她的难过。

“年轻人。”老人开口道。

“我都四十三岁了，不年轻了。”芮褰之刚才在外面听到老者和苏希溪的对话，尤其是对他行为的那些解读，内心非常不满，掩饰不住他的抵触情绪。

“哼！我都八十三岁了，和我比起来，你说你是不是年轻?”老者反问道，他也并不想要听芮褰之的回答，接着说道：“为何我能一下就看懂你的心思呢？因为我年轻时也和你是一样的想法。总觉得自己还算优秀，周围有阅之不尽的美人。似乎事业越成功，越是有无数的选择。不想因为一段感情就让渡出自己的利益。那不划算，对吧？”

芮褰之不习惯被人这么直接地剖析，尤其还是当着苏希溪的面。老人的话，简直让他如坐针毡。他不应声，盯着火苗。

老人接着说：“但是呢，活到我这个年纪，你的想法也许会发生改变。当然，她都告诉我了。你的观念有一定的道理。我承认，这个世界上是没有什么东西是能一直属于一个人的。但有一样东西是例外的，是你这个年纪不相信，而我这个年纪宁愿去相信的。”

芮褰之见老者说得这么玄乎，不免产生了几分好奇，搭腔问道：“什么东西?”

“一份真挚的感情。”老者笃定地答道。

芮褰之听罢，不置可否。

老者见芮褰之一副毫不在意的样子，像极了当年的他自己。年老的人总是很难说服年轻人不去犯同样的错误。

于是，老人缓缓说道：“我年轻时也没把感情当回事，认为爱情不过是荷尔蒙作祟，信不得的。认为爱情抵不过婚姻生活里的鸡零狗碎，终究有一天会被消磨殆尽。那么费劲地去爱有什么意义呢？这是我年轻时候的想法，自以为聪明，自以为活得明白。

到了我现在这个岁数，再回望，有哪些东西是转瞬即逝的呢？而哪些东西是持续滋养我至今的呢？这个问题，我们在年轻时就会有预判，那也是形成你人生追求目标和价值观的过程。你做了预判，然后，摒弃掉那些你认为会转瞬即逝的东西，而集中精力去追求相对持久的东西。

走到人生的最后阶段，你会发现，原来你曾经笃定的答案，其实到头来，恰恰是反过来的。

财富和金钱，到一定的数量，就足够衣食无忧，使你过得很好。再往上，财富增长就变成了一组没有任何意义的、冷冰冰的数字跳动。越过了那个数量之后，它带给你的就是反向力量，一种让你停不下来，逐渐失去控制的压力。你看看新闻，隔三岔五就有报道，多少所谓的成功人士被这种失控的压力碾得粉碎，不得善终。

当然，你有了财力可以尽情挥霍。去全世界各地再多买几栋豪宅，买几架直升机开开，去热带买下一个岛屿。但这些东西，就如你所言，只短暂地属于你。你也用不了那么多。

高高在上的社会地位如何呢？这个追求是没有尽头可言的。人外有人，山外有山。总会有人比你厉害，你如果追求这个东西，将自己一生置于赛场中，会把自己累死。即便奋斗一生，你做到了最高的位置。极端的例子，假设你做到了全球首富，坐上火箭，上了一趟太空，那又如何？你不可能一直住在太空里，不是还得回到地球上来吗？

这意味着，你就还必须接受地球上的生命规则。你渐渐地老了，最后要去了。又会有层出不穷的后辈，从底下生长出来。一茬接着一茬，任凭多少英雄伟人，弹指间匆匆而去。这是谁都无法逃离的规则。

你在财富和地位的不断地上升过程中，获得持续的满足感。但谁都不可能一直待在顶峰。月盈则亏，你有持续的获得，就会有逐渐的失去。社会地位对老了的你而言，可能更是负担。因为，你的权力和地位随着步入年迈，一定是慢慢稀释和减少的。你要不断承受着失去的痛苦。

到我这个年纪，你会发现，这些都没有意义。你最想做的，还是回到你出生和成长的那一方小小天地待着。而你希望陪在身边的，恰恰是你年轻时忽视了的，那个给你真挚感情的，曾经深爱你的人。

人年纪越大，对各种事物的欲望越低。如果不只是苟延残喘着等死，那么，执子之手，与子偕老的爱情，是可以点亮人一生最后一段路的最珍贵的奢侈品。那些原以为最脆弱，最易被岁月流逝掉的爱情，恰恰是在生命最后的阶段，回望中能带给你最持久和温暖的支撑力量。”老者回忆着他的一生，掏心掏肺地向芮寨之传授他的心得。

老人思路清晰，也很有深度和智慧，芮寨之似乎听进去了几分。但他从老人的话中清醒过来后，环视着他所身处的这栋老屋，没有看到哪怕一样还算得上值钱的东西。老人刚才的一番话里描述的无上财富和地位，和眼前他的家徒四壁有着巨大的差距，简直犹如梦幻泡影一般。这让芮寨之觉得，老人生在想象之上的鄙视很没有说服力。

“我们如果想要轻视什么，可能需要先爬到那个高度，待上一会儿。

再往两边平行地去看看，是不是有底气能去轻视？”芮骞之说道。

“嗯？”

见老者一下没明白过来他的话，“您也没什么可失去的财富和社会地位，自然是一副云淡风轻看得开的样子。”芮骞之直截了当地补充道。

苏希溪在旁留意着芮骞之的反应，她皱了皱眉头，心里很是失望。

“呵呵，呵呵呵呵呵，年轻人呐！说你年轻，你还不承认！”老者听罢他的话，摇着头，发出一阵不想再理会的笑声。“行吧，夜色晚了，我这陋室也不留你们了。”老人下了逐客令。

老人虽然不喜欢这个芮骞之，但苏希溪和他爱人之间的一些地域关系，让他产生了一些亲近感。“等等，姑娘手腕上也有伤口，处理一下再走。”

老人从口袋里拿出一个沾满药膏的急救贴，撕去表面的一层薄膜，给苏希溪贴上。这并不是一个简单的创可贴，而是更精致，更贴合伤口的纱布贴。苏希溪注意到急救贴一角，印有一朵小小的描着金边的白云，像那种设计得颇为别致的会所LOGO。

“谢谢，您一个人住在这山上，要多保重啊！”苏希溪有些不舍。

老人想了想，将芮骞之拉到一旁，还是再嘱咐了几句：“在山路上，你没有丢下受伤的她，这是你内心的选择。我希望你不要因为害怕失去一些眼前的利益，而掩盖你内心的真实想法。不然，以后你会追悔莫及。我之所以还跟你说这些，是因为不想让你步我的后尘，失去了就再也无法挽回了！”

“老夫隐居在此，不喜被打扰。你们来我这里的事，不要对外声张。

就当我们的这场相遇没有发生过。”老人交代道。

芮褰之和苏希溪明明记得，之前在山里走了很久，似乎已是身处在深山里。但出乎意料的是，从老人的宅子出来后，按照他指的路，直接有一条道。仅步行了十分钟，他们越过了一堵和四周的植物浑然天成的墙，没多远就到了交通方便的景区枢纽站。

两人往回看，发现这条道竟设计得非常独特。他们往外走时，一路都觉得脚下是明路。但走出来后，也许是层层叠叠的植被错落，和不同方向的原因，回头从外往里看，视觉上竟然看不出这是一条小道。路过的人，也只当它是一片山里的寻常树林。

芮褰之都不必再联系助理派车，直接坐上了一辆枢纽站停着的出租车，不到二十分钟车程，两人就顺利地回到了酒店。此时，晚宴已经开始了。

“你先回房间休息，我得去晚上的饭局。如果你累了，就不要过来参加晚宴了。”芮褰之对苏希溪说道。

“不必了，我也去晚宴。”苏希溪淡淡地回答他。

“你脚上有伤。”芮褰之不知道她这个时候倔强些什么，提醒道。

“不关你的事。”苏希溪说罢，忍着脚上的痛，径自往宴会厅走去。刚才山上老者的一番话，让此时的苏希溪对芮褰之从心底里涌上失望之感。

23 增资密会

本就不缺钱的老先生，目标早已不再是获得财富。但钱进账的那一刻，能让他感觉到一丝获取的成就感。由此，来对抗着失去奇迪公司的失落感。

如棋入戏

赶到宴会厅时，已近晚上七点半。见芮褰之和苏希溪前后脚进来，两人不约而同迟到了半小时，众人有些讶异。

因为芮褰之的入局，钱明柏许诺给赖泼戎的500万元酬劳费，大幅减掉了350万元。赖泼戎对芮褰之坏了他的好事，内心怀恨不已。又见他和苏希溪不知怎么走到了一起，赖泼戎皮笑肉不笑地说："嘿，这么重要的晚宴还有人迟到啊，看来，你们是没把道格拉斯先生放在心上。迟到者先自罚三杯。"

饭局刚开始不久，众人还在不咸不淡，有一搭没一搭地聊着天，见赖泼戎起哄，负责活跃气氛的陆吟吟也接着他的话："是啊，是啊，迟到者先自罚。"众人也笑着，纷纷附和。

说话间，赖泼戎从座位上站起来，催促着服务员倒满了一列小酒杯。

芮褰之酒量不错，对他而言，三杯不是难事。况且，他对参加饭局的某些宾客有生意诉求。赖泼戎的几句话，夹枪带棒地将FUG的代表扯了进来，这酒芮褰之是定要喝的。

但苏希溪脚上有伤口，她本身也不胜酒力。想到这里，芮褰之说道："女士就不罚酒了吧。她们爱美，可能化化妆，时间就耽搁了。我认罚，先喝三杯为敬。"

“罚酒还搞性别歧视吗？我可以喝。”苏希溪一反常态，并不领芮褰之的情，她拿起桌上的酒杯，一饮而尽。

“好，还是希溪爽快！”赖泼戎在一旁坏笑着喝彩。

苏希溪正要拿起第二个酒杯，手被迈果科技的创始人马翊按住。马翊抓起苏希溪的手腕，他本是想阻止她继续罚酒，但突然注意到她手腕上贴着急救贴。

马翊盯着那朵小小的金边云图案，神色一变，转而问道：“希溪和芮总都一起迟到，是不是有什么我们错过了的活动？你们是去什么地方了吗？”

苏希溪想到老者叮嘱的话，回道：“没有呀，没去哪儿。”

芮褰之也附和道：“没去什么特别的地方。下午有空，就去山上转了转。李渊，许亦言也都一起呢。”

许亦言帮腔道：“是的，下午我们几个一起回来的。芮总和希溪一起迟到，只是个巧合罢了。咱们也就别为难他们了。再说，道格拉斯先生也没说见怪呀。徐董，余董，你们说呢？”

徐国伟和余晖对这些事看得很淡，根本不放在心上，笑着摆摆手：“罢了，让他们就座。”

酒过三巡。马翊说道：“对不住了，各位。今晚我还有别的安排，我得先行离开。你们继续。”

“什么安排比在座的贵宾还重要？”赵仁意开玩笑，说道。

“要去见一位重要的客户。”马翊想了想，没有什么好的托辞，就据实相告了。

“你重要的客户不都在这个房间里吗？这莫干山上还有其他马董的客

户?”徐董幽幽地问道。

“上海来的客户，这不是放假了吗？大家都来莫干山散心，碰上了。”马翊回答。

徐董浅笑了一声：“好，你忙罢。”

“马董”，马翊刚到酒店门口，后面有人追了上来。马翊一看，是钱明柏跟着他出来了。

“你怎么来了?”马翊问道。

“天黑路滑，您也没带助理过来，我陪您一起去吧。”钱明柏讨好地说道。

马翊想了想，不作声。钱明柏见他没有拒绝，就默默地跟在他后面。

马翊没叫司机，他亲自开车。车开了约二十多分钟，停在一处漆黑一团的山路旁。“马董，这里乌漆麻黑的，连个路灯都没有。您确定客户是住这儿吗?”钱明柏充满疑惑地问道。

“照着路灯干吗？搞得灯火通明的一片，是想引贼上门啊?”马翊被问得有些不耐烦，答道。

钱明柏讨了个没趣儿，还是有点担心说道：“这莫干山两三百年前就开始成为游览地了，山上被人走出的小道无以数计，四通八达。这里又没有路灯，咱们要是走岔道了，在这山上迷了路，走不出去，可就麻烦了。”

马翊不再理会他，熄了火，将车钥匙往他身上一扔，径自下了车。钱明柏也急忙想要跟着下车，被马翊制止：“你不要去，就留在车里等我。”

钱明柏看着马翊钻进了路边的一片树林，不知道怎么非常快就已经看不到他，马翊的身影消失在了夜色里。

马翊用手机照着，步行了约一刻钟，沿着一条平整宽阔的路，往上山的方向再前行十分钟，来到一所大宅前。这座宅子总面积4000多平方米，分为地下一层，地上两层。

此刻，宅子室内各处均匀呈现着温馨通透的灯光。但这些灯光经过宅子四周一堵堵错落有致的墙面的遮挡和墙外延出去的各种高大树木植物的视觉过滤后，光线都显得隐秘了起来。即使是在漆黑一片的山上，从外面也很难看出这里有灯光。

马翊在大宅院门前露出脸，门禁系统识别后自动为他打开门。一路往里，再经过两道门的两重访客人脸识别系统，来到主宅。他一进入，宅内自动响起了360度立体环绕音乐，是勃拉姆斯第四交响曲E小调（Symphony No.4 in E Minor p.98）。

伴随着舒缓的交响乐，马翊步行着穿过长长的走廊，来到宽大的一楼客厅中央。一路所经过之处，灯光在原来的基础上亮度一一增强。路过后，亮度又自动减弱。宅内温暖如春，环境怡人。

一位机器人管家来到他面前，“马翊”，机器人通过门禁系统提前读取了他的信息，再次核验他脸和身份合一无误后，说道：“晚上好，先生在影音室，您请跟我来。”影音室在地下一层，机器人站上楼梯旁设计的一条滑道，缓缓下行，为马翊带着路。

这所大宅将人类目前最前沿的各项高科技，实验性地应用其中。全球都找不出来几所这样的房子。

大宅中的每个构成元素，从房间的墙、地板、家具、陈设，到各种功能模块，都可以灵活地进行重组。只要在大宅的中枢电脑系统里操作，这所大宅就可以在接收到指令后的半小时里，完成各元素重组，换成主人想要的任何模样。

马翊来过数次，他每一次来，大宅里的房间和路径都有所调整，就像一所变幻莫测的迷宫。

这所影音室和影院中的VIP观影厅一般大，配备着2.4：1超宽银幕，能同时容纳100人观影。此时，16K超清显示银幕上，正在播放着一些用老式摄像机拍摄的视频片段。暗红色罗尔福奔驰（Rolf Benz）沙发上，一个身影正坐着观赏着那些已经有些模模糊糊的画面。

“先生?”马翊小心翼翼叫道。

“可惜了，以前的技术手段太落后。物理的电磁导致数据丢失，这视频存的时间越长，就越模糊!”那个身影并不回头，声音显得有些痛心疾首地说道。

马翊只得走上前去，来到那人旁边。那人听到动静，才缓缓转过头，说道：“来了?”

“来了。先生。”

“吃过饭了没?”

“呃……”马翊犹豫了一下，在晚宴上，他只顾着陪几位主要宾客喝酒了，没吃多少食物。这会儿，肚子还真是有些饿了。

“走，去餐厅。你扶着我，今天我有点累了。”那人说道。

马翊搀扶着他，两人走出了影音室。身后灯光减弱，屏幕自动关掉了播放视频。

“先生累了，不走楼梯，请跟我来乘电梯。”机器人在旁边说道，领着马翊来到电梯间。“请乘坐3号电梯”，两人直接到了一楼餐厅。

餐桌用手触摸激活，是点菜的电子显示面板。两人参照着显示屏上的食物图片，各自点好想吃的食物后，信息传输至厨房的电子智能系统，相应的食材由冷鲜储藏室自动分拣，传送至厨房的全自动料理室加工制作。十分钟后，两道精美可口的食物由机器人送到桌上。

“其他事都能由智能设备代劳，唯独这吃饭不行啊。任凭科技再发达，饭还是得人自己一口一口地吃下去。最重要的是，吃饭还是有人陪才吃得香啊！我平时都是自己一个人吃饭，时间久了，都快活得没人气了！”先生说道。

“您不让人陪您呀，喜欢一个人住在这山里。不过这宅子倒是安全和舒适的，用的都是最前沿的科技应用的智能家居设备。”马翊说。

“哼哼，也就那么回事儿吧。这些科技研发出来了，总得有人去用啊。”先生淡然地说道。

“您这是‘凡尔赛’了……”马翊笑道，“这如今外面的智能家居还只用到什么声控窗帘、灯光、音乐和一点都不好用的扫地机器人呢。您这儿都能全自动重组了。”

先生白了马翊一眼，说道：“你还真别不信。我用这些不是为了自己，我是为了普罗大众。

现在这些高科技家居设备，穷人是买不起咯。那么，富人就要担起这个推进科技进步的责任。等技术再往后发展，造价降下来了，那么，自然就可以便宜地成为普通老百姓也可以用的设施了。”

先生见马翊认真思考着他刚才说的这番话的样子，“呵呵，信了？”他笑了起来。

马翊见状也明白了，“呵呵呵呵。”两人一起笑起来。

先生停了停，继续说道：“如今，在外你是数千亿身家的科技公司创始人。平时呢，面对公众，要弱化自己的财富，多说些老百姓喜欢听的话。不要高调，更不要炫富。说话要有智慧，别人越是在乎什么，你就越要说那个东西对你而言并不重要。说的话要将别人绕进去，那就对了。”

马翊连连点头：“先生真是高明啊。富人的一掷千金还掷出了个社会责任感，这番话要是出现在媒体采访里，您得圈多少粉啊。我得多学着点。”

“您今天怎么这么晚还没吃晚饭呢？”马翊记得先生向来每天习惯下午五点就早早用完晚餐的。

“呃……今天没什么胃口。”先生答道。

“收购进展如何了？”他转移话题，问到正事。

“FUG项目300亿元的并购基金，诚千集团意向认购220亿元，其他几家LP认购80亿元。”马翊答。

“这些我都知道了，说点我不知道的。”先生说。

“现在新来了一个雪下资本，对项目也很感兴趣。”马翊补充道。

“雪下资本？什么来头？”先生问。

“这是一家新生代的私募股权投资机构，创始人叫芮褰之，具有多年的金融投资背景。近几年上市的一批新经济独角兽企业，背后都有雪下资本的身影。因为有出色的投资成绩做支撑，也是积极扩展的打法，管理的资金规模迅速增长到千亿元人民币。”马翊答道。

“雪下资本似乎对FUG这个项目是志在必得，我们要不要从诚千集团的认购额度里分出一部分给他们？”马翊问。

“分额度？不分，没必要。”先生答道。

“是的，我也是这么考虑的。没有足够的理由支撑我们进行如此的操作。这两家的资金，毕竟对我们而言，没有什么区别。那我就明确对雪下资本表示此次先不合作了？”马翊试探地说道。

“不，我是说，不必分诚千的额度。没有说不要芮骞之的资金。”先生说道。

“嗯？那怎么操作？”马翊疑惑地问道。

只见先生转身，从厨房操作台上拿了一个大盘子，放在马翊面前盛着食物的小盘子前。“明白了吗？”他问马翊。

马翊看着眼前这一大一小的两个盘子，还是不解。

老人见马翊没有回应，于是，移走了他面前的小盘子，换上了大盘子。

“诚千和雪下的资金都引进来”，先生盯着马翊的眼睛，笃定地说道：“把原来的盘子做大”。

“哦，”马翊恍然大悟。“但是，怎么做大呢？”他接着问道。

“把项目的估值做大。”先生回答。

马翊听到这里，有些犹豫：“先生，目前的项目300亿元的收购价，已经是溢价极高了。项目的利润数据都经过了多轮调整，尽职调查和审计的机构也颇为费劲地打点过，才有目前的估值。再做大只怕是有难度啊。”

“事在人为。”先生说道。他见马翊不表态，想了想，又补充道：“FUG项目的核心是人工智能医疗，你就在这个上面做文章。”

马翊还是显得顾虑重重：“怎么再做文章呢？”

“你我都是搞互联网出身，科技怎么做文章你不知道？你好好想想。要么就是人工智能基础技术上有独到之处，要么就是人工智能医疗应用场景上有所突破。抓住这两个核心，弄些名头出来，再装到FUG收购项目里面去。”先生指导他。

“装进新的资产后，那我们这收购价扩到什么规模呢？”马翊问道。

“600亿元。”先生轻声地回答。

“您说多少？”马翊听到这个数字，吓得手一抖，手里拿着的明代象牙筷瞬间跌落到大理石地面上，硬碰硬，发出一声清脆的响声。古董筷子七零八落，碎了一地。

立在旁边的机器人管家自动监测到地面上的异物，它摁下自己身上控制面板中的一个按键，餐厅角落的一个扫地机器人马上过来，转动着吸盘，转眼地上就洁净如初。

“你这些年公司发展得这么快，生意都做到这么大了，怎么还是这么沉不住气啊！嫩得一塌糊涂。”先生不由得有些恨铁不成钢。

迈果科技的互联网产品日活用户上亿，马翊早已经跻身赫赫有名的互联网大佬之列。在外可以说是呼风唤雨，风光无限。但此时，他乖乖地听凭先生的指责，不还口。

待到先生火气消退了一些，马翊才说道：“一下子从300亿元扩到600亿元，会不会太夸张了？保险一些咱们不然在原基础上增长10%—20%？”

“600亿元的收购夸张吗？”先生反问他。

“当年联想收购IBM PC 业务，现金加股票总共才花了约80个亿。我们这能是它的7—8倍？”马翊信心不足。

“那个收购是什么年代？现在又是什么年代？怎么可以相提并论？最近美国一个游戏公司收购同业公司，收购价折合人民币1000亿元。饿死胆小的，撑死胆大的！你看看这几十年，各行业发展得迅猛的公司，哪一个不是敢于冒险，敢于放手一搏？”先生说道。

马翊还是颇有顾虑，说：“搏出问题来的企业也不少呀。前些年互联网金融盛行一时，大家纷纷涉足P2P行业，结果一地鸡毛。只要是沾染上了P2P业务的公司，都是泥足深陷。”

“金融稳定和民生稳定是政府部门的底线。有互联网基因的企业去涉足金融领域，那段路是我们当初走进的一个岔道。当然，金融的生意来钱快、赚得多，我们也不可能不心动。”先生说道。

马翊说：“就算P2P小额贷款业务的扩张不是一步对的棋，但有一步如今回想起来，还是可惜的。当年我们就差那么一点点，就能拿到A股的券商牌照。收购都到了最后的阶段，批文下不来。非常可惜啊。如果当时闯关成功，我们就不会像如今只有美国和香港的券商牌照。”

先生说：“有比没有强。”

马翊说：“美国和香港的券商牌照容易申请到，但市场总是做不大。远远没有国内的市场这么赚钱！”

“如今，再说这些都没有意义了。我们要接受这个事实，有互联网基因的企业，尤其是民营的，不要去触碰需要牌照的金融业务。但是，有些生意，不是说非得要这个牌照才行。

牌照是什么？它不过是一个许可，一个通道而已。直接拿牌照不行，围魏救赵、曲径通幽的办法总是有的。要时刻记得，我们要到达的地方是罗马，不必非得执着于走哪一条道路才行。”先生悠悠说道。

“您说的极有道理。”马翊点点头。

“所以，FUG收购项目，即使我们没有牌照，通过这样一番运作，也照样能够撬动巨额资金，来帮助我们达到目的。

安基证券和这次项目的卖方、买方、项目的审计机构和律所，哪一家不是大名鼎鼎的国内外投行和中介？他们既然是通道的作用，那我们就大大方方地用他们就是了。不过就是付一点费用而已嘛。”先生补充道。

“不过，就算我们把项目包装到了600亿元的估值，但这多出来的

300亿元，雪下资本也不会全吃下呀！资金缺口怎么解决呢?”马翊退了一步，问道。

“不是还有诚千集团吗?”先生反问他。

“他们已经吃进了220个亿，哪还有那么大的资金实力?”马翊说。

“怎么没有？你仔细想想。诚千集团作为实控人，旗下设立的财富管理公司一大堆。它一家诚千财富就能销售220亿元，那么，华安财富、大金财富、晟天财富，这平均每一家财富管理公司都是千亿的管理规模。诚千集团旗下还设立了信托公司。区区几百亿元，对他们来说，能有什么问题?”先生分析道。

“原来谈好的300亿元的收购，返给迈果科技是100亿元。如今整体收购股价扩张到了600亿元，那么我们的返回要什么标准?”

“原来的100亿元不变，新增出的300亿元，我们要拿走250亿元。”先生不动声色地说道。

“FUG的对接人和吴念不会同意的。”马翊说。

“由不得他们不同意。新增的300亿元是我们的筹划，在原来的基础上，他们轻轻松松能多赚个50亿元，还有什么资格来谈条件?”先生说。

“那这个项目我们能拿到350亿元，也不枉费精心筹划一场。”马翊说。

老先生毫不在乎地一笑：“说了你还是差点历练吧？这才哪到哪儿？这都是小钱。”他顿了顿，看着一脸不解的马翊：“你上市公司的股价，会因为这个收购暴涨。你就这么操作，到时候先隐秘安排一些庄家拉几个涨停板，紧接着，再对外披露收购的消息，接下来的一拨跟风涨停那你想拦都拦不住啊！呵呵。”

马翊听到这里恍然大悟，他的迈果科技上市时间不长，才短短一年，但受到资本市场热烈追捧，如今公司的市值已经冲到了2000亿元。然而迈果科技才刚刚实现盈亏平衡，他原本以为目前的市值已经是顶天的规模了，但老先生的一席话，让他仿佛看到了通往另一个新世界的大门。

他说道：“不得不说您作为互联网圈的隐形幕后大佬，真是太高明了。我和迈果科技很庆幸能受到您的指点。”

老先生听罢摆了摆手：“不说那些。”

马翊接着回道：“您当年在奇迪公司的鼎盛时期，急流勇退真是太可惜了。如果您继续执掌奇迪，他们会比目前发展得要好得多。”

“我当年的辉煌已经是昨日星辰了。不过我没有料到的是，在我名义上退休后，对公司的新任管理层会失去控制，这也是我最大的一个失误。而在早期融资时，以及后来公司挂牌上市后，我持有的公司股份被稀释得太厉害。两项原因叠加起来，最终导致了我失去对奇迪公司的实际控制权。”说到这里，先生情绪低落起来。

“您不要伤怀，不管这家公司是不是属于您，您在互联网圈的地位没有人能够撼动。”马翊安慰着他。

“嗨，原本以为人老了，赚的钱又几辈子都花不完，就能看淡那些世俗，但最终发现，人很难放过自己。你看到自己当年一手创办的公司落到别人手上，你对公司的控制权一天天减少，那种从山顶往下走的感觉真是让人难受。仿佛你的余生从此就要在一个不断失去的过程中煎熬着，直到死去。守着一堆钱，又有什么用呢？再多的钱也填补不了你心理上的失去感。”老先生说道。

为了弥补他内心的失去感，他在年近八十岁的高龄时，一手创办了“云启会”，扶持着科技新生代公司和创始人，来延续他的影响力。马翊就是他一手扶持起来的。

本就不缺钱的老先生，目标早已不再是获得财富。但钱进账的那一刻，能让他感觉到一丝获取的成就感，由此，来对抗着失去奇迪公司的失落感。

裸心堡的晚宴上，马翊离开后不久，诚千集团的董事长余晖接到一个神秘电话，手机屏幕上显示着来电是一串复杂的网络电话号码。一向语迟话缓的余晖看到屏幕上的呼叫号码，一反常态，马上一脸严肃地快步走出了宴会厅。

他来到一处僻静的角落，四下张望，确认周围无人后，从外套口袋里拿出另一部只有通话功能的老式手机，拨通了那串网络电话，小声说道："老书记。"

"这两天和FUG集团的代表聊得如何？"电话那头的人问道。

"老书记，FUG项目是一个资金规模很大的并购项目，如果我们参与其中，其他产品的兑付现金流可能会受到很大的牵制和影响。"余晖说道。

电话里沉默了一会儿，接着说道："做生意要看长远，眼下的一些困难是可以克服的。"

"这个项目我们参与的必要性在哪里呢？"余晖小心翼翼地问道。

"这么多年，诚千表面上是你的私人企业，生意由你的家族在打理，但实际上能够越做越大的原因你我心知肚明。我们过去走了很多弯路，什么生意热门就做什么，收购过上市公司，做过P2P小额贷款，开发过房地产。是什么能支撑我们熬过不断的试错，仍然屹立不倒？

如果不是靠着我积累下来的政商界的资源，诚千早就倒了数回了。如今证明，私募股权投资和财富管理这一条主线上的生意算是走通了，成了集团的'现金牛'。但商界瞬息万变，监管日趋严格。我们必须为更长远的将来早做打算。

如今，我和几位老同志已经退休多年。我们这代人提拔和扶持的一代政治势力也渐渐过了黄金时期，他们在政界的影响力也在减弱。我得到消息，FUG项目的中间人吴念是某在位高层领导的儿子，这个人正是我们搭建起新的政治资源网的关键。况且这个项目是优质资产的收购，本身有一定的稀缺性，又是高门槛，还有广泛的应用性和好的前景。如果能做成就是一箭双雕的事情。”电话那边的人耐心解释着。

余晖听到这里，内心踏实了一些，连忙应允道：“好的，老书记，您放心，我一定落实好这件事。”

24 芮褰之的选择

阳光照在芮褰之的脸上，苏希溪好久没有这么仔细清晰地看这张脸了。芮褰之表面看起来变化不大，短短的头发显得很精神。但苏希溪细微地察觉出，他似乎没有以前那么讲究了，似乎生活状态更粗糙了一些。

秋天的山风，泛起了心中的涟漪。

第二天，莫干山的天气放晴了。阳光毫不吝啬地从云朵里透了出来。这一天的行程安排依旧闲适，任由大家睡到自然醒来。

芮褰之入住的是悬崖边的套房，朝向东南面，一天到晚都有充足的阳光照射进来。客厅一整面墙都是透亮的落地窗，屋外的阳光正毫无遮拦缓缓从山下攀爬进窗户。宽大的客厅一角，被布置成一个茶室。阵阵淡淡咖啡香味在屋内四散游走。茶桌上，摆着一壶红茶、一杯清咖。

坐在茶室里的人，置身于和煦的阳光中。心情本该是明朗的，芮褰之和苏希溪重逢后，几次的相遇都是在非常态的环境下，两个人始终没有机会好好坐下来单独叙叙旧。想着昨晚山上老者的话，晚宴上苏希溪突然冷淡下来的态度，芮褰之心里有些不舒服。他发了微信，约她上午10点见个面。苏希溪考虑再三后决定赴约。

阳光照在芮褰之的脸上，苏希溪好久没有这么仔细清晰地看这张脸了。芮褰之表面看起来变化不大，短短的头发显得很精神。但苏希溪细微地察觉出，他似乎没有以前那么讲究了，似乎生活状态更粗糙了一些。

即便是约了见她，他也并没有好好收拾他自己，随意地穿着一件浅灰色冲锋衣，里面配着一件淡蓝色牛仔衬衫，脚上穿着一双运动鞋。他的嘴唇因秋季的干燥，裂开一条条的小口子。

苏希溪从她随身带的缪缪褶皱小羊皮包里，拿出一只无色无味的润唇膏，走到芮寨之面前，“不要说话，”她拧开唇膏，细心地将润唇膏慢慢涂在他干裂的嘴唇上。苏希溪身上淡淡的香味，离芮寨之很近。这一刻，他们都感觉到一抹浓得化不开的柔情，笼罩在两个人身边。

今天的好天气和周围的温馨环境让苏希溪看到芮寨之，没有昨晚那么抵触。但昨天在山上白发老者家里的谈话，始终萦绕在苏希溪的心里。她为芮寨之抹上唇膏，不过是下意识的举动，因为她自己觉得嘴唇干裂的时候，整个人浑身上下都会不舒服。她不想让他有任何不适感。

这一刻的暧昧氛围，苏希溪既想要沦陷其中，又提醒自己不能再陷进一段无望的爱情中去。

无论怎样，苏希溪对芮寨之都恨不起来，也怨不起来。她只要看着他，就知道自己是深爱着芮寨之的。只要他牵起她的手，她可以跟随着他去到任何地方。

芮寨之也确实忍不住想要牵起苏希溪的手，想要去靠近她，拥抱她，亲吻她。但他非常清楚地知道，自己要的是什么。经过分开这三年里的再三权衡，他已经做出决定。说得好听点，是不要再耽误她；说得难听些，是他自己也不能陷得太深。分隔了三年的两个人，彼此克制和压抑着对对方的爱意。各自回到茶桌的两边，相对而坐。

“这几年，在上海就没有什么新的感情吗？”芮寨之一边低头往茶杯里倒着茶，一边装作不经意地问道。

“没有。这几年，就是日复一日，超级繁忙的工作。极少的休息时间，除了去健身房锻炼，和朋友偶尔见见面，看看电影外，就没有其他了。”苏希溪对他并不想隐瞒什么。

“就没有什么聊得来的异性朋友吗?”芮褰之不太相信。

“我倒希望有，但是几乎没有任何非工作关系的异性存在的时间和空间。上海的朋友多是有工作往来的关系，别人有求于我的比较多。所以，相处起来，也是有所提防的。太熟了的话，工作中也不好办。”苏希溪答道。在爱情里面，她是没有心机的。苏希溪的一番话，让芮褰之放了心，知道她的一颗心，还是全放在他这里的。但，他也便无所谓起来。他耸耸肩，不接话。

苏希溪看着他，见他也没有进一步的反馈，有些怅然地说道：“你说爱情为什么会这么荒唐呢？一点点短暂的相处时间，却可以把人没有期限地困在里面。我在上一段感情里耽误了7年，在对你的感情中又匆匆过了5年，我还有多少时间可以消耗？三年前没有解决的问题，三年后依然面临着。这个问题于你而言，可能也不易。”

“我全部的精力都花在了工作上，我没有时间想那些。”芮褰之听到苏希溪又提起这个话题，他依旧拿出同一番说辞。

“是啊，我的主要精力也在工作上。但我认为这件事很重要，值得花时间想一想。也许，你早想过了，对吗？昨天晚上，我翻看了三年前的微博、日记所记载的点滴，发现那几年，我爱你爱得那么的卑微。你根本不屑于花时间和精力和我相处。看着过去那个自己，很可怜，常常一个人哭。明明受到了很大的伤害，去到任何地方都逃不过对于不被你爱的失落感。我装作没受伤，却每想起来，都异常难过。”苏希溪说道。

“对不起，希溪，我真的主要精力在事业上。我实在不擅长处理感情的事。”见提到了往事，芮褰之说来说去还是那几句话。

“褰之，你知道爱一个人的感受吗？爱一个人就是在你不能给我陪伴，现在和将来都不能给我的时候，我却依然无法不爱你。因为你是藏在我心底那股支撑的力量，只要你对我微笑，我就觉得我人生的精神支点在这里。哪怕我需要一个人独自面对现实人生中的一切，我也无法将你从我心底里拿走。”苏希溪说道。

“你为什么会爱我呢？”听到这里，芮褰之非但不为苏希溪流露出来的真情所动，他反而觉得不理解。他喝了一口茶，假装不经意地问道。实际上他竖起了耳朵，心思精明地等待着苏希溪的回答，好进行判断。

随着事业越来越成功，如今的芮褰之，除了他自己，谁也不相信。他小心地提防着一切人。如果第一次见面，芮褰之显示出这般生意人的深沉城府，苏希溪就不会爱上他了吧。遗憾的是，那时候的他，完全是另一副干净、值得信赖的模样。

“和你的第一次见面是五年前。我清楚地记得，是在一家中式餐厅。我迟到了，到的时候，看见你面向我来的方向坐着。我一眼就看到了你，我想，这个人长得真干净。我们吃饭时，你不时地去接电话。

吃完饭，分手时，在一个路口，不知道为什么，第一次见面，我就不想和你道别。也许，你给了我一种可依赖感。就想和你再多待一会儿，聊聊天、散散步。在十字路口，你问我：那你回家吧？你是不善于告别的。因为你的告别，不干脆，有一种莫名的纠缠在其中。

第一次见面分别的情形，就像一只预告短片。今天我才发现，原来，我们之间的结局，在五年前第一次见面时，上天就已经明示过了。当时，你往南走了，我往西走。中间曾有不舍，曾想要不顾一切，不顾去向地相伴和跟随，却终了，两人走向了两个截然不同的方向。再也不可能相逢。那是我对于爱的希望萌生之处，但却也是陨落之地。”苏希溪伤感地回忆道。

“希溪，非常感谢你对我的记挂和爱意。我一直希望你能早日找到合适的、能爱你、你也爱的人。”芮寨之并没有想要挽回她。

尽管早就知道芮寨之是这样的态度，苏希溪还是对他的放手感到心灰意冷：“是我看错你了。你和那些坏的社会风气里的人是一样的。”

“你要咋理解就咋理解吧，我跟你已经很好地解释了，不要把我扯到你的逻辑里去。我再次声明下，我没要求你咋样，你真别想多了。我没看轻你，你也别看轻我。”

“你们做金融的人太现实，太复杂，内心都是坏的。”

芮寨之无言以对。

“你自己不也是金融机构的吗?”

“我是中后台部门，不是前台业务部门。我的品行并没有被这个圈子带坏。但是你让我心里的一股精神力量幻灭了。这个世界上，真的是只看利益，不分是非吗?没有美好吗?有，都是穷人的。要先踩在脚下，人才能过得好。这多么可悲。”

“精神力量来自自己内心，你不用管任何人，任何人都灭不了你的内心。”

“我们的思维方式不一样。女生的精神内核是爱，要被爱包围着。我就是想要保留这一点点的希望。”

“那就坚持自己内心，大家都要如此。”

“三年前，我无论怎么做，都于事无补。你若不想停留在我身边，终究会离开，就如同现在一样。”

“希溪，祝你中秋节快乐。”

芮寨之的态度虽然皆在苏希溪的意料之中，却依然再一次狠狠地伤害了她。就像她放任着三年前他伤害她，如今又再一次重复那个一模一样的过程。中间的三年，她也去做了远离他的努力，但怎么到头来，又被他伤害到了呢？难道她真的对此就无能为力了吗？

毫无疑问，芮褰之是这段感情处于优势位置的那个人，一切似乎都被他操控在手心里。芮褰之无动于衷地看着她一而再，再而三地受伤。

苏希溪异常难过地从芮褰之的房间走出来，拉开那一扇门，那种伤心和痛苦感几乎让她难以迈出哪怕一小步。她全身的力气、心里的信念，全部随着芮褰之的冷漠无情而土崩瓦解。

这一幕正好被李渊看见。李渊的太太余青青，也就是余晖的女儿，由于她想住在这家酒店，夫妻二人便也住在了裸心堡。一早，余青青去了对面的裸心谷找余晖。

李渊见苏希溪从芮褰之的房间出来，再看她一脸万念俱灰的神情，心里明白了几分。他不动声色，上前扶住了苏希溪。苏希溪抬头看了看搀扶她的人，她并没有在脑子里做出判断，只是任由这个人扶着她离开。她脑子里此时一片空白。

李渊将苏希溪带到酒店咖啡厅一处隐秘的角落。苏希溪沉浸在刚才的情绪里，久久不愿说话。两个人静静地坐了一会儿。

李渊先开口："看一个男人是不是爱你，你不要听他对你说了什么，而要看他为你做了什么。"他轻声说道。

"他从来也没对我说过什么动听许诺的话，更是没有为我过做什么。"苏希溪悲伤地回答。她都清楚，她心里都清楚芮褰之对她几乎从未付出过什么，无论是感情，还是物质。但是，她对他就是一眼的认定后，再三地难以割舍。

“既然他什么都不曾为你付出过，你又为什么要那么爱他呢？男人是不会对他什么代价都没付出过就轻易得到的女人珍惜的。”李渊劝说苏希溪。

“不是那样的，芮赛之和你口中说的那些男人根本就不相同。我和他的感情不是那些俗气的爱情理论可以套用的。”苏希溪有些生气，反驳道。

“那你说说，你和他的爱情究竟有多么脱俗？你没有人间烟火气的奋不顾身地一头扎入爱情里，对方却满脑子世俗的念头，衡量和评估着与你在一起的得失，最终舍弃掉你。这就是你以为的与众不同的爱情吗？”李渊一番话说得冷静而无情，苏希溪竟无从反驳。

李渊继续耐心地开导她：“爱情本来就是俗气的，你要是一点都不世俗化，就注定得不到你想要的爱情。再者，不要将你喜欢的男人放在一个太与众不同的位置上去。男人本质上都是一样的，概莫能外。更不要因为他对你的那一点点好，一上来就轻易地付出了自己的全部。”

苏希溪抬起头认真看了看眼前的李渊，在他冷静的分析中，她渐渐有些恢复，反应过来这个男人的身份，“你是清华的经济学博士毕业，学的又不是爱情学，怎么就能说你所言正确？”

“当局者迷，旁观者清。我没修习过爱情，但我是一个男人。我了解男人的想法。”李渊眼睛里透露出一丝柔情。

“那你用男人的思维帮我分析分析，你接近我又是为了什么呢？”苏希溪不屑地嘲笑他，她和芮赛之的感情纠缠太久，她自己困在其中，早已失去了分辨的能力。但对李渊的意图，苏希溪明显看得清清楚楚。

李渊对她的质疑没有丝毫的反应，他并不接她的这句话。只是若无其事地说道：“晚上没有什么安排的话，我带了几本关于人生选择和放弃的哲学书籍，我来找你聊聊。”李渊说道。

苏希溪用近似愤怒的表情看着李渊，她实在是不明白，她都明确地提出了要和李渊保持距离，李渊却能做到对她的拒绝视而不见，依然毫无顾忌地接近她。是看她好欺负吗？还是这个男人品行道德实在太差，脸皮太厚？

李渊一个有妇之夫为什么要追着对她献殷勤？她断然不想和一个有家庭的男人有什么瓜葛，更不可能去破坏别人的家庭，难道李渊看不出来苏希溪是一个品行道德感极强的女生吗？他如果只想寻求婚外情的刺激，世界上那么多女生，不在乎感情只追求刺激的也很多，他为什么不去找那些人，而非要来招惹她？

苏希溪在心理、生理、道德观方面都有着严格的洁癖。她只想独善其身，按自己的意愿生活。“不需要，你还是陪你老婆吧。”苏希溪再次拒绝道。

“她有事，中午就提前回上海去了。”李渊回答。

“你……”苏希溪被李渊恬不知耻的态度气得无言以对。这个世界上只有对婚姻中女性的保护，却没有对未婚女性的保护。男人犯道德错误的惩罚成本太小，除了极个别的女性会站出来以鱼死网破的方式揭露，让失德的男性受到舆论谴责外，大部分品行败坏的男性几乎不用付出任何的代价。回到他们的家庭依旧是一个“好丈夫”，一个“好爸爸”。这样的社会风气让他们更加肆无忌惮地到处拈花惹草。

“行吧，晚上就不来找你了。你好好休息，什么时候想和我聊了，发微信给我，我随时奉陪。”李渊毕竟是受过高等教育的人，性情上还是有一些斯文约束，他并不急于一时的结果，于是退了一步，说道。

芮褰之带来的伤害还未消化，又来了一个乘人之危，对她心怀不轨的李渊，这使得苏希溪心里是五味杂陈，千般滋味混合其中。

李渊开导她的话不无道理。但她想不明白，像是李渊，芮褰之，到底他们谁算是更坏的男人？李渊的行径让苏希溪反思，未必现在她和芮褰之的分手就是最差的结果。

如果是另一种情况，她和芮褰之毫无阻碍地相爱，最终两人顺利地步入了婚姻。那么，终究有一天，苏希溪是不是也如李渊的妻子余青青一样，要忍受自己的丈夫在外对其他女性的不停追逐？而自己委曲求全、忍辱负重，只为了一个妻子的身份，从此成为一个顾家却没有了恋人爱情的附属品、一个妻子的合法躯壳摆设？她头越来越疼，无法再继续深想下去了。

芮褰之却丝毫未受到影响，在结束和苏希溪的谈话后，他一头扎进了工作。经过莫干山之旅后，芮褰之成功地获取了FUG集团代表道格拉斯的信任。看起来，迈果科技的马翊和安基证券的徐国伟也对芮褰之公司的实力颇为赞许。

25 北美考察之行

自从单谨去纽约后，苏希溪开始养成倒数时间的习惯。最开始时，她以五年为期，以为到了五年，就是尽头了。然而，五年之后，他并没有回北京。但倒数时间的习惯却被苏希溪延续了下来，仿佛过早地开始倒数这个她从此独自一人的人生。

时光毫不留情，不顾及任何人人生中遭遇的喜怒哀乐而径自往前流淌，人的记忆也慢慢减退。苏希溪常常回忆起过去和相爱的人在一起时的场景，她因为害怕会失去那些珍贵的回忆，而常常主动去回想。

在这样一遍又一遍回忆的过程中，苏希溪不断人为地干扰着时间为她提供的抚平伤口的治愈疗程。所以，她年轻时因为一眼认定的选择，而留下的爱情的伤口，在她的人生中亦步亦趋地紧随着，从未得到过痊愈。

你是某个秋天的清晨
我从梦中醒来
枕边滑落的第一滴眼泪

你是某个冬季的深夜
窗外突然飘扬起的漫天的初雪

你是我最喜欢的夏季
在法国梧桐的林荫下
抬头见到的从翠绿的缝隙里透过的

那些闪耀的星星点点

你是以前的一个初春
如约而来的马路对面的阳光

你是骤然消散的一抹水雾
这一生的不期而遇
又永远消失了
的你

——《寒露·2013年》苏希溪

2020年10月下旬，美国马萨诸塞州，波士顿。

为了提升LP的信任度，顺利实现FUG项目的收购价由300亿元增加一倍至600亿元，迈果科技和FUG集团精心安排了赴美国的项目考察之旅。考察的第一站是FUG集团所在地美国东海岸的波士顿；第二站是AI医疗技术研发地西海岸的旧金山湾区硅谷。

这趟考察之旅正是波士顿最美的季节，刚刚全面入秋。天气适宜，滤掉了夏天的炎热，又还未及冬天的寒冷。

刚到的第一天下午，为了倒时差，苏希溪出门散步，她信步走在哈佛桥上。傍晚，太阳倾斜的位置正好，阳光斜斜地铺洒在河面上，一片银光由远及近地呈现在眼前。风吹拂起波光的形状，如数千万闪闪发光的鳞片，仿佛每一滴水都幻化成了一个小精灵，河面上涌动着千万种在雀跃的生灵。

苏希溪身形修长，她穿着一件在纽柏瑞街服装店购买的连衣裙。这条裙子简洁、修身。面料兼顾了柔软和挺括，既勾勒出她非常好的身材，又留有一些余地，避免太紧身，显出落落大方的高级感。

或是她热爱自由自在的性格使然，她喜欢不负重量，背着很小的包，穿很舒适的鞋，在一个城市里，可以走到任何地方。时下，她斜背着一只Chanel Minsquare 包，刚刚够放手机和卡，脚上穿着一双阿迪达斯白色轻便运动鞋。这是她在外旅行的常见打扮，又正装，亦休闲。既漂亮，又简单。她能把这两种感觉的衣服拿捏得刚刚好。

查尔斯河的水并不清亮，近看是灰色，但远看，却是一片如钢笔墨水般纯净的瓦蓝色。哈佛桥位于查尔斯河最宽阔的一段水面上，从这座桥上看到的风景非常优美，尤其是在晴天日落前的一小时。

在离桥一两公里处，南北的湖面上各自有上百只白色帆船，像一个个形状优雅的尖尖角。画面澄静，散发着一种闲适的活力。桥上有车，有行人。她喜欢这样的感觉。这周遭的景象就像人生中的很多场景，人们为了各自的目的，从四面八方涌来，在这里短暂停留、交汇。或者在人行道上匆匆通过；或者坐在驾驶座上焦急等待；在交汇的一刻，所有人又都散开，奔赴各自的既定去处。

幸好芮褰之因为其他行程冲突原因，没有同来波士顿。苏希溪不知道如何再面对这个她深爱的男人。但一时的逃避不等同于可以永远逃避，到了旧金山，芮褰之依然又会出现在她的人生中。她想要不去爱他，他偏偏又一直在她周围出现。

苏希溪如今已经年纪不小了，虽然从小到大，她的追求者无数，但在感情中的她，无疑是任性的。她的选择很多，所以她从来不以利益为权衡点。她挑选过无数男生，各种条件好的都有。多得数不清的男生前仆后继地追求过苏希溪，但她就是一眼看不上，就不再看第二眼。活到35岁，仅有的两段恋情，都是一见钟情。

在第一段感情中她耽误了7年，在和芮褰之的感情中又匆匆过去了5年，她还有多少时间可以消耗？或许很多时间她都在一个人独处的状态中，无论在什么场景中，她都习惯在心中和自己对话。而大多时间的这种自我对话中，主题都是人生和生活，如此周而复始，在一遍遍重复中又增加了新的感悟。她细细地回想着自己的人生，突然，她的眼神聚焦到了一个人身上，她渐渐慢下脚步。

相隔五六米外的马路对面，她好像看到了一个高大熟悉的身影。相对走来的男生，是他吗？她很快又否认了自己的想法，因为太思念一个人，就会觉得人群中，恍然见到的是那个人的身影。这样的现象，在他离开后，她曾经发生过好多次。

但在苏希溪再多看几眼后，这次似乎不同于以前，她觉得马路对面的那个人分明就是单谨。从偶尔他的社交媒体动态看，他博士后毕业后，就来到了麻省理工学院授课。但这么大的剑桥镇，怎么会这么巧能遇上他？苏希溪感觉到自己的心跳似乎越来越快。

哈佛桥上，马路对面的单谨也看到她了。看着苏希溪盯着他的眼神，一种遥远的熟悉感从他心底深处涌上来，让他在那一瞬间意识到，自己认识这个女孩。再从遥远的时间和空间里拉回到眼前，这是那个他以为身在万里之外的希溪吗？他起初不敢相信，恍然间觉得也许是自己的错觉。

两人不约而同停下脚步，他们身边的空气似乎在缓缓凝固，那查尔斯河上的百只帆船也似悄然静止。

他们已经整整九年没有见面。苏希溪曾经无数次想过，如果这辈子还能和单谨再见，应该是怎样的一番情景？应该是带着怎样的一副表情？她应该说什么话？

她是装作若无其事地对他云淡风轻说一声：“嗨，好久不见！”

抑或是冷冷质问他：“你怎么能这么残忍？你知道这九年我怎么过来的吗？”

还是该红了眼眶，深情地注视着他？然后扑到他怀里，把九年来受的委屈和思念哭出来？

她曾经在心里一遍遍地想象过，但她想象不出来一对久违的恋人再相见，两个人是有怎样的恍如隔世感。

然而，事实是无论时隔多久，有些人再相见，那种感觉就如同昨天刚刚见过一样。尽管两个人的外貌随着年龄的增长，已经有所不同，但也仿佛只是一次稀疏平常的几天不见而已。

苏希溪看清这就是单谨时，他们的眼神交汇，就在单谨瞠目结舌，想要说话却终究没有能说出任何一个字时，苏希溪突然转身跑开了。她没有时间去仔细想什么，只是出自一种本能，下意识地带着对他满腔的恨，用尽自己的全身力气，离开这个曾经深深伤害她的男人，离他越远越好。

见到苏希溪转身跑了，单谨一时间愣住，他没有想到会在这里遇到苏希溪，这个已经漫长的数年不曾在他生命中出现过的初恋女友，这个他努力想要忘记，想要深藏在记忆里的女生。

苏希溪一口气跑到北边的哈佛校园里。在哈佛广场上了一辆绿线地铁。苏希溪沉浸在巨大的情绪起伏中，跑了一路，停下来，那些对他的爱、恨、悲、痛的情绪一股脑翻涌上来。

她并没仔细看这辆地铁到底是开向哪里。

她蜷缩在古老的车厢一角，靠窗的座位上。脸朝着窗外，害怕让人看见她的眼泪。单谨已经被她远远地甩在后面，不可能追上来了。而她曾经是那么想要再见到单谨，在他单方面最终结束那段感情并且从此消失无踪影后。

九年前的一个周末，2011年初春，北京市朝阳区中国传媒大学西门外的马路上，单谨今天会来看苏希溪，给她发短信说已经到了。

苏希溪从英蓝公寓门口出来，迎面看见单谨站在马路对面冲她微笑。单谨一米八六的身高，穿着一件蓝白条纹的衬衫，外套一件浅灰色羊绒毛衣。俊朗的脸上戴着一副眼镜，帅气中显露出几分文雅，阳光照在他的脸上。那一帧画面深深印在苏希溪的脑海里，直至多年以后，她回想起来那一幕，就像发生在昨天般清晰。

看到单谨，苏希溪非常开心，她朝马路对面的他跑过去，旁边疾驶而过几辆小汽车。单谨连忙说道："希溪，当心车。"

她开心地牵着他的手，扑到他怀里。苏希溪和单谨分别在北京的两所大学就读，单谨在海淀区，苏希溪在朝阳区。通常周末，单谨会坐两小时地铁来看她。如此，两人相恋了近两年。中间因为单谨打算出国，而苏希溪留在国内，对于前途不同的规划，两人分分合合几次。

八年前，2012年冬天，北京东三环，苏希溪的住所。

这次的见面，距离单谨2011年7月去纽约后，她有整整一年半的时间没有见到他。那次，他回来过春节。深夜到京，来到她住的地方。她下楼接他，他还是站在马路对面。

当时已近晚上10点，天色全黑，高高的路灯下，她看见马路对面他的背影。高大的背影非常帅气，他身着一件浅棕色皮夹克，旁边放着一个大的行李箱。

不用转身，她就认出一定是他。她叫他，“单谨”，他转身。那一次，是她印象中的最后一次和他相见的情景。

就像是提前有预感，在他结束短暂的假期离开之前，她把写了三年的日记本给他，让他随身带着。她原本希望这本日记可以成为一根牵住他的线，使得他们在一万多公里之外，在彼此的日夜完全颠倒的另一个空间，另一个时间里有所牵绊，不至于失去彼此。

而他在出门前的一刻，他看到了她这两年来一直摆在床头，他们两人的唯一的一张合照。他说，希溪，我可以拿走这张照片吗？

单谨带着两人的合照和苏希溪的日记本离开了。

时隔多年，尽管她连那间房子的样子都不太记得了，但她依然清楚地记得，他带上门，那扇门关上，老旧的门锁上，铁片随着关门那一声而震动那一刹那的画面。往后的岁月里，只要闭上眼睛，那把锁就出现在眼前。记得单谨那天早上走得特别早，冬天的寒冷，让她想尽快回到温暖的被窝里。因为从来没想到那就是最后一面，她想着他走后，自己可以好好睡个懒觉。所以，她甚至没有好好地跟他道别。

难以解释，那些脑海中的人生中关键时刻的印象片段是如何留下的，是因为日后对再也无法挽回的人，事后去追溯的深刻？还是当时内心就有预感，而给自己的警示？

总之，不会忘记。

2012年冬天，她以为他们再也不会分开了。她以为他们马上就会结婚。她以为他们这一辈子都会在一起。转变来得如此之快，让人措手不及。依依惜别两个月后，2013年3月，他再次回到纽约不久，就跟她提出了分手，并且是最终的分手。从此任由她怎么联系，他都音讯全无。

自从单谨去纽约后，苏希溪开始养成倒数时间的习惯。最开始时，她以五年为期，以为到了五年，就是尽头了。然而，事实证明，五年并不是离别的尽头。五年之后，他并没有回北京。他们再也没了联系。而苏希溪倒数时间的习惯却延续了下来，仿佛过早地开始倒数这个她从此独自一人的人生。

一别已经是九年过去了，她怎么能不恨他——那个恍如隔世，又近如昨天的恋人。

波士顿的地铁和上海或北京的地铁很不相同。它不是严格意义上的地铁，有时也跑到地面上去。而且不像中国的地铁那样有许多节车厢，它的外表更像是一辆在轨道上行驶的巴士。

这趟地铁上许多哈佛和MIT的学生，缓过神来，苏希溪开始打量起周围，那些乘客身上有种同类型的气质。虽然美国人的身型多见肥胖，但这些乘客则是匀称得当，既不壮，也不显清瘦，身高不是特别高，大都一米七五左右，穿着各色西服也显得好看。头发、衬衫都打理得特别干净。他们目光清澈，神情淡定，背着黑色双肩包，捧着一本书在阅读。

对习惯了北京地铁上或焦躁、或冷漠的乘客神态的苏希溪来说，这样的场景有种平抑她剧烈情绪的作用，仿佛这些年轻人身上有着一种不轻易受人影响的恬淡感。

苏希溪一上地铁，就被一位男士注意到了。因为她出众的外貌，因为她中国人的脸庞，也因为她带着一脸的心情，更因为他认出了她。这位男士便是同从中国过来短期出差的安基证券的许亦言。

身为中国顶级券商投行部高管的许亦言算不上很帅，但带有一种吸引人的精英感。他同样有着很干净的头发，穿着质地上乘的白衬衫，剪裁得体的西服；同样背着黑色双肩包，有着沉静的气质。他在一堆翩翩绅士的哈佛和MIT学生之中，浑然融于一体。

许亦言看出了苏希溪有心事，虽然投行人士以冷血闻名，但到底是服务行业，只要他们认为有价值，就可以非常细心地察觉周边事物。只要他愿意，冷血的他们也可以对女生照顾得特别周全。这是苏希溪之后才感知到的。

苏希溪后来也知道，冷血的投行男人99%的时间，是不愿意那么细心的。也就是说99%的时间里，他们其实并不会去花心思照顾女生。

地铁在一段又一段古老的铁轨上行驶，穿过一个又一个破旧的车站。在这座城市里由西向东，越驶越远。车窗外天色渐黑，已经快到下午6点，乘客陆续下了车。

苏希溪从刚才的情绪中渐渐恢复，她才想起来自己并不清楚这趟地铁开向哪里。这么多年独自一人生活，让她养成保护自己的习惯，夜晚她从不在外度过。每当夜色将黑时，她便会回到熟悉的地方，以保证安全。

但她并不熟悉波士顿这座城市，单谨也不会像电影里那样，能够跨越茫茫人海找到她。想到这里，苏希溪的心里有些慌乱。

她连忙起身，去看印在车门上方的地图，但那些站名看起来似乎都差不多，其中也没有她熟悉的地点。眼看窗外的城市建筑物越来越稀少，似乎在往郊区开，她越发慌了。在下站到站时，她决定马上下车。

只有三两个人和她一同下了地铁后，各自散开了。

这是一个设立在马路中间的地铁站，中间是铁轨，两边是机动车行驶车道。车道两边是不太高的小山群，很远处才有一些零星的建筑。周围一个行人也没有，连个问路的人都没有。天色已经全黑了。

机动车道上车很稀少，想拦出租车可能要等很久，一个女生独自等在人烟稀少的路边，似乎又不太安全，最近时有针对独行者的袭击案发生，苏希溪担忧地四处张望。

这时，地铁站里慢慢地走出一个人影。她像是抓住一棵救命稻草，涌起一丝希望，连忙朝那个身影走过去，周围光线很暗，模模糊糊看见对方似乎是一个亚洲男人。她抱着一丝希望问："请问，你是中国人吗?"

对方答："是的。"

苏希溪欣喜，举目无亲，环顾无人时，居然能碰上本国人，而且看起来还蛮斯文，应该是个正派人。她说她迷路了，要回市区。

他说可以陪她等，直到有出租车。这个人便是许亦言。他其实早就该下车，但看着苏希溪，他有些不放心，便也没下车。苏希溪在这站匆匆下车，他也赶紧下来，远远地跟着她。看她在路边犹豫的样子，他故意慢慢走过去。由于两人此前只见过寥寥几面，也未有过单独地深入交谈，两人之间还比较陌生。苏希溪又刚刚经历了剧烈的情绪波动，周围黑暗一片，她并没有认出许亦言来。

夜晚的波士顿，气温比白天骤然低了不少，苏希溪衣衫单薄。四周依旧无其他人，只有一些车辆匀速驶过，大都是私家车，几乎见不到出租车的影子。

昏黄的夜色下，体温的凉感和这短暂"前途未卜"的处境，让苏希溪刚平复不久的心情又冷寂起来。她无心去揣测身边的这个陌生男人，只在下意识中，把他当成是眼下唯一能依靠的人。有他在身边，等到出租车后，她就可以安全地回酒店了。这个人对她的意义就是如此。

苏希溪想到单谨，他现在在哪里？还在继续找她吗？偶遇她之后，是怎样的心情？在做些什么呢？

她将这样的处境归咎于单谨。如果不是偶遇他，她怎么会想都不想就跳上一辆不知开往哪里的地铁？怎么会在这刚到几天，人生地不熟的陌生的异国城市的夜晚，还待在一条无人的郊区路上？也怪芮褰之吧？如果不是因为他，她也不会想要安静，便在下午独自一人出门。如今，她的处境竟是这两个她错付了十几年最好青春年华的男人所致。

“有点冷吧……”正心烦意乱地想着，她听到许亦言在旁边问她。

苏希溪缓了缓才回答他：“嗯。”惜字如金。对于陌生男人，苏希溪保持着警惕感，哪怕是她目前唯一能依靠的同胞，也不例外。

许亦言也是骄傲的人，优秀如他，平时根本不屑与异性搭讪，不会也不必和一个女孩子主动套近乎。许亦言见她一副戒备很严的样子，几次想告诉她他的身份，但不知为何，他也开不了这个口。就让她当自己是个陌生人好了。

他本来是想问她：“你冷吗？”但想到这么问似乎多了一份不合适的关切感，于是话到嘴边又换了种语气，似乎想显示自己对她只是一种漫不经心的关心。但这还是不被苏希溪待见，对方依旧是不热情，许亦言内心不免怪自己，干嘛要多管闲事。

许多天之后，他们两人之间的关系就像这个夜晚微凉的空气中，陌生人之间需要的彼此信任和互相取暖，但又同时有着距离感的防备和互相的理解错位。

想到自己担心一个只见过几面的工作上认识的异性，便一路跟过来，这样的事发生在他身上，他也有些不明就里。但事已至此，也不能抛下苏希溪离去，只有陪她等到出租车。

人生中，有些时刻，直觉会偶尔在理性冷静的人那里得到突破，正是由于那样一个小小的挣脱理性，显得有些任性的行为，会给他牵出一段足以改变今后人生方向的缘分。

在这夜色中，两人不再交谈，稍显尴尬。那晚，等了近半个小时，终于拦到一辆出租车，苏希溪礼貌地说了感谢，并不打算让许亦言上同一辆车。许亦言对自己说，她安全就好，也算在这异国他乡，为同乡人做了一件好事。

两人在夜色中匆忙相遇，没有悬念地各自分开。

26 别太快冰释前嫌

人与人之间的缘分，大多不是唐突的一蹴而就，而是一定事先埋下了种种线索。那种印象安静地蛰伏在你的脑海深处。你会有很多似有若无的接触，你们互相之间可能都不知晓。直到有一天水到渠成，你们之间发生了点什么。这个印象会跳出来提醒你，哦，原来缘分其实早就开始了。

如棋入戏

人与人之间的缘分，大多不是唐突的一蹴而就，而是一定事先埋下了种种线索。

当你坐在一辆行驶的车上，看窗外的风景，一路上，或许有几个地点或路标，特别吸引你的注意，在你的脑海里刻下了一个印象。过很久后，你也许突然发现，原来自己已经搬到了这个地方住；或者你的工作地点变成了这里。你没有刻意为之，但事实就是如此巧合。

对人也是如此。初次看到一个人，当时并不知道将来可能会和这个人发生点什么。那种印象安静地蛰伏在你的脑海深处。你会和那个人有很多似有若无的接触。这些接触不显著到你们互相之间可能都不知晓的程度。直到有一天水到渠成，你们之间发生了点什么。这个印象会跳出来提醒你，哦，原来你们的缘分其实早就开始了。

苏希溪此次美国之行，在西部城市还有一些工作安排。于是在偶遇单谨后，参加完FUG集团的总部参观考察的第二天，苏希溪就买了机票，从东海岸飞去西海岸。

她觉得自己不能在一个有单谨在的城市，继续一个人独自逗留下去。单谨当年对她的抛弃，在她心里筑成一堵坚实的墙，把她的爱死死锁在里面。日夜想念的人近在咫尺，却不能相近、不能相亲。她想到单谨曾经的决绝，就心如死灰。她永远不会给他重来的机会。

10月下旬，旧金山国际机场。

如果说波士顿带给人的感觉更多是闲适，旧金山则显得有几分彬彬有礼。

苏希溪下飞机的时候，遇到了一位中国东北阿姨来看她住在西海岸的女儿，她跟苏希溪抱怨着这里人的穿着很不讲究，到处都是特别胖的胖子。但苏希溪在到达后，却看到几位身着得体高级定制西服的男士，西服贴身地合适，颜色不是深黑色，而是暖色调的大地色，像是米黄。几位男士也保持着很好的身材，和周边身形突然在某些部位凸出来的地道美国人不同，一看他们就是身处自律良好的上流社会中的商业或投行人士。

接机的人群中，有一位七十岁左右的美国老头，也穿着这样的服装。他还打着领结，一套西服更显正式，双手端着一杯咖啡，在翘首以盼，显示出了良好的教养。

苏希溪觉得这位老先生应该是在等他的恋人，类似的情形似乎很难在中国老人身上发生：七十岁还能一丝不苟地打扮，从他的神态中，苏希溪能看到他内心对这件事的重视，就像看到两个初次约会，还在恋爱中的年轻人。

但这些人中，没有等待她的恋人。苏希溪自己打车，一路都是丘陵，由于在海边，为防范台风，旧金山的建筑大都没有太高的屋顶，而是像个方块状的盒子，而且盖得特别密集，远处看过去，马路两边的山上，一片一片这样的像方盒子一样的房子，并没有什么美感，给人的感觉比较压抑。

一个半小时后，她到达位于联合广场旁的威斯汀酒店。

这家酒店有一百多年的历史，并不豪华，但大堂的墙壁和展示柜里陈列着接待许多美国的政要名流入住的照片，显示了它过往的辉煌。

酒店虽然在近年翻修过，但总体还是有很浓厚的年代感。苏希溪入住的是一个大套房，有两扇很大的独立的窗户，隔床大约五米处摆了一套沙发、橱柜。床边的一个门里是又高又深的衣帽间。

这样空旷的古老房间格局让苏希溪一看，心里就有些瘆得慌。她从来没住过这么旧的酒店，不免想到一个人住在这样的房间里，晚上睡觉就算不关灯，也是不敢闭眼睡觉的。

这是考察团主接待方FUG集团安排的酒店，方便就近考察和开会。也罢，先住下再说。苏希溪放下行李，沐浴更衣，精心打扮一番，到酒店顶层参加FUG集团举办的欢迎酒会暨科技主题的投资峰会。

下到一层大堂，客人换乘专门的电梯通向酒店顶层；一出电梯，由等候一旁的服务生引路，一路到达宴会厅。只见顶层建筑穹顶很高，周围墙壁是同样非常高的巨大的窗户，酒店所在大楼周边的楼房大都低矮，使得顶层视野颇为开阔。

向外远眺，一眼能看到远处的金门大桥。

大厅中散落着一个个高脚的小型白色圆桌。精致的冷餐和甜点、酒水、花束已经摆好。宾客陆续到达，三三两两地聚集聊天。

苏希溪打量了一下四周，参加这次酒会的人，大都是硅谷风险投资人士、技术公司创始人新贵、华人富人人群。

她无论如何也不会想到，从波士顿赶过来的单谨也在酒会上。

单谨所在的MIT人工智能实验室和华尔街某全球顶级投行一起合作开

发了一套智能投顾系统，这套系统已经在美国金融市场投入应用。来参加这个投资峰会，他是想打探这套交易系统是否能照搬到中国金融市场上，以及在中国国内的市场价值是多少。

那天哈佛桥上的匆匆一面，没追上苏希溪，单谨的内心也似翻江倒海，许久不能平静，没想到在这里能再次见到苏希溪。单谨一开始并没有认出苏希溪，他只是注意到全场最吸引人的一位年轻女士。

这位年轻女士优雅得体地在人群中和投资人寒暄。任何在场的男士都会不自觉得多看她几眼。一件V领淡金色掺金线，针织无袖礼服裙，将苏希溪修长而曲线完美的身材很好显现出来；全身没有花哨和多余的装饰，修身感和讲究的材质即是高级感的体现。

宴会厅昏黄的灯光和苏希溪穿着他从未见过的服装，让单谨并不确定这位女士是否是苏希溪。他印象中的苏希溪还是多年前打扮漂亮的女大学生模样。眼前的这位年轻女士，经过多年的金融圈和新闻圈交织的氛围熏陶，显得非常出挑、气质出众。

单谨找了个机会，走到苏希溪身后，试着叫了一声："希溪。"

苏希溪回头，待到抬头看清这个高大男人那张陌生又熟悉的脸，她愣住了。她怎么也不曾想到在如此短的时间内，会和这个数年不见的，又无时不出现在她世界里的男人两次见面。命运为何这么捉弄人？苏希溪内心无比委屈，眼泪唰地流了下来。

情感上，她想马上扑入多年不见的恋人的怀抱；但理智上，想到单谨当年对她的抛弃，以前积累的恨和责怪之感就占据了上风，想到他曾经的决绝，苏希溪无论如何也不能让自己再走近他。

这么多年未曾相见，苏希溪一哭，单谨还是如大学时有些慌得不知所措，他赶紧从旁边服务生那里要来纸巾，递给苏希溪，嘴里连说着：

“希溪，对不起，对不起，你别哭。”

这么多年来，听到单谨第一次为了他的始乱终弃而道歉，苏希溪内心的五味杂陈一下全涌了上来。如果不是在有如此多人在场的商务酒会上，苏希溪大概会扯着嗓子对单谨大喊：“说对不起有用吗？有什么用？你什么都不知道！”

但她尚存理智。苏希溪并不去接他手里的纸巾，而是用尽力气打向单谨递纸巾的手，试图把他那轻飘飘的好意砸碎在地。她用压制住的满腔怒气从嗓子里发出几个字：“你走！”

那张被打落的纸巾并没有如苏希溪预期般的直接从单谨手中落地，反而轻飘飘地在空中盘旋了两圈，慢慢地触地，就像在这段刻骨铭心的感情当中，两人之间自始至终在态度和情绪上的不对等。

苏希溪转过身，用一种近乎逃的姿态，拨开人群去找那扇出口。单谨想要拉住她，却引起她的反抗，在众目睽睽下，两人都不想把动静闹大而太引人注目。

这一切都被许亦言看在了眼里。

起初，许亦言也是注意到气质出众的苏希溪，这也是意料之中的遇见。经过在波士顿一起在黑夜中陪她等出租车的夜晚后，他对她的气场更熟悉了一些。考察FUG项目的一行人各自有其他的安排，也是分散来到旧金山。

和那天晚上惨兮兮的收敛的女生样子不同，宴会上的苏希溪光彩夺目，在她收拾安顿好她作为女性柔弱的情绪后，在让她感到安心的场合，她显得自信和优雅。

美貌而气质出众的苏希溪对许亦言有天然的吸引力，那是一种直观的视觉冲击。但许亦言并没有直接过去打招呼，而是在暗处观察。

苏希溪和单谨的举动都被许亦言看在眼里。他想两人的关系应是不寻常，看到单谨拉扯苏希溪，许亦言立刻走了过去。

“希溪，原来你在这里，我还到处找你呢！”许亦言自顾熟络地朝苏希溪打招呼，苏希溪诧异地看向他，她和许亦言并不太熟，他找她干什么？今晚情绪的剧烈起伏，让她没有那么多的精力深究。

随着这声招呼，单谨一愣，他看清过来的这个男人，这个男人看上去教养良好，他穿着一身高级定制的西服，显得很克制，有一种冷漠的礼貌感。

而许亦言在远处看不清的单谨的脸，此刻也非常明显地呈现在他眼前。单谨身形高大，五官帅气而有年轻学者的儒雅。两个男人都互相打量着对方。许亦言出来斡旋救场，使得三人之间的氛围有些微妙。

苏希溪乘机挣开单谨的拉扯，自顾自地往外跑去，又一次逃离了他。

单谨回过神来，追了出去。苏希溪上了电梯，马上按上关门键，将单谨挡在了外面。许亦言见状，用酒店贵宾的房卡刷开了另一台行政套房专用电梯下楼，紧随过去。

苏希溪从电梯下到一楼，一路跑到酒店前面的联合广场，夜色中的广场上有零星的一些人。

“别去那里。”许亦言跟在苏希溪后面，叫住她。苏希溪回头看清是酒会上替他解围的许亦言，她来不及感谢，此刻的她谁也不想理会，尤其是不想理会异性。

“请求你，让我一个人待着。”苏希溪用近似哀求的声调对许亦言说道。

许亦言欲言又止，“好，那你别跑太远，旧金山晚上黑人和乞丐很多，你自己注意安全。”许亦言表面上离开了，但他并没有真正走远，而在不远处的一个角落里守着她。

许亦言离开后，苏希溪听从了他那一番话，也不敢再往更远处走。但这一刻，她特别想要自己一个人静一静。周围无人，她也不需要有任何面对其他人的情绪克制，她放任自己蹲下来，放声大哭。这种失态和丑陋的样子，她不能让除了她自己以外的其他人看到。

坐在黑暗中台阶上放肆痛哭的苏希溪，此刻已经没有了酒会上的光彩照人。一瞬间，她仿佛又缩小成了一团小小的哀伤，和许亦言在波士顿遇见她的那晚，极其相似，是那么落寞和无助。

这个时候再追究苏希溪为何没有识别出几天前在波士顿夜晚的郊区对她出手相助的人是谁，有些不合时宜。许亦言不免对苏希溪产生了更多的好奇，他想，酒会上的那个男人和眼前这个时而非常自信有魅力，时而又可怜兮兮的苏希溪，他们之间到底发生过什么事？

许亦言不由得想要去靠近、去探究苏希溪的世界，却被苏希溪一再推开。

单谨这时追了上来，他看到在夜色中哭泣的苏希溪。走过去，慢慢在她身边蹲了下来，张开手臂抱住她。苏希溪想推开他，却被他紧紧地揽在怀里。“对不起，希溪，对不起。”

苏希溪压抑九年之久的情绪全部爆发出来，她哭得更厉害了。

在此之前，单谨的任何解释她都难以听进去，直到她彻底地痛快地在单谨面前，靠在单谨的肩膀上哭了好像有一辈子那么久。苏希溪的思念之情，她自己一个人整夜的哭泣，那些浓厚的悲伤，终于让单谨看到了冰山一角。

单谨不再说话，只是陪着她，他也是第一次对自己这些年的逃避和决绝，给这个女孩子带来的伤害有了些直观和具象的体会。他内心非常难过和愧疚。

在此次和苏希溪重逢之前，这些复杂的感触在他内心深处已经深藏了许多年。他一直不愿去直面这些心情。单谨深知，是他耽误了苏希溪最好的青春年华，甚至是可能耽误了她的一辈子。但他想要追求他自己的成功人生，只有选择让苏希溪成为他内心最深的伤口。

过了很久，苏希溪的难受都哭出来了，平静了一些，她开口问："当年不是都提出来要去陪读吗？为什么后来你却很快提出分手？"

"希溪，没有你想得那么简单，生活非常残酷。虽然我有奖学金，但在消费极高的纽约，要养活我们两个人是非常困难的。"单谨回忆。

"在提出让你来陪读的建议后，我特意去朋友家看过，两个人只有一个奖学金的日子过得很艰难，而且，也不能保证以后两个人之间没有其他矛盾。"他继续说道。

"在你刚提出来要我陪读的想法时，我是犹豫过。起初，我不愿意放弃自己在国内刚刚开始的工作。我喜欢我的工作，并能在充满挑战的工作中获取人生的成就感。但后来，我有想过，可以放下一切去陪读。我说过我不用你的钱，我自己可以申请公司的外派，可是你不以为然。"苏希溪觉得他的话并不成立。

"希溪，我在学术上有很高的追求，对不起，我不能跟你在一起。"单谨还是多年前的想法。

"我不明白在你追求成功的路上，我到底能形成什么阻碍？我一不需要你的金钱，二不需要你过多的时间。相反，我非常支持你有一番作为。"这是苏希溪曾多次去揣测却找不到答案的问题。苏希溪向来在经济和人格上都非常独立，怎么都想不明白自己究竟哪里会成为单谨的负担。

单谨沉默不语。他无法去面对和苏希溪的这份感情。因为，过去的几年，他也并不轻松。

过了一会儿，他用低沉的语调开口："希溪，我不能有太深刻的爱情，一段太美好的爱情就是我最大的负担。我没有那么多的精力和时间去照顾你，就会时常觉得对你有所亏欠。"单谨话语哽咽，"这些年来，我过得真的很不容易。繁重的学业和科研压力，独自在外孤独的人际关系，这些都让我很疲惫。"

"既然在国外这么不容易，博士毕业后，你为什么不回国？你怎么能不清楚现在的机会都在国内呢？"苏希溪反问道。

"国内科研人才饱和，要到好一点的大学谋求到教职非常困难。而且在国内大学做老师，刚任职的几年收入都很低。你不知道，出来的人都想混好了，再回国内。我计划在国外的高校先工作一段时间，有了国外院校工作的资历后，再寻求回国发展的机会。"单谨继续解释道。

"所以，为了你个人的奋斗，你就无视我这么多年青春的付出和等待。你难以承受我的付出，就选择放手和逃避来换取你的轻松感。"苏希溪说道。

"谁都不喜欢负重前行，希溪，我的人生路程已经够艰难了。我的父母早早离婚，他们需要我很多的照顾。我家里没有任何背景，要想获得成功只有靠我自己的努力。我的人生不允许有任何的差错。对不起，在重重压力之下，爱情于我而言也是一种负担。大家都想选择轻松一点的方式前行。"单谨无奈地答道。

"你所言的大家是谁？"

"亚洲男生在美国地位非常低，受到多重歧视。这些年，中国留学生中，富有家庭，官二代富二代的子女很多，他们多聚集在繁华的国际都市纽约，过着奢靡的生活。凭借成绩优秀而出国留学的学生已经没有以前的地位。

近些年来，中国固有的阶级分化，大大地弱化了寒门子弟个人奋斗的价值感。我出身普通家庭，希溪，你能理解我的难处吗？”

“靠自己的努力获得成功，难道不是理所当然的事情吗？但当一个人追逐成功的时候，他就必须抛弃所有美好的事物吗？必须抛弃心爱的恋人吗？抛弃美好的品质吗？难道人只有变得冰冷无情，善恶不分才算破釜沉舟，才算拥有了通往成功的资质吗？”苏希溪有些激动起来，从单谨怀里挣脱，问他道。

“什么是重量？你以为你的父母是你的重量，恋人是你的重量？错了，你自己才是自己的重量。”她终于知道了单谨的真实想法，她觉得很可悲。

苏希溪往后退了两步，和单谨隔出距离，她如看陌生人似的看着对面的单谨，一字一句地对他说：“你内心的自卑才是你最沉重的包袱。你把亲情和爱情视为负担，当你卸下这些负担后，实际上，你也并不轻松。因为，压倒你的其实是你自己，而不是任何其他人，更不是我们的感情。”

苏希溪条理冷静的一番话，是她这么久以来思考的结果。此刻水到渠成，毫无掩饰地抛向单谨。她的话是那么锋利，句句如刀片般掷向单谨，触及他最不愿意面对的内心深处的真实想法。

单谨感到羞愧，确实他有软弱的地方，所以，在面对人生路途中的矛盾，在遇到一些阻碍时，他首先放弃的就是他对苏希溪的爱情。但他亦有非常勇敢之处，在放弃感情的纠葛后，他读下了淘汰率极高的世界顶尖名校的博士学位。这个中曲折，又如何能用三言两语道尽？

他亦感到痛苦，此刻，他不想再面对有些咄咄逼人的苏希溪。他又知道自己非常亏欠苏希溪，她的话语再伤他，也不及他做的事对她的伤害深。他不知道该怎么办，于是对苏希溪说："过去的一切，我感到抱歉，是我对不起你。希溪，时间不早了，你早点回酒店休息吧。"

单谨转身就走，他不想回头，他只想躲得远远的。这个复杂的局面和他内心的阴暗面，都让此刻的他难以承受。九年过去了，他依然如之前一样，选择逃避。他不去面对，更不去解决，而是直接放弃。

苏希溪见单谨如此，前一刻重温的温暖瞬间被冷酷的他打回现实，她从内心深处感到失望。那刚涌起来的多年不曾有过的曙光，瞬间又熄灭了。单谨和芮褰之，这两个人怎么一模一样的冷漠无情呢？这一切几乎要将她摧毁掉。

单谨又一次离她远去，剩下苏希溪独自无力地坐在台阶上，哭都哭不出来。这世界带给你甜蜜的人也是带给你伤痛的人，过去的甜蜜有多少，反过来，伤痛就有多少。失而复得再失去，不见复见再难见。似乎这世界总是笼罩在这种凄风冷雨的黑夜里，只有她自己独自面对和承受。

此刻，躲在角落中的许亦言也被极大地触动到了。他没想到，单谨和苏希溪两人之间的纠葛如此深刻和复杂。在听他们对话的过程中，许亦言一度想要离开，他觉得这是别人非常的私密的事情，他应该回避。但对苏希溪的好奇，又让他不自觉地想要知道更多有关这个女生的事情。

看到单谨离去，许亦言心里觉得这个男人太没有担当，这么一而再，再而三地伤害这个女生。独自坐在那里的苏希溪显得更加落寞和可怜。许亦言内心非常纠结，要不要上前安慰？但这就等于让她知道了他在偷听他们谈话，她对他会怎么看？

许亦言犹豫许久，没有行动。看着大约半小时后，苏希溪终于起身，回酒店去了，他也就回房间了。

一晚上苏希溪身心俱疲，但回到那个空旷的酒店房间，她还是难以入眠。

长期的单身独居，她并没有变得胆大，相反，她仍然害怕很多东西。在不同城市出差的夜晚，她睡前都是在房间里留着一盏灯不关。她害怕全部黑下来的周围，那让她感到非常不安。然而，在这空旷而老旧的房间里，就算开着灯睡，一闭上眼，那种不安全感就迫使她重新睁开眼睛。

如此反复几次躺下又醒来，她更加疲惫，索性起身，站在窗前。对面也是这个酒店的房间。酒店的建筑，楼间距不大。这时，对面房间的灯也亮了起来，大概也是有人尚未入眠。远处的街道上，传来一些音乐和人声。

她倚在窗前站了一会儿，也许是感受到周围还有人未睡，她心里有了一丝安心，重新回到床上，看着对面一直亮着的那扇窗户，终于一个人迷迷糊糊地睡着了。

27 旧金山暗访

苏希溪一翻，单谨的微信号果然在她的微信黑名单里躺着。时隔多年，她早就不记得当初他们分手时曾经将他拉黑过的事情。“你还是以前的微信号？这么多年在国外没换过微信号吗？”苏希溪脱口而出。

第二天一早七点半，苏希溪来到威斯汀酒店一楼的餐厅吃早餐。早餐是自助餐，食物种类繁多而精美。她报了房间号码，服务生为她领座。

“早啊，希溪。”有人和她打招呼，她顺着声音看向说话的人，只见许亦言坐在里面的一桌。再一看，苏希溪惊讶地瞪大眼睛，她看见和许亦言相对坐着的竟然是单谨。

“你……你们怎么会在一起?”苏希溪充满疑惑地问道。

只见许亦言做了一个无奈的表情。

“是我约的许总，我的一个朋友介绍说国内一线证券公司的高管来旧金山出差，我们实验室正好开发了一套金融交易的系统，于是，我过来，想和许总聊一聊。”单谨有些拘谨地开口，在此之前，他没有见过许亦言，只是通过朋友引荐的微信约了见面。他更不知道许亦言和苏希溪认识。

“既然都认识，不如希溪和我们同坐一桌用早餐吧。”许亦言自见到单谨步入餐厅，就认出来了他是昨晚和苏希溪纠缠的男生。许亦言随口答应了朋友，但不曾想到见到竟然是这个人。

从单谨走到跟前起，许亦言心里就有些不舒服，他根本不想和这个人就工作上的事情有什么深入交谈，他和单谨也没有什么其他话聊，正想着怎么将这个人打发走。见到苏希溪来到餐厅，许亦言拉着她来化解尴尬。

苏希溪深呼了一口气，坐了下来。

“你们……认识吗？”单谨问道。

“哦，我们一起来考察项目。”苏希溪说道。

“那你们呢，是怎么认识的？”许亦言试探地问道，虽然许亦言对单谨和苏希溪的关系已经有所了解，昨晚他看到和听到了一些，但单谨和苏希溪对此一无所知。许亦言突然想听听苏希溪怎么定义她与单谨的关系。

“单谨……他是我大学时认识的。”苏希溪吞吞吐吐地回答，许亦言和单谨不约而同看向她，想听她怎么继续往下说。

“他是我大学室友的前男友。”苏希溪说了一个谎。单谨一听，拿着餐具的手突然停在了那里。听到苏希溪这么说，他心里不由得有几分难受。

而一旁的许亦言听完，内心莫名地有几分得意感。许亦言面向餐厅入口而坐，一眼就能看见进餐厅的人，只见他突然招呼起了人：“芮总，好巧，你也来吃早餐？”

苏希溪回头一看，是芮褰之进来了。听到许亦言的招呼，他径自往这一桌走了过来，说道：“好巧，许总。”

苏希溪赶紧低下头，皱着眉，芮褰之这时候也看见了苏希溪，于是补充了一句，寒暄道：“好巧，希溪。你们都在啊。”

“这有什么好巧的？参加同一个商务考察活动，住同一家酒店，在酒店的餐厅吃早餐遇到，那不是百分之百的事情吗？”苏希溪抬起头，看着芮褰之，冷冷地回答道。她不喜欢芮褰之人前表演出来的这副装作和她客套的虚伪样子。

苏希溪的回答让在场的几个人都有些诧异。许亦言和单谨心里纳闷，苏希溪和芮总说话怎么会这么不客气？只见芮褰之并不恼怒，他看着大家，笑着说道："呵呵，希溪说得对，这好像也是必然的哈。"

"芮总一个人吗？坐我们这桌吧。算上你，我们这桌就满了。"见许亦言热情地招呼着，苏希溪心里非常不乐意，心想着别，别，芮褰之别答应，你还是去坐其他桌吧。

芮褰之不动声色地瞟了瞟在座几个人的神情，他觉察到一种颇为奇妙的氛围。似乎这桌上各人之间的关系都不是那么简单。一向不爱凑热闹的他一反常态，应邀请，落了坐。

苏希溪暗自埋怨许亦言，无意中这是给她凑了一个怎样奇怪的局？上天也是爱开玩笑啊！在这数千里之外的异国他乡，竟然能让经历了她十二年青春年华的两个男人，和她此刻同坐在一起吃早餐。而更让人感慨的是，如今的她，依然单身。

"芮总是什么时候到的？"许亦言没话找话，问道。

"哦，我昨晚就到了。"芮褰之回答道。

"昨晚的欢迎酒会上没有见到你呀？"

"我到得晚，后面才上去参加酒会。"

"希溪，昨晚睡得好吗？"许亦言像是突然想起了什么，扭头问苏希溪。

"挺好的。"由于对面房间一直开着一盏灯，苏希溪后半夜睡得很踏实。

"那就好。"许亦言说着说着，打起了呵欠。

"许总问这话的意思是不是你自己昨晚没睡好？"芮褰之说道。

"刚到旧金山，饮食和时差可能还不太习惯。"许亦言笑着答道，他昨夜确实没休息好，因为一直开着房间里的灯，影响了他的睡眠。

“别说我了，我来介绍一下吧，这位是单谨，麻省理工学院人工智能实验室的专家。也是苏希溪大学室友的前男友。这总归是很巧吧？哈哈。

这位是雪下资本的创始人芮褰之。单教授，你们的那套人工智能交易系统也可以向芮总介绍介绍，他们管理着上千亿人民币的风投资金呢！”许亦言说道。

芮褰之看向单谨：“哦？是怎样的交易系统？”

“我们的交易系统是和华尔街顶级投行一起合作开发的，是目前最前沿的一套智能投顾系统，这套系统已经在美国金融市场投入应用。”单谨答道。

“应用的实际情况如何？”

“经过我们前期的跟踪，在股市大盘收益率3%左右时，我们开发的这套智能投顾系统能达到7.9%的收益率。”

“你们这套人工智能系统的核心逻辑是什么？”

“基于大数据库的完备和高频交易下单与撤单的速度，这套智能投顾系统考虑到了四种因素，包括定期公布的经济数据、美联储加降息、总统演讲、上市公司公开的财务数据，以及一些地缘政治或突发新闻的影响因素等。”

“嗯……等等，刚才介绍说你是苏希溪大学室友的前男友？”芮褰之突然转换了话题，问单谨。因为芮褰之想起来苏希溪曾经似乎说过她的初恋男友也在美国发展。

“啊……对。”单谨不好拆穿苏希溪的话，应付道。

“哦，你在美国是不是念了5年书？”芮褰之接着问道。

“加上做博士后的两年，准确地说，应该是在这里念了7年书。一直都在读书，读出来人都快老了。”单谨自嘲道。

“男人年纪多大都没什么影响，女孩就经不起这个折腾了，七八年一晃就是她们的整个青春啊。对了，那你在美国这么多年，你的那个前女友怎么样了？”芮骞之问道。

单谨脸色有些难看，还未等他回答，苏希溪打断了话题：“对了，我都忘了，我室友说你的科研方向是什么专业来着？”

“人工智能。”

“那除了你刚才说的人工智能在金融领域的运用，其他场景人工智能的技术和应用你应该了解一些吧？比如人工智能医疗什么的，你了解的吧？”苏希溪突然神情认真了起来，显出对单谨的行业很有兴趣的样子。

“也可以这么说。”单谨答道。

“那你给我们介绍介绍美国最新的人工智能在医疗领域的应用呗，现在北美各大医院应用得广泛吗？哪些疾病或哪些医疗环节是人工智能应用最容易落地的呢？”苏希溪追问道。

见苏希溪突然对单谨表现出热情，芮骞之插嘴说道：“嗨，都还是初期的概念阶段。路还长着呢！总不能现在就期待研发出来人工智能机器人能自动识别疾病，机器人去给病人动手术吧？”

“正如芮总所言，人工智能现在在各行业都属于弱人工智能阶段，都在刚刚起步，目前在医疗方面的应用，多为辅助诊断疾病等方面。相对比较能落地的技术是人工智能与医学影像的结合。”单谨介绍道。

“那医院的应用如何呢？目前的市场都有哪些主要的人工智能设备供应公司？他们所占的份额能查到吗？”苏希溪问道。

“经过一些大型IT公司的推动，有一些医院确实引进了相关的设备，这个市场前景毫无疑问是非常广阔的。但我没有特别关注过这个领域，具体的情况可能需要进一步去做了解才有发言权。”单谨谨慎地说道。

一旁的芮褰之和许亦言也有些慢慢觉察到，苏希溪对人工智能医疗关注的点，与FUG项目的收购密切相关。两人的神情变得有些严肃，“不如单老师给我们介绍一下人工智能医疗的基础逻辑和原理吧。”芮褰之说道。

“人工智能医疗主要是以计算机的深度学习与大数据作为基础，在医疗影像方面的应用是获取各大医院病例库的医疗影像数据，在此基础上，分析和匹配各类疾病，协助医生完成诊断、治疗工作。

目前，从大脑到心脏、肺、肾，以及全身骨骼的医疗影像都可以做到智能化。尤其是对于心血管疾病体现在医疗影像上的诊断和治疗，更为精准。”单谨回答。

“但你的意思是说，各医院的实际应用市场份额并没有相关的统计数据，对吧？”苏希溪不死心地再次问道。

“应该是这样的。”

“嗯。”苏希溪若有所思地点点头，说道：“你现在用的微信号是多少？我可以加下你的联系方式吗？”

“不如我们建个微信面对面群吧，大家可以在群里互相添加微信好友。既然都对人工智能领域颇感兴趣，不如建群方便，可以一起学习。”许亦言建议道。

“好啊。”

四个人的小微信群建好后，单谨点击添加苏希溪为好友，但加不上，“怎么我加你好友，系统自动发来拒绝消息呢？”单谨问道。

“啊？怎么会呢？你手机坏了吧？”苏希溪也不解。

“你找找他是不是在你的微信黑名单里。”许亦言慢悠悠地说道。

苏希溪一翻，单谨的微信号果然在她的微信黑名单里躺着。时隔多年，她早就不记得了当初他们分手时曾经将他拉黑过的事情。“你还是以前的微信号？这么多年在国外没换过微信号吗?”苏希溪脱口而出。

“没换，还是以前的号。”单谨说道。

旁边的芮褰之一脸冷峻的表情，冷眼瞟了瞟他们两人。

苏希溪赶紧从黑名单里将单谨放了出来，脸色有些微妙。这顿早餐吃得让她感到心累。“麻烦给我倒一杯喝的。”她对旁边的服务生说道。

“好的，女士，请问你想喝点什么?”

“给她倒橙汁。”

“她喜欢喝热的美式咖啡”。

许亦言和芮褰之不约而同开口说道，这让苏希溪尴尬极了。“那么，请问我该听哪位男士的?”服务生依然是风度翩翩，温和地问道。

“听我自己的，给我倒杯热水吧。谢谢。”苏希溪连忙说道。她喝了一口水，为了逃避这尴尬的气氛，她打算离开这个让人觉得局促的餐厅。“我吃饱了，先走一步。”她说道。

“你还没吃什么东西，今天一天的行程，很累的。”许亦言见状说道。

“不太饿，吃不下。”苏希溪边离席，边答道。

“哦，对了，你今天有什么安排吗?”她忽然像想起了什么，转头问单谨。

“嗯?”单谨不解。

“如果你没有其他安排的话，今天我们的考察参观，不如你跟我们一起吧?”苏希溪说道。

“这……”单谨犹豫了，他不明白苏希溪邀请的目的何在。

“反正你此行的主要意图，是要找国内对你们研发的人工智能金融交易系统感兴趣的金融机构，我们这个考察团里全是国内金融圈的大佬。”

苏希溪说道。

“也……行吧。”单谨答应了。

许亦言和芮褰之不作声，对苏希溪邀请单谨的事，两人心里都有些不高兴，但不便多言。

28 曲折的调查

挂了马沙沙的微信语音通话，苏希溪显得一筹莫展，她有些泄气，将头埋入手臂里，想着该如何继续推进。想了一会儿，没有头绪，抬起头四处张望，她瞥见了独自坐在餐厅角落桌前的许亦言。

FU集团安排了考察的一行人白天赴斯坦福大学访学，和到FUG项目位于旧金山湾区硅谷的人工智能医疗技术研发实验室参观两项行程。

在向导带着大家漫步在斯坦福校园里时，苏希溪故意放慢脚步，并悄悄示意单谨和她一起。等到两人落在一行人的最后面时，苏希溪小声聊了起来："单谨，SCI发表的论文很权威对吧？"

"当然。"

"那有造假的可能性吗？"在谈起工作方面的事情时，苏希溪就能从感情纠葛的身份中脱离出来，以非常理性的态度就事论事地和单谨讨论。

单谨回她："SCI杂志是学术界的权威不错，但也不能完全排除就没有作者造假的可能。"

"如果造假，能查出来吗？如何造假呢？"苏希溪追问道。

"有些人对实验的数据，或者实验图片造假。以前有过这样的先例。"单谨想了想，回道。

"如果我给你提供论文的题目和作者名称，你能查出来相关论文是否有造假的嫌疑吗？"

"是哪方面的论文呢？这个鉴别和论证需要专业对口，因为都是学术性很强、全球前沿的顶级文章，专业对口才更能看出是否存在破绽。"

“几篇医疗领域人工智能应用的论文，以及几项核心人工智能医疗技术专利。”

“希溪，昨晚你就一直问我关于人工智能医疗的问题，现在又让我核实发表的这方面的论文，你是遇到什么事情了吗？你是不是在调查什么？”单谨有些担心地问道。

“我现在没有任何依据，只是有一些怀疑。所以，你也先别问我太多。但我在了解的事情，非常非常重要。”

“行吧，那你把需要核实的文件信息发过来，我帮你看看。”

“我现在手头上还没有这些资料，不过我可以想办法去拿，你等我消息。”

“好。”

FUG的项目收购资料属于高度机密的文件，苏希溪手中并没有，要想获取保密文件并不是那么容易的事情。她先筛选出了可能会有收购文件的人选，她决定先去套FU集团代表的话。

拿定主意后，苏希溪加快了脚步，走到了道格拉斯身边，和他闲聊起来。几句寒暄过后，她假装不经意地问道：“道格拉斯先生，你们掌握的几项核心人工智能医疗技术专利具体是什么呀？听说还有几篇医疗领域的人工智能应用案例在SCI上发的文章？”

“嗯……这说起来比较复杂，有一堆人工智能和医学上的专业术语，我不是做技术出身，记不全。如果你实在感兴趣，想要知道的话，回头我可以翻翻文件，再告诉你。但你也不是技术背景，知道这些没什么意义呀。”道格拉斯对人很礼貌，态度也非常亲切，他有些神经大条地说道。

他们旁边不远处的吴念听到苏希溪的问题，停下脚步，一脸警觉。随后他上前扯了扯道格拉斯的衣服，却不说话，只是盯着苏希溪。“怎么了？吴总这么看着我干吗？我在刚介入项目时，就签下了项目保密协议的，在这个项目里面，问问也无妨吧？”苏希溪假装理直气壮地说道，她平时并不善于伪装和骗人，但如果被形势所迫，也顾不了这许多了。

“你既然在项目里，可以找你们公司内部负责对接此项目的人去要资料，我们不方便直接给你。另外，目前来说，你想知道的信息还真是不能随意对外透露的，你打听这个干什么？”吴念一脸严肃地说道。

“哦，嗨，我就是想着，这不是一个很好的品牌宣传的契机嘛，这么好的项目，既对宣传公司的品牌大有益处，也可以为我们后期的资管产品的销售营造气氛。”苏希溪说道。

“这个项目会有专门的时间点对外宣发，现在还在初期接洽，不能公开。时机成熟时，自然会将相应的材料传给你们的。”吴念说道。

吴念年纪其实并不大，还不到30岁，但一副少年老成的样子，穿着非常质朴，和着装讲究的金融圈人士截然不同，甚至显得有一些老气，像是老干部的着装穿在了年轻人身上的感觉。虽然吴念的外表一点都不像收购FUG资金规模这么大的项目的金融掮客，平时话很少，但他实际上为人非常精明，不好应付。

道格拉斯这个口子原本眼看着就要突破了，却被他旁边警觉的吴念阻挠，还差点引起他的怀疑。幸好苏希溪脑子转得快，用获取宣传项目的新闻稿内容的由头，合理地掩饰了她的动机，这一个试探有惊无险。她决定换一个突破口，去找冯映箐试试。

中午FU集团安排的午餐过后，逛了一上午，大家都显出了一些疲态。冯映箐独自坐在餐厅室外的椅子上休息，苏希溪买了两杯咖啡，抓住这个机会向她走了过去。

“冯总，累了吧？你最爱喝的热燕麦奶澳白。”

“哎哟，太好了。我正想着像是缺了点什么呢！就是缺了这杯咖啡，还是希溪了解我。谢谢。”冯映箐高兴地接过了咖啡，她笑起来嘴角弯弯的样子漂亮又显得很亲切。如果抛开职务身份不看的话，苏希溪心底里很喜欢冯映箐这个年纪比她大二十多岁的女人，有时候也没把她当成老板，而是当成一位老师或长辈类的角色。

“这趟考察下来，依冯总看，这个FUG项目是不是还不错呀？”苏希溪试探地问道。

冯映箐亦很精明，她虽是董事长的亲戚，但实际上她和董事长并无血脉关系，只是隔了一层的姻亲。她一年前才出任诚千集团的CEO，诚千集团内部极为复杂，她时常受到原有各方旧势力的牵制，也少不了被对手告莫名的黑状。所以，她就算和下属关系再好，也不会轻易透露自己的真实想法和态度。听到苏希溪这么问，她只是嘴角一笑，不说话，低头喝了一口杯里的咖啡。

见冯映箐不言语，苏希溪接着说道：“我们和FU集团也接洽这么长时间了，FU的代表去过上海，我们也来到了美国。到了目前这个阶段，已经适合去做一些舆论上的铺垫和预热，开始陆续往外透露一些风声。

“这次项目合作的几方，无论是FU集团，还是安基证券、迈果科技，以及各投行、律所，都是各领域顶级的公司，在业务上和他们合作好是一个方面，另一方面从重塑诚千的品牌形象上讲也是一个千载难逢的好机会呀！”

苏希溪的一番话让冯映箐听得有些心动，精明如她，合作的钱都花了，怎么造势，怎么提升品牌形象，确实是要着手好好规划起来了。“你说得对，这项工作就交给你们部门了，你要从最高的高度去好好想想，怎么去有影响力地做好FUG项目前中后期的宣传。”

“现在的受众都很聪明，太软、太正面的内容容易让受众一看就知道是企业砸钱做的传播，那样不仅不会提升企业品牌的可信度，反而会被受众抵制，遭到恶意评价，事与愿违。所以，我们最好摒弃掉传统的发软文的方式，而是深入和全面准确地了解并购项目，从中提取符合客观传播规律的新闻亮点，以扎实的内容和巧妙的角度来做对外的传播，以便能同时提升品牌的知名度和美誉度。”苏希溪分析道。

“好，非常好，就按你这个想法去策划。既要符合要求，又要有能出彩的亮点。你如果有拿不准的地方，可以找法务与合规部的负责人史虹，你们一起商量。”冯映箐嘱咐道。

冯映箐不知道，诚千过往因为不规范的行为，被爆出过负面事件，过去引发了不少舆论的质疑。为避免再犯，诚千集团的法务与合规部在对接公司内部各部门时，拥有几乎是绝对到任性的权力。

法务与合规部工作起来极其缺乏专业度，更是做不到在促进公司整体利益的前提下，尽可能降低风险的要求，而只是毫无技术含量地对一切他们不理解或是有异议的东西，都是一刀切的全部要求剔除。但对于外部侵犯公司名誉的一些本该由法务部出面交涉的事件，去找她们协助时，却又像缩头乌龟一般躲起来不予理睬。这种风格都和该部门的负责人史虹个人的风格如出一辙。

苏希溪一想起那个看人下菜的史虹，以及她手下的那几个人就头疼。她时有感觉诚千集团内部的管理导向有些拧巴。过去已经出现过的差错，又怎会因现在的这种矫枉过正而得到纠正？过去这群人给公司惹出了问题，所以诚千花大价钱从外引进专业能力出众、高素质的各部门负责人，给中层管理输入新鲜血液。

但企业内部并没有理清新机制的设定和管理的导向，于是避免新错误发生的方式就呈现出了严重的偏差，不仅不敢实质性触动过去犯过错的人的利益，反而使得他们拥有了制约新引进人才的权力。这种错位感冯映箐察觉不到，但此刻也不是反映这个问题的时候。

企业深层次的问题一时半会儿也根治不了，还是抓眼下的主要问题要紧。于是，苏希溪说道："FUG收购项目的资料……我这边目前还没有。"

"完整的FUG收购项目的资料我这里也没有，全部资料篇幅太长了，那足足得有上百页，我也没时间和精力去仔细看。这样吧，我之前让秘书给我整理过一份关于这个项目的brief，我手机里就存着，微信发给你。"冯映箐说道。

正在这时，赖泼戎从她们身后走了过来，一边说着："冯总这几天累坏了吧？"一边很明显地靠近冯映箐身后，留意她手机屏幕上的内容。

冯映箐不喜欢赖泼戎离得这么近，正脸上露出不悦，突然看到了不远处在和徐国伟、马翊交谈的余晖。余晖和旁边的二人说着话，眼睛却似乎盯着赖泼戎这边的几个人。

于是，冯映箐脸上立刻换上了一副笑意盈盈的样子，迅速将手机屏幕反转朝内拿在手里，边转头对着赖泼戎说道："出差嘛，总归是有些舟车劳顿的。你怎么样啊？"

赖泼戎对冯映箐信任苏希溪，却不信任他的态度感到不满，脸上却是也笑了一下，答道："我皮糙肉厚的，不碍事，不碍事。"随后，换成一脸莫名其妙的表情看了看旁边的苏希溪。

来到一处僻静的地方，苏希溪坐在木栏杆旁的台阶上，打开了冯映箐发给她的信息，看着看着，很快她就傻眼了，这份brief里除了一堆吹嘘FU集团的空洞的言辞外，啥关键信息也没有。

冯映箐有马沙沙和李闵两个秘书。马沙沙平时总是事事压李闵一头，从照料冯映箐生活事务到公司大小事务的预处理，以及传递贯彻总裁的意志到各级管理层并保证不偏离方向。

那么这份项目概要也应该是马沙沙所做，她手中是不是有完整的项目资料？想到这里，苏希溪拿起手机，给马沙沙发了一条微信："沙沙，关于FUG项目的资料你那里是否有完整版本？"

很快苏希溪收到了马沙沙的回复："苏总，你为何这么问？你们的考察还顺利吗？"

"一切顺利，冯总发给我一份项目brief，但信息不全，为了规划整体项目宣传，我需要了解更多的信息。"

作为总裁秘书，马沙沙平时会经手很多的公司保密材料，一般情况下，各类材料是定向开放给各部门负责人。过去也有很多管理层找她要各类材料的情况，她担心资料从她手里泄露出去会惹麻烦，但如果是总裁授意部门负责人找马沙沙要，她不给的话也不好交代。

见马沙沙犹豫，苏希溪于是将和冯映箐的微信对话截图发给马沙沙，便于她交叉验证。

很快，马沙沙发来了一份资料，苏希溪打开，细细阅读，这似乎也并不是FUG收购资料的完整版本。其间有许多的模棱两可、闪烁其词的描述，让人不知所云。于是，她拨通马沙沙的微信语音通话："沙沙，你发我的这份文件，我看了。这应该还不是FUG项目的完整资料吧？"

"苏总，我手中有的就是这个版本了。这份资料是项目对接人发给我的。说实话，我也没看明白，给冯总做那个brief时，从这份资料里我都挑不出重点来。”马沙沙答道。

看来这其中确实有些蹊跷，但问题应该不是出在马沙沙这里，“哦，行吧。”苏希溪说道。

“苏总，你多照顾点冯总哈。她不喜欢秘书跟在身边，去哪里出差都不带我。她要是哪里不舒服，或有什么需求，你发微信给我哈。”马沙沙说道。

“好的，没问题。上海这会儿都凌晨一点了吧，你赶紧睡吧，明天还要早起上班。”

“冯总不在公司，我其实就没啥事儿，她不在时我蛮清闲的。哈哈。”

“行，那我们保持联系。晚安。”

挂了马沙沙的微信语音通话，苏希溪显得一筹莫展。两次试探都没有成功拿到想要的信息，她有些泄气，将头埋入手臂里，想着该如何继续推进。想了一会儿，没有头绪，抬起头四处张望，她瞥见了独自坐在餐厅角落桌前的许亦言，只见他此时正从随身的背包里拿出笔记本电脑，似乎是在处理公务。苏希溪突然想到办法了，她起身往餐厅走去。

“许总真是事务繁忙，在外参观都带着电脑办公。”苏希溪远远地说道。许亦言寻声抬头望见她，快速将笔记本电脑合了起来，然后才说：“金融民工嘛，可不就是身不由己。”

苏希溪见他反应这么机警，想起来投行人向来非常重视信息保密，就算是在家里，对家人都像防贼一样地防着，看来只能智取。苏希溪说道：“你哪是一般的金融民工，明明是已经有了很大自主权的投行高层了，好吧？”

许亦言笑了笑，苏希溪又说：“今天早上就没吃饱，刚才的中餐又多是一些油腻的比萨和炸鸡、烤土豆，几乎没吃什么东西。”

“餐厅现在还营业着，你要不要再吃一点清淡的食物，沙拉之类的？”许亦言对女生一旦体贴起来，真的是特别周到。

“斯坦福校园太大了，参观走了一上午，现在好累，都不想动。算了，饿就饿着吧，忍忍就过去了。”苏希溪装作不在乎地说道。

许亦言看了看她说：“那我帮你去买，你在这里坐着等我，帮我看着包。”

“真的吗？怎么好意思麻烦许总。”苏希溪看起来很开心，“蔬菜沙拉凉凉的，还是要吃一点蛋白质和碳水化合物，不然下午都没有力气走路了。刚才路过远处那家餐厅，看见有卖牛油果虾仁三明治，有点后悔当时没买了。”

许亦言稍稍犹豫了一下。蔬菜沙拉就在他们坐的不远处就有卖，但三明治要去比较远的另一处餐厅才有。苏希溪接着说道：“唉，也有点后悔早上没吃饱了再走。还是算了吧。”

许亦言听她这么说，于是说道：“没事儿，早上也是我叫了那么多人一起吃饭，才导致你不习惯，没吃饱就走了。我去给你买三明治，你等着我。”说完，他就往另一处餐厅走去了。

苏希溪等许亦言走远了，赶紧打开他留在桌上的笔记本电脑，显示要输入密码。苏希溪连着试了几个密码，都不对。她和许亦言也不熟，对他的各种信息都掌握有限，这ThinkPad的密码无论怎样都是试不出来的。

苏希溪为人很正派，从来不碰别人的东西，今天第一次干这样的事，也没有什么经验。这么毫无头绪地一通瞎试也不是办法，苏希溪心里担心又着急。

“咚咚——”突然有人敲了两下桌子，吓了苏希溪一跳。她的注意力从电脑屏幕上转移出来，抬起头，看见芮褰之不知何时坐在了她的对面。

“是你啊，你差点吓死我了。”苏希溪见是他，松了口气，语气里有些责怪地说道。

“不做亏心事，不怕鬼敲门，你怕什么？”芮褰之见刚才那一瞬间，苏希溪既紧张又因没做过偷偷摸摸的事情，却被人撞见难为情得脸红了的神情，忍俊不禁，调侃她道。

“你走路怎么都没声音的啊？还真装作是鬼来敲门嘛。”

“你在干吗？”

“如你所见，坐在这儿休息呗。”

“这不是你的电脑吧？”芮褰之看了看旁边座位上的背包，问道。

莫干山之行时，芮褰之已经很明确地向苏希溪表明了他对两人关系的态度。那么，他以后就应该离苏希溪远远的，不要再来干涉她的任何事情。想到这里，苏希溪回他：“这和你无关，没必要向你做什么交代。”

这时，许亦言拿着买好的三明治回来了，“希溪，你爱吃的牛油果鲜虾三明治，最后一个。再晚一点去还真就买不到了。”正说着，他见到自己的ThinkPad打开放在苏希溪面前，脸上表情也警觉了起来。

“呃……我有一个着急回复的工作邮件，想借用一下你的电脑。”苏希溪看着许亦言，心里有些过意不去，说道。

“哦，我电脑有密码，你打不开的。是什么服务器的邮件，我帮你登录吧？”许亦言虽然有几分疑心，但依然热心地说道。

苏希溪见状，不忍心再欺瞒许亦言，想要说实话。但芮褰之此时也在这里，她不便直言，于是说道：“我一会儿再跟你说吧。”

“也好，你快吃饭吧。我刚碰到向导，打听了一下，再休息半小时，我们就要去硅谷实验室参观了。”许亦言答道。

芮骞之看见苏希溪似乎更加信任许亦言，而提防着自己，心里有些失落感。以前的苏希溪可是对他百分之百地信任的。“我走，你们聊。”芮骞之装作淡然地说道。

见芮骞之离开了，苏希溪也不再含糊其词，直接对许亦言说道：“FUG的收购方案是你做的对吧？那你这里一定有FUG拥有的几项核心人工智能医疗技术专利的名称，以及作为专利基础的几篇医疗领域人工智能应用的论文的题目和作者。可以告诉我这些信息吗？”

听到此话，许亦言立刻恢复了他的警觉，表情一下变得很严肃，回道：“这是机密信息，你问这个做什么用？”

苏希溪还想争取一下，“我不需要你所有的项目信息，你只要告诉我论文的题目和技术专利的名称，这也很保密吗？又没有要收购定价、收购计划这些。”

“你问的这几项信息是收购定价的核心信息。”

“都已经在SCI上公开发表过的文章，算什么保密信息？”

“但没有公开这些研究成果是归FUG所有，在这些研究成果上形成的专利技术更是没有公开过。”

见许亦言说什么也不肯提供这些信息，苏希溪心想只有如实告知了，如果此项目有问题，那么安基证券和许亦言也难以置身事外。这么想来，许亦言应该也有支持她调查的可能性。于是，苏希溪试着问道：“你们对FUG项目的尽调结果如何？”

“这个收购项目能顺利推进到目前这个阶段，说明项目的尽调结果显然是没有问题。”许亦言答道。

“啊?”苏希溪有些不信，“我担心这个项目有问题。你们的尽调结果可信吗?”

“你说项目有问题，你有什么依据吗?”许亦言问道。

此刻，苏希溪有些为难，她现在还不便讲出诚千内部有高管接受迈果科技贿赂的事情。那天赖泼戎和钱明柏在酒吧里的对话，她也没有录下来。现在她手里只有一张两人见面的照片，也不能说明什么问题。

而之后赖泼戎将迈果科技引荐给诚千董事长余晖，以及他种种有利于达成诚千集团加入FUG项目收购的暗箱操作，只有苏希溪能察觉到，却都缺乏实质性的证据。想到这里，苏希溪无奈地看着许亦言：“有依据，但现在我还不能说。”

“那你要这些信息有什么用呢?”许亦言问道。

“单谨是人工智能方面的专家，他虽然更倾向于研究人工智能在金融领域的应用，但原理都是相通的，我想让他帮忙查FUG的几篇SCI论文和专利技术是否经得起检验。”苏希溪答。

“我们的尽职调查对你说的这些信息都进行过核实了。如若有问题的话，我部门的员工早就作风险提示了。结果是没有问题的。”许亦言回答。

苏希溪说道：“你们对FUG的尽职调查是不是只核实到他们发表过几篇SCI论文?没错，他们确实是发表了几篇顶级学术期刊的论文，这是事实。但你们的调查就到此为止了，对吧?于是也就存在着漏洞，就是你们无法核实SCI论文本身是否有实验数据或图片的造假。

你有没有想过，如果论文本身就是假的呢?那么在论文虚假研究成果的基础上研发的专利技术岂不就是鱼目混珠?那么这样的专利技术研发的产品的市场份额又怎么能是真的?”

“你这个推测也太异想天开了，有几个人能瞒过SCI学术期刊的审稿委员会?”许亦言不为所动。

“你怎么这么迷信所谓的权威呢?”苏希溪最不信的就是各种权威。她反问许亦言，“你去查一下就会发现，SCI发表论文也有造假的先例。”

“呃……不过，我们的尽调默认为能在顶级期刊发表的文章就一定是可靠的。但如果说，这类论文本身也有造假先例的话，那确实是存在风险敞口。[①]但一来不会因为有这个概率存在，所以就被我们撞上这么巧吧?二来任何项目都不是百分百完美的，每个项目都有各自的瑕疵和风险。我们做项目看到的是修正和包装后的价值。如果因为一点瑕疵和风险，就放弃整个项目，那投行基本上就没什么生意可做了。”许亦言分析道。

苏希溪说道:“可是还存在一个漏洞，因为涉及北美的医疗市场，对FUG的尽职调查中经审计的财务调查报告，我猜你们没有能力做，所以你们是委托给了境外的投行和审计机构的，对吧?所以，也就不能排除这些境外的机构出现徇私舞弊的可能性。”

许亦言想了想，答道:“如你所言，关于境外医疗行业和市场份额等FUG的财务情况，确实是由跨国会计师事务所天勤进行。而且FUG项目的卖方瑞鑫证券、买方中盛公司，也都是外资投行。”

“有没有可能这几家机构的核心项目负责人都被贿赂过?所以，这个项目存在巨大的水分?”苏希溪做了一个非常大胆的猜测。她亲耳听到了钱明柏向赖泼戎行贿，如果他们是这种行事方式，那么就可以合理大胆地推测至项目的其他环节。

① 风险敞口，指未加保护的风险，即对于风险未采取任何防范措施而可能导致出现损失的部分。

“没有依据的事情，不好乱说。即便真如你所言，这个取证是非常困难的。除非是公安经济侦查大队或SEC、FBI这些机构来调查，一般人是查不出来的。”许亦言说道。

“那么，我们不去查这些人是否行贿受贿。只要查项目本身各类信息真实程度如何，是否有虚假水分，查一查总没有坏处吧?”苏希溪说道。

许亦言若有所思地看着苏希溪，“你又不是该项目的核心成员，在你们公司该项目的对接人是赖泼戎，执行人是私募股权部的负责人，你这么在意干什么?”

苏希溪说：“你可能不太了解，由于历史遗留原因，诚千集团前些年因为不规范的行为，有过负面事件，产品到期不能兑付，投资人上门去闹，这在过去引发了不少舆论的质疑。现在那些网络上既有的负面新闻还常常让我很头疼。就这些远发生在我入职前的陈芝麻烂谷子的企业负面，还常常被业务部门的人时不时转过来，要求‘清理’。他们只关心自己的单子是否能签成，而丝毫不去了解品牌工作的客观规律。对于负面舆情的管理，最佳的管理时机并不是在出事后，而是在事发前。”

“你倒是非常负责任的品牌管理者，但这其实是你们公司合规部应该去尽的责任。”许亦言有些理解她了。

“我们公司的合规部只是例行地对一些合同等文书进行浅层次的审核，对公司金融产品的结构以及公司合作伙伴等的风险把控，合规部根本没有能力识别和处理。

但如果一旦再出事，扑火的压力全部集中在品牌部门。所以，我要前置化去化解企业的业务风险，不能坐等东窗事发才去被动地介入，前置化才是有效管控企业负面舆情的最好方式。”苏希溪说。

“品牌的工作我不太懂，听起来你这个设想和工作思路很好，但是你可能没有这么大的权限。别说你是中后台的部门负责人，就像我是前台业务部门的负责人，还是投资委员会委员，可能都很难能有足够的权力去左右业务，尤其是大的合作，基本上都是企业老大的意志所决定的。你我都干涉不了。”许亦言说道。

“就算作为企业的老大，他们做决策时也是趋利避害的吧？如果项目真的存在虚假成分，利益损失最大的就是他们。只要有足够的证据能证实我们的推测，就可以说服这几家企业的最高管理层。”苏希溪有把握地说道。

许亦言说：“我可以提供你要的信息，但仅止于论文和专利名称，其他信息我真的不能提供了。而且你不能向任何人透露信息的来源。”

“好。”苏希溪松了一口气，三番五次的尝试，总算是拿到了一点关键信息。先拿到这些信息再说，走一步看一步吧。

29 虚增市场份额

得知这一重大调查结果的苏希溪和许亦言，突然对对方有了顾虑和保留。各自公司内部也是复杂重重，很可能就是牵一发而动全身，难以预料最后的结果走向。两人也不便于互相之间交流太多，一路无言地回到酒店。

考察团下午的参观在旧金山湾区硅谷，FUG的人工智能医疗技术研发实验室。实验室所在建筑的一楼是一个布置精巧的大展厅。一般大型的IT企业都会做这样的展厅，对客户展示他们开发的科技产品和前沿技术。

展厅的前半部分是对FU集团的企业发展史的呈现，FU集团成立时间看起来还蛮久，从展厅呈现出来的信息来看，起码企业是有些根基的。FUG作为旗下的子公司，成立时间不到三年，名气却很大。

再往里走，是FU集团和FUG项目取得的各项技术突破和申请到的专利。只见白色的墙面上，密密麻麻是简约黑色字体亚克力材质的技术专利名称牌。

随后，参观者们进入一个封闭的圆形影音室，这里可以体验多项应用人工智能技术的人机互动程序。

从早上共进早餐，以及上午半天的参观行程后，芮褰之似乎改变着对苏希溪的态度，对她格外关注和上心。苏希溪走到哪儿，他也就一定会在同样的地方现身。趁着芮褰之去试人工智能设备的空隙，苏希溪才找到机会和单谨单独说话。

“这一路的参观，你对这家企业感受如何？”苏希溪小声问单谨。

“和其他IT企业风格大致相同，看不出有什么不妥。”单谨说。

苏希溪继续问："墙上挂着的那些专利看起来如何？"

"确实是一些业内前沿的技术。"单谨答。

"我微信发给你论文和专利名称，你再查查吧。"苏希溪说。

"我做个提示，FUG成立的时间比较短，虽然这也不能说明太大的问题。"不知什么时候，许亦言悄悄过来，插话道。

芮褰之看到三人在角落都不去参与人工智能设备的互动，也走了过来。但见芮褰之走过来，其他几人却赶紧散开了。

在展厅最深处，一块巨大的显示屏滚动播放着FUG旗下的公司的经营情况概要。在显示屏最右下角角落的位置，心细的苏希溪发现了快速闪过的一行极不起眼的小字，似乎写着"FUG在北美各大医院占有的市场份额"，但看不太清楚。她于是在此处拖延了些时间，不随众人继续往前走。

"你是不是有什么事情瞒着我？"这时，芮褰之过来问道。

苏希溪看了看芮褰之，还拿不定主意是否信任他，于是回道："没啊，我们之间还没到有什么要瞒着的关系。"她眼睛一眨不眨地盯着电子显示屏。

芮褰之随着她的目光，看过去。那行显示经营情况的字再出现了，但是具体的数字正好被屏幕右下角的公司LOGO挡住，模模糊糊看不清楚。"唉……"苏希溪不免叹了口气。

"你是不是想要知道FUG项目的信息？"芮褰之小声问她。

苏希溪扭头看着他，说道："是又怎样？"

"你说我们之间没到有什么要瞒着的关系是什么意思？是我们关系亲密，所以互相之间没有必要隐瞒任何事情？还是说我们之间其实没什么关系，更没有什么要隐瞒的？"芮褰之并不直接回答她，而是岔开话题。

苏希溪看着他，既然他知道了，芮褰之肯定有相关的信息，不然找他要？“你愿意理解成哪种就哪种。你高兴就好。”苏希溪答道。

“既然公布在这屏幕上，那也就不算保密信息，对吧？可惜，怎么被这LOGO挡住了呢！”苏希溪说道。

“嗨，我能看到啊。FUG目前在北美市场的市场份额达到35%，每年税后利润有近7亿美元。”芮褰之脱口而出。

“应用FUG人工智能医疗设备最多的医院是哪几家？”苏希溪听闻，追问道。

“约翰霍普金斯医院、加州大学旧金山分校医学中心、洛杉矶分校罗纳德里根医学中心、斯坦福医院……美国排名靠前的医院据说都是FUG的客户，这几家占据了FUG人工智能设备销售收入来源的80%。”芮褰之答道。

听芮褰之如此轻易地说出来，苏希溪看着他的眼睛，一时不知道他究竟是真的不经意间说出的，还是故意说给她听的，芮褰之也是一副不明就里的样子，两人对视了一会儿，装作就是闲聊的表面意思，都不再去深究什么。

从展厅参观出来后，考察团的人在咖啡厅休息，芮褰之给苏希溪端来了一杯咖啡。苏希溪看着他，还是忍不住问了他：“你为什么告诉我那些？”

“哪些？”芮褰之显得一本正经，反问道。

苏希溪撇了撇嘴，不回答了。

芮褰之只好说道：“好吧，这几天你和许亦言、单谨走那么近，我看着心里不舒服。你不就是想知道一些收购项目的信息吗？我手里获取的信息是全的，只可以他们告诉你，不可以我告诉你吗？”

“等等，你说你心里不舒服？你什么意思？你是吃醋了？”苏希溪问。

芮褰之把头扭向一边，“没有啊，我吃什么醋？我只是不喜欢你和别的男人太亲密的样子。”

“芮褰之，你自己说我们不可能在一起的。”苏希溪说。

“是，我们是不可能在一起。”芮褰之说。

“那你不爱我，又不肯放过我，你究竟是什么意思？”苏希溪有些生气了。芮褰之就是吃准了她的心思存心来欺负她，知道只要他一招招手，苏希溪就会放不下他。

芮褰之不接苏希溪的话，只是说道：“那几家医院我都能找到熟人，我帮你约一下时间，你去找几家医院的医生分别都聊一聊。可能会有所收获。”

参观完实验室的第二天上午，一早7点多，苏希溪醒来看见单谨发过来的微信：“你的怀疑是对的。”苏希溪赶紧从床上跳了起来，拨通了单谨的微信语音通话，却迟迟没人接听。

她再去看单谨的信息，寥寥数字，也没有更多的内容。多看几遍，才留意到这条信息是他两个小时之前，早上5点多时发过来的。单谨的意思是论文果真是造假吗？为什么他电话现在又没有人接听呢？苏希溪疑惑中有一丝不安。

直到下午一两点，单谨才回复苏希溪的语音通话：“昨晚熬了个通宵，查证几篇论文的真伪。给你发信息后，就趴在桌上睡着了。不好意思。”

苏希溪看到心里有些愧疚，但更记挂着论文的结果，“你查证的结果如何呢？”

“确……实……是有虚假成分。”单谨开始回答的有些吞吞吐吐，说出了那几个字后，才顺畅了起来。“这几篇论文在科研上的突破都存在造假行为，将细分领域的研究数据巧妙地进行置换，不易被察觉。可以说是存在蓄意的造假行为。”

“具体的造假环节和论证的逻辑和过程，可以麻烦你写一份文字材料发给我吗？”

“也……没问题吧。”听单谨答应得似乎有些勉强，以为他是疲惫的缘故，于是苏希溪说道：“我没有催你的意思，你昨晚熬了一夜，就为了论证论文的真假，实在是很辛苦。你今天好好休息，先好好睡一觉。什么时候休息好了，再写给我就行，也不必有太多内容，能说清楚问题就可以。谢谢。”

“好，你跟我客气啥？”

挂断电话，苏希溪内心更笃定了。既然发表的SCI论文真的出现了造假，那么在论文研究基础上形成的专利技术，研发的人工智能产品，以及应用的市场份额就需要打个大大的问号了。芮褰之昨天提到的FUG人工智能产品应用最多的医院，有几家就在旧金山附近。

想到这里，苏希溪立刻发了一条微信给许亦言：“今天有事吗？和我一起去趟医院吧。”

许亦言秒回她的微信：“怎么了？你生病了吗？”

“我没生病。”

“那去医院做什么？”

“微信上不便说那么多，我们8点酒店一楼见。”

苏希溪和许亦言相约在一楼大堂，还没说上话，正好遇到了从餐厅吃完早餐出来的钱明柏，“苏总，许总，两位早啊。虽说今天是自由活动，但你们这么早就要出去呀?”钱明柏热情地招呼着。

“啊，我有点不舒服，水土不服。许总对这儿熟，想让他陪我去趟医院。”苏希溪不善于撒谎，一不小心说出了关键词。

“你不是说不是生病吗?”许亦言疑惑地问道。

“啊，你听错了，就是生病。”苏希溪赶紧说。

钱明柏看了看各执一词的两个人，突然说道：“FU集团专门派了两辆车，就在酒店候着呢。你们想去哪儿，都可以坐专车去。我帮你们安排吧?”

“不必麻烦钱总了。考察团人多，领导们都在，他们要是出去到时候没车就不方便了。”苏希溪推托道。

“那我给你们叫酒店的车?”钱明柏依然不放弃。

“不用了，我们先溜达溜达，在路上买杯咖啡，再坐车。钱总你不用管我们了。”苏希溪拉着许亦言离开。

看着两人走远了，钱明柏打了个电话汇报给马翊：“许亦言和苏希溪两人一起出了酒店，既不坐酒店的车，也不坐FU集团的车，只是说出门转转。”

“好，有什么新动向及时向我汇报。”马翊说道。

两人前脚才刚离开酒店，芮褰之提供的约谈医生和时间后脚就发到了苏希溪的手机上。第一站他们来到了斯坦福医院，顺利见到了芮褰之介绍的影像科的负责医生。

“医生，你们医院目前引进了哪些人工智能医疗设备?”

“挺多的，心血管疾病、眼部疾病、肺部疾病的诊断和治疗，都引进了相关的人工智能设备。”

“你们医院引进的人工智能设备的生产商主要有哪些公司呢？”

“目前各家医院引进的人工智能医疗设备各不相同，这个领域目前处于早期阶段，还没有形成垄断或哪几家独大的局面。在新的技术应用上，一些新公司仍然可能会带来惊喜。

就我们医院而言，人工智能医疗设备有IBM Watson Imaging Clinical Review，也有国际知名的医学影像公司Enlitic的产品。其他医院也可能会有VoxelCloud、Arterys等公司研发的人工智能医疗设备。”

“没有一家叫FUG的公司吗？他们的产品你们医院没有吗？”苏希溪追问着。

“FUG？我对这家公司似乎也有些印象。等等，我想起来了，他们之前曾免费提供给我们两台人工智能医疗设备。”

“你是说FUG的产品是不收取费用提供给你们使用的？”

“没错，不收取费用，但他们的产品并不是很智能，只是表面上包装得好，引进了一些超前的理念而已，数据质量也堪忧。在实际医疗诊治过程中，对医生并没有很大的辅助作用。设备成了摆设，我们曾经想退还回去，但FUG以捐赠其他医疗物资和资金为由，请求我们再多使用半年，暂时就留下了。”

“你知道其他医院是不是也是类似的情况？FUG的设备提供给医院其实都没有收入的？”

“这我不清楚，有些公司由于产品在初期研发阶段，所以，也会需要医院的临床使用反馈，在设备改进后，也不排除可能会收取费用。”

“如果说有一家公司的人工智能医疗设备能占到整个北美医疗市场份

额的三分之一，每年税后利润能超过7亿美元吗？”

“这不太可能。”

“是利润没有这么大吗？”

“就目前而言，全球医疗人工智能市场的最大份额集中在北美，其次是欧洲和亚太地区。整个北美市场的人工智能医疗市场2020年规模在20亿到30亿美元。当然复合年增速会非常快，据QYReports预测，医疗保健领域人工智能市场的复合年增长率预计将达到43.5%，市场总额将于2025年达到276亿美元。”医生解释道。

“如果说目前整个北美地区医疗保健领域的人工智能市场规模都才20多亿美元，净利润不可能达到和市场规模一样大，这不符合逻辑。人工智能领域的研发投入费用极高，何况还有市场渠道等其他费用产生。”许亦言分析道。

“是的，”医生接着说，“另外，目前医疗IT公司、医疗设备生产商以及技术生产商都在医疗产业创造新的人工智能解决方案这个赛道上发力。像IBM、微软、苹果、SAP、英特尔、谷歌等全球IT巨头依然会主导着产业发展的方向和趋势。目前而言，北美没有任何一家人工智能医疗公司能独自占有1/3的市场。”

苏希溪和许亦言互相看了看，表情凝重。告别医生，从斯坦福医院出来后，两人各怀心事。

“你从哪儿知道FUG所占具体市场份额以及财务指标和应用的医院信息的？”许亦言见苏希溪刚才和医生的谈话中，提到的信息均和项目书一致，问道。

苏希溪将昨天在咖啡厅和芮褰之的对话据实相告，但她自己也不太相信，她说道：“芮褰之作为冷漠无情，满脑子利益权衡的投资人士，他会因为出于一点醋意，而就给我透露这么核心的收购项目涉密信息吗？我是不信的，但我也一时想不到他这么做的用意是什么。”虽说明知芮褰之不会如此意气用事，但他表面上装作在乎苏希溪的样子，却真的会触动到她。

“芮褰之的雪下资本有意加入FUG收购项目，如果项目有问题，他们会损失巨大，所以会不会是想要借你的手来调查清楚？”两人一时之间都搞不清楚芮褰之的目的，许亦言猜测道。

“如果是这个考虑的话，他手里既掌握有项目的核心信息，又在当地有人脉，对他而言，查清楚项目真伪并不是什么难事。为何他自己不去查呢？”苏希溪反问道。

“而且他联系医院的对口的医生都是精准的信息来源，他很快就提供给我了，就像很早前就找好了一样。”她接着说。

“有没有可能是芮褰之自己已经调查了一遍，他其实早知道项目造假的事情？”许亦言说。

苏希溪疑惑：“那为何他明知项目有问题还依然参与其中呢？又为何要让我去调查知道实情呢？他这么做究竟是什么用意？”

“算了，先不管芮褰之。从查访的结果来看，你们委托的境外审计机构果真也有问题。”苏希溪对许亦言说道。

许亦言答：“仅凭一家医院医生的说辞不足为信，还不能太早下结论。”

苏希溪说：“许总，不仅仅是刚才这个医生的说辞，FUG发表的SCI论文也被证实有造假行为。”

许亦言问：“论文查证了吗？这么快就有结果了吗？”

“有了。”

许亦言听到此话，暗暗叹了一口气。

随后，苏希溪和许亦言又走访了加州大学旧金山分校医学中心等其他几家医院。一天调查下来，获取的信息均指向FUG极大地虚增了市场份额。

苏希溪原本想着，找到证据证实项目有水分，就可以说服这几家企业的最高管理层终止项目。但如今，果真查出来项目造假，要推进下一步行动时，她发现事情并没有她想象的那么简单。

得知这一重大调查结果的苏希溪和许亦言，突然对对方有了顾虑和保留。是否立刻向各自的领导做汇报？她和许亦言两人代表不同的公司，各自公司内部也是关系复杂，很可能就是牵一发而动全身，难以预料最后的结果走向。又有着出自各自不同立场的保密要求，对于下一步如何行动，两人也不便于互相之间交流太多，一路无言地回到酒店。

30 勇敢揭露真相

她抬起头，看向那束阳光照来的方向，太阳正一点点地升起，她心里的害怕和犹疑之感，伴随着黑暗一起似乎一下就被这阳光驱散开。这古老街道也渐渐变得明亮，人潮也渐渐增多。

如棋入戏

由于有心事，苏希溪几乎一整晚都没有睡着。第二天早上，很早便起了床，她出了酒店，想在周围走一走。考察团入住的古老的威斯汀酒店，是在旧金山的城中心，周围的空间显得有些局促。酒店前方是联合广场，左手边是Tiffany的大楼，另一边是老旧的梅西百货。

清晨的街道，只有零星的几个行人，还有一些衣衫褴褛的流浪汉。有些独自或躺或坐在街边，也不去关注其他人。有些则从苏希溪身边走过去后，缓缓地回头盯向她看。空气里飘散着一种危险的气息。

此时的苏希溪，一方面因为没有睡好，有着浓浓的困意。另一方面，因为心里装着这么大的一个秘密，她还没想好要怎么去推进。她晋升管理层已有两年，如今的行事思维，不像过去凭借一腔热血就轻举妄动。短短两年的管理者的耳濡目染，让她考虑事情更加多元化。她想要自己先理顺这里面的利害关系，谋定而后动。

在有如此多环节的造假行为的基础上，包装出来的一个300亿元的跨国收购案。背后的推动力量究竟有哪些？哪些人和哪些公司参与了FUG的造假行为？为了掩盖项目造假，在中间打点的环节又涉及多少违法行为？如果在这个时间点，揭露这个收购案的造假行为，对安基证券、诚千集团、迈果科技、FUG又分别会产生哪些不同的连带后果？

如果苏希溪揭露造假行为，冯映箐的性格多疑，仅凭苏希溪一个人的汇报，即使她的材料逻辑再完善，冯映箐也未必会信。缺乏专业判断能力的冯映箐，通常是多听几个人的意见。她势必会找来其他人来多方印证。而大概率冯映箐会听取赖泼戎、贾司文的意见，那么这两个时刻对苏希溪虎视眈眈的，想要赶她出局的人，又会怎么陷害她？苏希溪要以什么方式，选择怎样合适的时间点去揭露这个真相？怎样避免会给自己带来的负面影响？在她过去的管理经验中，她被高层暗示过，“在组织的约定俗成的集体意识中，某个个体去揭露一个错误的行为，这本身就是一个错误的行为。”

FUG收购这个项目涉及范围太广，而且内幕深不可测，苏希溪陷入在这千头万绪中。

“Mind your own business!”一个流浪汉突然转头冲苏希溪叫嚷道，吓了她一跳。那个人说完这句后，狠狠地瞪着她，苏希溪一时没反应过来，这个流浪汉精神有问题吗？见她呆住了，流浪汉又做了一个吓唬她的表情，说了一句：“FUG，Mind your own business!”然后快速跑掉了。

“Who are you？”苏希溪冲着流浪汉的背影问道。

突然出现的流浪汉和在她耳边的恐吓，让苏希溪感到有些愤怒。她这是被警告了吗？千头万绪还没有理顺，反来了一个莫名的警告。看来这几天她的调查已经让造假方觉察到了，他们居然敢这么明目张胆地使用流氓手段。

她觉得很委屈，眼泪在眼眶里打着转，她使劲地忍住自己的眼泪。她只是一个拿年薪的职业经理人，既不是公司合规部负责人，又不是企业内部此项目的负责人，更不是主持正义的公检法机构。自己冒着危险，这么大费周章地调查清楚这个事情，就为了伸张正义吗？这么大的一个造假金融收购案件，可能需要一整个经济犯罪侦查队的人去调查，还要请境外监管机构的协同行动，哪可能是她苏希溪独自一人能去弄清楚的事情？

苏希溪继续往前走着，不觉来到了Powell Street和Market Street交叉口的cable car总站，坐铛铛车的人在这里已经排起了长队。热闹的人群让她心里多少感觉没那么害怕了。

正在此时，太阳在街道对面建筑物的后方升了起来，早晨的第一束阳光穿过街道，正好照耀在苏希溪的面前。她抬起头，看向那束阳光照来的方向，太阳正一点一点地升起，她心里的害怕和犹疑之感，伴随着黑暗一起似乎一下就被这阳光驱散开。这古老街道也渐渐变得明亮，人潮也渐渐增多。

不知道为什么，在那一刻，她忽然坚定了内心的想法，就是要去揭露项目造假的事情，她不想再去多权衡方方面面的利益。她想，一定是加州透亮的阳光给了她一种力量。拿定主意，她决定回酒店去找冯映箐。

在赖泼戎的怂恿下，钱明柏用了流氓手段恐吓苏希溪，遭到马翊的呵斥。

“你早上对她做了什么？找人恐吓她？你当我们是个黑社会组织吗？”马翊生气地问钱明柏。

“她的调查对我们极其不利……”

“我们公司做事风格一向光明正大，我不止一次地跟你们强调，要有底线，要有底线！你从哪里学来那些卑鄙的不正当手段，去吓唬一个柔弱的女生？”

“如果FUG收购因为这个女人而毁于一旦，我们的损失无可估量啊，马董。”钱明柏小心翼翼地说道，显得有些委屈。

“我让你留意她的行踪，不是让你去吓她的。她有什么动向，你即时向我汇报，谁让你擅自作主的?”

“对不起，马董。”

“要你留意她的行踪，就是要见招拆招。我自然有办法化解她发现真相带来的风险，你却弄出这么一出，还怕马脚露得不够明显吗?”马翊呵斥道。

苏希溪回到酒店，正好碰见钱明柏和赖泼戎坐在大堂沙发上，两人正在说着什么。苏希溪看见他们的时候，他们也看见了苏希溪，在眼神的对视之间，彼此似乎都有几分心知肚明。

苏希溪想到刚才恐吓她的那个流浪汉，心里有几分来气。她一脸严肃的神情，狠狠看了他俩。不再像以往那样客气地跟他们打招呼，而是径自走过去，走向电梯间。

赖泼戎是一脸死猪不怕开水烫的表情，苏希溪不理会他，他便也不理会苏希溪。但钱明柏刚才挨了一顿批评，顾忌着他老板马翊对苏希溪的态度，脸上便有几分讨好地冲苏希溪笑了笑。

电梯门开了，冯映箐从电梯里款款走了出来。她穿着一条黑白相间的连衣裙，裁剪配色巧妙，很好地修饰隐藏了她上了年纪稍微发福的腰身，她的胸前别着一只祖母绿的翡翠胸针，黑色长丝袜下穿着一双精致的亮片细跟鞋。

“冯总，早。”

“早，希溪，吃早餐了吗？没吃的话一起去餐厅吃。”

苏希溪正想上楼找冯映箐，见她邀请自己一同吃早餐，便答应了。两人共同往餐厅的方向走去，没想到赖泼戎像是贴膏药一样亦步亦趋地跟了上来：“冯总，希溪，吃早餐呀？一起啊。”

三人刚在餐厅落座，赖泼戎瞅准机会就参了苏希溪一本，他故意说道：“苏总啊，昨天一整天怎么都不见你人影。虽然是在外出差，但昨天上午有个重要会议你忘记了吧？国内的高管都在ZOOM上按着我们这边的时间参加了会议呢。余董和冯总在会上做了重要的工作指示，你不知道吧？”

昨天的会议是月度例行的高管会议，由于一部分高管在出差，于是在ZOOM线上举行。本来冯映箐并没有注意到苏希溪的ZOOM账号上没上线，但赖泼戎故意这么一提，冯映箐听到苏希溪不按时参会，显得有些不高兴了。

冯映箐平时对赖泼戎极为不满，经常说他品行不端，将半个公司带成了乌烟瘴气的大染缸。但赖泼戎使用各种计策和手段时，冯映箐偏偏又常常上钩。赖泼戎装作不经意吹邪风说的各种假话，冯映箐也很能听进去。

她脸色一正，问道：“哦？希溪昨天有什么事，没参加吗？月度管理层例会还是很重要的，不要无故缺席啊。”

“咱们希溪这个部门总经理真的当得省心，有周荠这样得力的助手，周荠为了这个会可是熬了几个通宵做PPT呢。”赖泼戎见得逞，接着落井下石，说道。他总是尽其所能，在一切场合用抬高周荠的方式，来踩低苏希溪。

赖泼戎颠倒黑白的能力堪称一流。诚千集团整个公司里，有不少人被赖泼戎的捧人和踩人的手段所蒙蔽。虽然品牌市场部的员工对于苏希溪和周荠的能力知晓得清清楚楚，但他们人微言轻，他们的声音根本不被公司高层重视。其他各部门负责人也看得清楚，但想着多一事不如少一事，于是便各扫门前雪，各部门关起门来各自为政。

苏希溪本想解释自己昨天是去调查FUG项目了，虽然表面上看她是没有参加例会，但从符合公司的利益来讲，她做的事情比参加高管会议重要百倍。赖泼戎在这里，她又不便讲出实情。听着赖泼戎肆意抹黑她，颠倒黑白，她忍无可忍。

“周荠的习惯可能也要改一改，平时上班时间能做完的工作不在上班时间做完，而非得拖到下班了以后再开始做，好算成她的加班时间。重要的文件没有一次能提前做好的，非得放到最后一天的深夜，非得邮件定时定到晚上12点或凌晨一两点，再发过来。表面上是发给直接上级的我，实际上抄送了一大堆人。从人力资源部负责人，到总裁秘书，生怕别人不知道是她做的。非得深更半夜地发过来来体现她做文件做得辛苦。”苏希溪不客气地说道。

“而且所谓她做的材料，策划部分她交给外部的咨询公司，文字部分她分派给文案组的人，活动部分她让活动组的人提供，周荠就是负责中间倒倒手，然后交给设计组的人去做美化。看似漂漂亮亮的一份方案，就因为她把收集的这个口归在自己手里，通过欺下瞒上的方式，让别人认为是她的工作成果。其实从形式到内容，方案都是由别人做的，和她半毛钱关系都没有！难道我是缺这样一个收集材料的副手吗？”苏希溪继续说道。

她直中要害的话气得赖泼戎差点没从椅子上跳起来：“你的意思是周荠故意这么做的？”

“如果偶尔一次两次是这样的情况，我也就不提了，但每一次的重要材料，有时候是汇报材料，有时候是项目策划方案，她都是到最后一刻才做完发过来。甚至有时候超过了deadline，她仍然不交。每一次由她做的材料，我都要提前自己做一份，如果等到她交过来，无论是汇报还是项目方案，都没有再修改的时间。她明知背后有赖总你支持，她就算不交，我拿她也没办法。”

“希溪，你怎么能这么中伤你的下属？你这样的做法太让他们寒心了。”赖泼戎呵斥道。

苏希溪早上被流浪汉警告的气都发了出来，她不客气地说道：“赖总，你扣了一顶好大的帽子给我呀。是我中伤，还是她有恃无恐？他们又是指谁？你代替周荞发声我也习惯了，毕竟，如果不是因为背后有赖总做靠山，周荞也不会这么肆无忌惮，本职工作不好好做，天天挑事。她是怎么到现在这个位置的，你心里比谁都清楚。一个人的现象不要搭上一群人。毕竟，你只给周荞升职加薪，而不是给那一群人。我的手下对哪位上司满意，对哪位上司寒心，你让人力资源部的同事做个民意调查便清清楚楚。”

“苏总，你哪儿来的这种自信？这个部门就是我带起来的，现在的人都是我招的。我还能不了解他们？”赖泼戎提高声量，装作义正词严地呵斥道。

不知道为何，他这个态度坚决的反问，问得苏希溪果真就有点不自信了。就像是，如果一个坏事做尽的流氓，义正词严地指责一个清白的人说其卑鄙时，因为流氓对他自己的恶行毫无自知、恬不知耻的态度，善于自我反省的清白之人反而因恶人的坚持，而在刹那间产生自我怀疑的假象：难道他说的是真的？如果清白之人因此退让，那么恶人便得逞了。所以，作恶这种行为在善面前，天然带着一种碾压它的优势。

“好了，好了，苏希溪也不容易。你们这个部门从前就是个大染缸，之前先后走了多名负责人，就说明内部确实有不可回避的问题存在。希溪来了，她是来解决问题的。泼戎，你也不要为难希溪。”冯映箐开口调停了。

“当然，希溪可能是不是对周荠有些误解？她这几年年年被评为优秀员工，工作也还可以的。”冯映箐作为公司总裁，不会细致地了解各部门内部的情况。但她回想起来，但凡是公司重要的活动场合，似乎都能一眼看到周荠毕恭毕敬地站在最显眼的位置上，想必这个人对公司没有功劳也有苦劳吧。

冯映箐不知道的是，周荠之所以每年被评为优秀员工，都是因为部门优秀员工的推荐权以往都掌握在赖泼戎手里，他定谁，谁就是所谓的优秀员工。其他员工对此是敢怒而不敢言。

“大家都是为着公司好，有什么误会，说开就好了。你们都是公司的高管，有些磕碰是难免的。”冯映箐说道。

见冯总出面调停，赖泼戎和苏希溪也就不再继续争论下去了。苏希溪本来就不想多和赖泼戎做无谓的纠缠，今天要不是他主动在总裁面前挑起事端，言语中处处中伤她，她也不会对忍受已久的事情，不留情面地直接说出来。

赖泼戎虽然心里恨得牙痒痒，表面上也不好再揪着不放。依他的性格，此时早就愤然离去了。但钱明柏让他今天防着苏希溪，不让她单独有和冯映箐相处的机会。三人默默地继续尴尬着吃早餐，再坐了几分钟，他再也待不下去了，就借口上卫生间，想着一会儿再进来继续盯着。

趁着赖泼戎离开的机会，苏希溪赶紧说道："冯总，那边街角有一家古典的咖啡馆，装修很是别致有趣，我们一会儿吃完早餐后去喝杯咖啡吧？"

"早餐刚喝了一杯清咖，又喝呀？"

"嗯……那儿环境好，去坐坐嘛，正好我也有些工作要向您汇报。"

"哦，好吧。那你联系下司机师傅。"

"咖啡馆离酒店很近，走路也就不到十分钟，我们不如走过去吧？"苏希溪喜欢步行，不喜欢坐车。

"啊？我不走路。要走你走。"冯映箐像个娇气的小女孩一样，直截了当地拒绝走路。

苏希溪看着她脚上的高跟鞋，心里叹了口气，想着趁赖泼戎没跟上来，赶紧离开。不知道以后自己到了她这个年纪，会不会也这么娇气？她只好答应着："好的，那我们坐车去。"

到了咖啡馆后，四周已经没有认识的人，无所顾虑，苏希溪便不再兜圈子，直截了当地向冯映箐如实汇报："FUG项目涉嫌造假，我这些天都在查证这件事情。"

"造假？不会吧？"冯映箐吃惊地反问道。

"是真的，要是没有确凿的证据和把握，我是不会跟您汇报的。"苏希溪说。

"600个亿的大项目，你说造假就造假呀？那么多金融机构、审计机构参与，如果项目造假，他们能没发现？"冯映箐皱着眉，神情不快地反问。

苏希溪在工作中专业能力突出，敢拼敢闯，为人正直，有职业抱负，时常能带给冯映箐意料之外的惊喜。但也因为不屑遮掩，不留情面，也会带给她一些惊吓。这会儿苏希溪居然跟她说FUG项目造假，这个惊吓对于冯映箐而言有些大。

“我昨天走访了加州大学旧金山分校医学中心等几家医院，获取到的信息均指向FUG极大地虚增了市场份额。全北美目前没有任何一家机构能占有三分之一的市场份额。而且使用FUG人工智能医疗设备的医院，多为免费使用，根本没有销售收入。而FUG的财务数据显示，每年7亿美元的净利润，这根本就是子虚乌有的事情。”苏希溪有理有据地道来。

冯映箐觉得这不像完全没有根据乱说的事情，但她像是突然想起了什么似的，问道：“你为什么要调查这件事？这个项目你并不是核心的参与人。”

“这两年国内金融监管趋于严格，股市也不景气，无论是直接融资渠道，还是间接融资渠道，都受到很大的影响。市场‘缺血’，不少企业的融资渠道被堵，信托、资管计划、固定收益产品不能按期兑付，暴雷项目层不出穷，投资者闹事的现象时有发生。

按理说，中后台部门不应干涉前台业务部门的工作。但是从负面舆情管控的角度出发，我们不能等到负面新闻漫天飞的时候，才出面做干预。事实证明，事后的舆情干预作用非常有限。将风险防范于未然，前置化管理舆情，才更加符合企业的利益。这其实也是公司风控部门该尽的义务。但风控部门却将主要精力放在了在部门间树立存在感，纠结于一些企业内部的微不足道的琐碎事情上。对影响公司发展方向的关键事件，却不花精力去调查。”苏希溪不卑不亢地说道。

冯映箐缓缓放下手中的咖啡杯，沉默了半晌，才开口：“所以，你昨天没参加管理层会议，就是去调查这个事情了，对吧？”

“是的。”苏希溪不想她岔开话题，于是，抓紧时机，继续汇报：“不仅是财务数据造假，而且FUG项目号称拥有的人工智能医疗核心专利技术，也涉嫌造假。技术的基础SCI论文已经经人工智能专家查证，有造假成分。”

“希溪呐，诚千集团参与FUG收购的项目这件事，你不知道这背后的渊源。”冯映箐显得有所顾虑。

“嗯？什么渊源？”苏希溪小心地问道。

“这个项目是余董事长亲自引进的。”冯映箐看向窗外，眼神有些游离。

“项目如果出问题，诚千集团将会蒙受巨大损失，诚千是董事长自己的，他也不想看到自己多年苦心经营的企业受到重创吧？”苏希溪说。

冯映箐听罢这话，看了看苏希溪，微微叹了一口气，沉默不语。

“冯总，整个收购项目中，诚千是出资最多的LP，如果项目出事，对其他LP或GP也许还不是太大的冲击，但对于有220亿元出资额的诚千，却可能让公司遭受灭顶之灾啊！趁现在尚未签合同，我们退出还来得及。”苏希溪忧心忡忡地说道。

“这样吧，你把FUG项目造假相关的调查和证据整理一下，写一份材料给我，我去和余董谈。”冯映箐说。

听到冯映箐的话，苏希溪才松了一口气。赶紧将昨晚连夜整理好的材料发给了冯映箐。苏希溪发过去的这份材料，附有市场份额调查走访的确凿证据，但缺乏论文造假的详尽的论证。不知为何，直到昨晚，单谨关于论文和专利造假的论证材料还没发过来。

在汇报给冯映箐的过程中，苏希溪并没有提到赖泼戎收钱明柏500万元回扣的事情，因为这件事她缺乏证据，也就先不提及。总之，先挽救公司免于陷入收购陷阱中。其他事，便先放一放。

31 齐历人生

拥挤的人们，选择对自己有利的人，匆忙地奔赴他们的成功。苏希溪本来自我感觉良好地站在电梯前，结果，四部电梯，全部上去了。人一下子没了，她清冷地站在原地。

将FUG收购项目造假的真相汇报给冯映箐后，苏希溪心里总算轻松了一些。这件事就像压在她心底的一块大石头，非常艰难地被移开了一点。

从几个月前，最开始察觉到赖泼戎收受迈果科技的贿赂，隐隐觉得收购项目不妥，到因暗中调查而被中伤，被怀疑，最后调查清楚真相，得以阻止了这么大一桩虚假收购给公司带来的损失，虽然，她个人也不会获得更多的回报，她依然是一个拿着年薪的职业经理人，因为是丑闻，所以真相势必被高层捂得严严的，她也不会因此被大张旗鼓地嘉奖，升职加薪，但她依然有一些成就感。起码，受聘于一家公司，就要有维护公司利益的职业操守。

苏希溪分析着接下来的局面：接下来，诚千集团应该会退出FUG的收购。安基证券那边，许亦言知晓了真相，也会向徐国伟董事长汇报。各方中只有雪下资本还不知情。她顾念着和芮褰之往日的情分，担心他会出事。于是，苏希溪去找到芮褰之，将调查的结果当面告知了他。

“全都调查清楚了？”芮褰之看到她前来，一点都不吃惊，态度温和地问她。

“是，真相如我刚才所言。”苏希溪说。

“那么，你们的余董也知道了吧？”芮褰之问。

“当然。”

“诚千会向FUG和迈果科技提出退出收购?”芮褰之想要套苏希溪的话。

“这个我不清楚，即便我知道也不能透露给你。你别管诚千怎么做，你好好筹划下你自己的公司如何避免损失。这也是我为什么来告诉你的目的。”苏希溪说。

“谢谢啊，希溪。你做得很好。”芮褰之只是笑了笑，他对苏希溪告诉他的真相，似乎没有任何反应。

“今天还有集体活动，很有趣的，你休息一下一会儿一起参加。”他提醒道。

FUG安排了考察团参加一项趣味性的集体团建活动，据说是真人CS。[①]但显然大家都想得过于简单了。考察团坐着商务车穿过金门大桥，来到索萨利托小镇的一处靠山的会所。

下车后，众人随一名华裔企业体验式培训师，来到位于半山上的一处室内训练室。这个训练室建造的像是以前的厂房，里面空间很大，三十多米的挑高。

室内摆放着多个像桌球台一样的长桌，每个长桌都有一个显著的标志，分别写着 New York Stock Exchange（纽约股票交易所）、Euronext N.V.（纽约泛欧交易所）、NASDAQ（纳斯达克）、LSE（伦敦证券交易所）、Tokyo Stock Exchange（东京股票交易所）、Hong Kong Exchanges

① 真人CS指的是各种喜欢军事及户外运动的人聚集在一起的一种军事模拟类真人户外竞技运动。

and Clearing Limited（香港交易及结算所有限公司）、Singapore Exchange Limited（新加坡证券交易所），皆是全球各大著名的证券交易所名称。

墙上悬挂着巨大的电子显示屏，滚动播放着不同的金融交易市场的行情数据。

室内右手边有四部小的直梯，通往二十米高的蹦极跳台。更远处是电梯扶梯，从底下向上，曲折着一层层延伸至跳台。跳台对岸的屋顶上，是一扇门，通往山上的森林。

众人有些被这样的场景震撼到了。“不太像仅仅是个CS吧？以往的拓展活动，多是一些小的体力或脑力游戏。这场景玩得有点大啊。”赵仁意说道。

“这不会要玩韩国的那个《鱿鱼游戏》[①]吧？咋还有金融市场呢？”赖泼戎有些兴奋，跃跃欲试。

“这位领导还真说对了。我们接下来要进行的活动，借鉴了一点点《鱿鱼游戏》的思路。但有很多不同。

这是一个由中国‘漓淇传媒’公司，最新开发的大型沉浸式体验游戏，它有一个简单的名称叫作《齐历人生》。但这个游戏的内容不简单，非常丰富。它既包含了生存类竞技，也包含了改良版真人CS，更是有沉浸式的全球金融市场投资体验，让参加者全方位360度体验多彩人生。

更重要的是，我们这个游戏的基础是异性合伙人制度，这是通关前提。”培训师说道。

---

① 《鱿鱼游戏》是由Netflix出品的一部韩国电视剧，该剧以一群人生失意的人参与一场生存游戏为主线，讲述了456个韩国社会的边缘人在走投无路之际被神秘组织以巨额奖金为诱饵，在密室中以获得奖金、寻求生存为目的的故事，而走出密室的代价就是牺牲其余455人的生命。

“怎么个合伙形式?”钱明柏问道。

培训师继续解说规则：“参加的人员可以在游戏的过程中，自由选择和其他异性结盟。中间，你们有数次机会更换结盟对象。但每更换一次，你们都需要付出相应的代价。在这个游戏中，通用的货币为Token BTC。

游戏最开始时，你们的第一次结盟，是你们自主选择权最小的时候。越往后发展，你们选择结盟对象的自由度会越大。但此时，也会受到来自原结盟对象的制约。

代价来自两方面，一是游戏设计的不确定性的外部因素，会让你失去Token，比如金融市场的投资。

二是你们需要支付给原结盟对象Token。结盟者内部可以进行友好协商，谈判解除结盟需支付对方的具体数额；也可以通过我们设立的法庭，裁定需要付出的代价，即Token数量。但友情提醒，通过法庭需要走一定的程序，这会耽误你们的游戏时间。

如果结盟者需要解除结盟，友好谈判失败，又不走法庭程序的话，会无限期耽误你们的游戏时间。

在游戏过程中，你们会途经全球各大金融市场。结盟者之间可以选择共同投资原油、期货、外汇、股票、债券、不动产、数字货币。你们是否能获取收益，取决于你的对手方，以及市场上的其他参与者。

你们在投资过程中，可以使用全球中央银行和各国商业银行提供的贷款。也有证券公司提供的金融衍生工具，可以进行配资和使用杠杆。你们可以选择做多，也允许做空。我们还提供量化交易工具，可以租用。

你们可能也会因为市场上其他参与方错误的选择，而陷入爆发的全球金融危机当中。甚至，你们也可以做局中局，这是被允许的。但我们也有监管部门可以事后追责处罚。

系统会先给你们随机分配资源。你会被随机分配到第一个结盟对象和数量随机的Token。游戏过程中，你选择是否要付出代价，去和另一名异性重新结盟。

这一路上，会遇到设置好的数道障碍，都需要和你结盟的人共同完成。”培训师解释道。

听到这里，安琪允有些困惑：“如果没有合适的结盟者，单独的人是要被淘汰吗?”

“单独的人未必就一定会被淘汰。游戏的设定，常规来讲，是鼓励2人以上的结盟。实际上，以我们过往的经验看，这也是让入局者更容易通关的方式。当然，它并不是百分百的保障。2人结盟在一起，既可能互相鼓励，一起成长，更顺利地到达终点，但也可能离心离德，成为1+1<2，或等于零，甚至是负数，互相拖后腿的结果。

但有一点是比较确定的，如果参与者主观意愿上就是不想和其他人结盟，或者由于错过了意向结盟对象等各种原因，而造成了客观的未结盟的结果，那么，单独的参与者，一定会比结盟者，这一路上要难得多。”培训师答道。

“这个游戏规定要异性结盟，但我们参加者的性别不是完全的1：1对等的，这怎么办?”赵仁意提出了疑问。

“这也是这个游戏有趣的地方之一，它保持着参加者性别比例的随机性。如果你们来的人正好是男女一样多，那么就从刚好的配对数开始游戏。如果男女比例失衡，就从失衡的配对开始游戏。

但到游戏的后半部分，你们会发现，最开始的性别比例并不会对后面的结果产生太大影响。你们在游戏过程中，在金融市场上的投资能力，以及CS中的生存能力才起决定性作用。当然，如果随机分配时获取的初始Token数量巨大，用之不尽，那么，也会决定最后的结果。”培训师回答。

“那如何知道别人的投资和生存能力?”陆吟吟问道。

“每个人身上统一所着外套上，会实时显示自己当前的Token数量，以及投资收益率。”培训师说道。

“这么直接的吗？相当于将每个人的身价赤裸裸地贴在脸上，也真是刺激。哈哈。”陆吟吟显得很开心。

“每个人获得的原始Token为什么不是一样的数量？随机分配是不是有些不公平了?”吴念问道。

“这就是人生，每个人一出生所拥有的资源就是不同的，没有公不公平，也并不由你自己决定，由上天随机分配。”培训师答道。

“对，对，那也是。”吴念若有所思地点点头。

培训师接着往下讲解规则：“路线是从室内开始，通过金融市场投资等两道障碍后，只有投资收益显示为正的参与者，才能到达4部直梯前，获取乘坐资格。

投资收益如果为负，就要在金融市场上一直投资。直到要么获得正收益，要么输掉所有的Token，被淘汰出局。

这4部直梯，每部直梯只允许使用一次，每次每部电梯的乘坐人数上限是2人。乘坐者不限制一定要是名义上的结盟者。但如果和非结盟者一起使用了直梯，被留在楼下的结盟者的滞留时间也会拖累已经走了的结盟者，他的Token就会被扣除。”

“只有4部电梯，意味着最多只能通行8个人。如果获取乘坐直梯资格的人数超过了8个，怎么办?”苏希溪问道。

“成功到达直梯前，却没能坐上电梯的参与者，可以绕道，经由手扶电梯上跳台。

但需要得到8名乘坐直梯者开启权限，一旦接受了扶梯权限，乘坐直梯的参与者和乘坐扶梯的参与者，便有了弱关联。但是，一旦权限开启方在游戏中途出局，接受权限的乘坐扶梯的参与者同时被淘汰。反之，权限开启方的直梯乘坐者不受影响。

手扶电梯没有空间和人数限制，它可以一直运转，容纳无数人。8名乘坐直梯者的开启权限可以多次使用。

但是，手扶电梯的速度会比直梯慢很多。从过往经验看，乘手扶电梯的参与者，由于速度最慢，到达屋顶那扇门后，极容易被先到的茶园里埋伏的参与者狙击。基本上在整场游戏中，那条路没什么胜算。所以，要想胜出，抢占乘坐直梯先机，至关重要。”培训师答道。

“乘坐电梯，到达蹦极台，顺利通过跳台的参与者，可以经由那扇门，出去后到达山上的茶园。在门口有不同的武器售卖，你们可以用Token获取武器，在茶树林进行CS决战。

最后剩下来活着的结盟者或单独的参与者，以完成游戏的时间、生命、金钱（Token）为依据，按照这三个因素对应的不同系数，综合测算分数，分高者胜出。”培训师说道。

“Amazing!”道格拉斯听到这里，发出感叹道。

“您听懂了吗？教练讲解的这游戏规则这么老长，还用中文讲的，我都没完全弄明白。”赖泼戎忍不住说道。

“我听懂了一些，但仅是这一些已经让我感觉这是一个非常棒的游戏，这是一个懂人性的游戏。Interesting!”道格拉斯赞叹道。

“有点意思，咱们回头把这个游戏版权买下来，线上、线下游戏一起做，市场巨大。明柏，回去跟游戏业务的负责人说一下，找机会和这个做《齐历人生》的漓淇传媒去聊聊。”马翊直觉这是一个不错的商机。

“嘿，马董真是，玩儿游戏都不忘带着商业思维。”徐国伟笑着说道。

“您这话还真对了，这款游戏设计都不忘带商业思维，还有投资思维，还有婚姻思维。大家有没有觉得这中国公司开发的合伙人的游戏设定，特像中国的婚姻关系？”马翊说道。

“怎么就像中国婚姻了呢？”道格拉斯不解地问道。

“您不了解中国的国情，在我看来，在上海或北京那样的现实大都市里，男女双方谈爱情，那是奢侈品。有些男女的婚姻，就像是找个生意合作伙伴而已。如果你不能接受双方基于利益，而搭伙过日子，并互相提防着貌合神离地度过余生，那么，你就大概率一直单身。生意伙伴一起投资，一起获得红利。单身的人则自己过完这一生。”马翊解释道。

没想到这个看起来风光，万人之上的IT新贵，还能理解到苏希溪眼中的大都市里平凡人婚姻关系的实质，苏希溪不禁对马翊有些刮目相看。

“这就是人生嘛！听说现场的各位领导中，有很多金融圈的大佬，这个游戏对大家来说正是各位的专长。祝你们取得好的成绩！”培训师说道。

听到这里，马翊突发奇想：“培训师都说了，在场都是投资界大咖，仅仅玩这个基础游戏有些大材小用了。各位想不想玩个更大的游戏？”

“马董憋着坏主意呢！”余晖接话。

“余董就爱开玩笑，我提供的都是让大家赚钱的主意。”马翊笑道。

“怎么玩得更大呢？”许亦言问道。

“我们将这场游戏的最终结果，和并购基金穗广基金的认购结合起来怎么样？如此一来，游戏中的投资和真的生意浑然一体，多么刺激！各位敢不敢玩?”马翊说道。

听到并购基金，芮赛之立刻提起了兴趣。余晖和赖泼戎脸色则微微一变，“穗广基金的认购不是基本上已经定下来了吗？怎么，还有变数吗?”余晖问道。

“凡事不到最后，就不好说最终的结果嘛。”马翊模棱两可地回答他。

“马董说说怎么个具体结合方式?”芮赛之追问道。

“按游戏最终的结果，名次越是靠前，对穗广基金的认购就越是有优先权。”马翊说道。

“好啊!”芮赛之毫不犹豫地答应。

游戏正式开始了。系统随机分配游戏资源，阴差阳错地，苏希溪（50个BTC）和钱明柏（200个BTC）被分到了一组。

苏希溪主动放弃了系统分配给她的结盟者，选择单独参加游戏。

“钱明柏分到了200个BTC，仅次于吴念的300个BTC，这么好的物质条件，你说放弃就放弃，你傻呀?”赖泼戎说道，他倒不是真替苏希溪着想，只是单纯从他的思维分析，这事儿该怎么选择。

苏希溪白了他一眼：“全世界就你赖总最聪明，好吧？没人跟你争。”

芮赛之（10个BTC）和陆吟吟（150个BTC）一组。他没有任何表情，对他而言，陆吟吟是怎样的女人并不重要，她获得150个BTC，这一点才是最重要的。

余晖朝赖泼戎使了使眼色。老书记给余晖下的军令状是无论如何诚千集团也要拿到穗广基金的不少于300亿元的出资额。

对FUG组的这个局，在苏希溪看来，也应该快要散了。所以，虽然拓展游戏本身趣味性很强，但她根本没有心思认真参与其中。

但赖泼戎和芮褰之非常积极的参与态度，则在苏希溪的意料之外。她不太理解，无论如何没有想到，各方明知一个收购项目多环节造假，为何却依然对它趋之若鹜？难道是冯映箐还没来得及向余晖汇报吗？如果说余晖有可能还不知情，但她上午明明刚将真相告知了芮褰之，他的态度又如何解释呢？

她琢磨着这其中的微妙，心不在焉地参加着游戏。

赵仁意原本和孙芸娇分到一组，他主动将孙芸娇换到和徐国伟一组，徐国伟很是高兴。道格拉斯和安琪允一组。

苏希溪其实比较有优势，比起其他人各自只懂得各自领域的业务，她算是对各领域都有比较深的了解。

很快就有几个人获得奔赴终点的名额，电梯里面满了，没有位置，如果要更换，就要先说服里面的人下来，再将苏希溪装进去。芮褰之考虑到，这一来一去对他的时间和精力的消耗，便毫不犹豫地拒绝了苏希溪，不给苏希溪留出一点的空间，决然地关上了门。

李渊也因同样的原因拒绝了苏希溪。

拥挤的人们，选择对自己有利的人，匆忙地奔赴他们的成功，苏希溪本来自我感觉良好地站在电梯前。结果，四部电梯，全部上去了。人一下子没了，她清冷地站在原地。

无论是芮褰之，还是李渊，这些曾经满口对她好的人，没有一个管她怎么办。他们忙着挑选了一个对自己有利的伴侣，忙着奔向成功，忙着奔向富裕，却忘记了，他们忙着奔向的，也有死亡。

扶梯没有空间限制，可以一直运转，容纳无数人。人的一生就像去到一栋商场，里面人很多，资源有限，直梯就像是婚姻，空间有限，排他，里面有人了，要容下其他人，只有把里面的人请出去，那个人又怎会愿意？需要电梯的主人付出很大的代价。

扶梯就像是男人的喜欢，运转效能无穷尽。他可以不停接纳一个又一个女人对他的喜欢，他来者不拒。因为他的喜欢一直在运转，她来，她又走。男人毫发未伤。

32 真相消逝背后

FUG 最近收购了一套人工智能金融交易系统，

与原 AI 医疗项目一起，使得 FUG 估值达到 600 亿！

如棋入戏

“今天游戏的第一名是雪下资本的创始人芮褰之，第二名是安基证券的投行部负责人许亦言，第三名是诚千集团的副总裁赖泼戎！让我们以最热烈的掌声祝贺前三名领导！”培训师精力充沛地用激昂的情绪做着总结。

“游戏开始前，我有言在先，游戏比赛的名次越是靠前，对穗广基金的认购就越是有优先权。这句话是作数的啊！安基证券作为GP，维持原出资额不变。那么，雪下资本和诚千集团则按照名次先后优先选择认购额度。”马翊站上讲台，说道。

“趁着这个难得的机会，我同时宣布一项重大而又值得庆祝的事，FUG最近收购了某人工智能实验室研发的一套人工智能金融交易系统。这个交易系统和FUG原有的AI医疗一起，将成为FUG的两个最璀璨夺目的闪光点。这个收购完成后，出于对其拥有的市场前景的看好，FUG项目的估值将达到600亿元！”马翊说。

“什么?”刚才还在各自小声闲聊着的考察团的成员们，听到马翊宣布的这个消息，不约而同地安静了下来。显然在场的人都有些意外，但很快，徐国伟和吴念带头鼓起了掌，说道：“好啊，好啊，值得庆贺！”

随即，余晖、芮褰之、赖泼戎、钱明柏、陆吟吟等人也跟着叫起好来。

对这个消息最震惊的莫过于苏希溪了。她本还沉浸在刚才的游戏中，她在被芮骞之和李渊抛下的失望之感中没有回过神来，冷不丁又听到马翊宣布FUG收购人工智能交易系统，估值翻倍的消息。为什么会是这样？她看着不远处在鼓掌的芮骞之，再看余晖，周围的人似乎都喜气洋洋，一派祥和。这究竟是怎么回事？

她摇摇头，眉头紧锁，想要让自己更清醒一点。自己是在做一个荒谬绝伦的梦吗？只有梦境才会如此荒谬。她是陷在梦境中出不来了吗？她摸了摸自己的脸，这似乎又是真实的。

这时，苏希溪的手机响了起来。她看了下显示的来电名称，走到背对人群的地方，按下通话键。电话那头传来一个声音："希溪，对不起。"

"单谨？你为什么说对不起？"

"你要的FUG集团SCI的论文造假的论证材料，我提供不了。"

"为什么？是有什么困难吗？"

"你迟早也会知道，但是我不想你从我这里听到这个消息。你就当我亏欠你的，对不起。"

"等等，马翊刚才宣布的收购那套人工智能金融交易系统，他是从你那里收购的？"

"嗯……"

"单谨，我是让你帮我调查这个项目的真伪，没想到你明知这个收购有问题，你却还参与其中！现在这个交易系统和FUG原有的人工智能医疗一起，成了FUG的两个所谓最璀璨夺目的闪光点。造假的项目非但没有终止，反而估值扩大到了600亿元！"

"希溪，马翊开出的条件我没办法拒绝，还请你不要怪我。做科研的人一辈子可能都挣不到那么多钱。"

"做科研是不容易，但不能因为钱多就没有底线了吧？单谨，你知道你自己这是在做什么吗？你这是在助纣为虐。你在促使一个巨大的金融收购骗局的形成！600亿元将使得多少投资者倾家荡产？将发生多少悲剧你知道吗？”

“希溪，你现在的心情我能理解。但事情没有你说的那么严重，你也不要说得那么难听。金融产品的运作本来就有很多投机成分在，也不能说就是骗局。美国也常有这样的事情发生，很多金融大鳄可以操作得不露痕迹，照样能赚得盆满钵满的。你别太操心了。”

“你……”苏希溪被单谨气得说不出话来，她对他失望至极。

真相消逝背后之一：SCI论文

前天晚上。

单谨熬了一个通宵，论证FUG发表的SCI论文，终于在凌晨5点多时，有了一个确切的结论。他发了一条信息给苏希溪后，确实是累得趴在桌上睡着了。但才眯了一会儿，就被一阵急促的敲门声吵醒。

敲门的是迈果科技的董事长马翊，前一天他也在考察团里，单谨对他有印象。只是，这么一早，他为何会出现在自己所住酒店房间门口？马翊示意单谨让他进门再聊。

马翊走进单谨的房间。只见床上、地毯上、书桌上，各处散落着一张张的演算纸，上面写满了各种推算公式和数据代码，书桌上打开着两台笔记本电脑。“单老师这是在做什么研究吗？”马翊开口道。

单谨慌忙将草稿纸胡乱收了收，“哦，就是平时做的一些研究，这不是在出差吗？睡不着就工作了一会儿。”

“哦。是这样的，我这趟来呢，也没有其他意思，就是我听说你们实验室和华尔街顶级投行一起合作开发了一套人工智能交易系统，并且听说这套系统已经在美国金融市场投入应用。在股市大盘收益率在3%左右时，这套智能投顾能达到7.9%的收益率。我一听说，就特别感兴趣，这么着，一大早就赶过来了。”马翊说道。

“哦，是这样啊。确实有这样一套人工智能投顾系统。原来马董是来聊这个事的啊。好，好。”

“那你以为我来聊什么其他事的呢?”马翊反问道。

单谨突然反应过来，“我听说马董的公司是做科技出身的，但我们这套系统在北美和香港都已经投入应用了，已经卖出去了。现在想寻求的是中国大陆市场的机会，马董的公司怕是没有中国内地的金融业务牌照吧?”

“迈果确实没有国内金融业务的牌照，但我们不直接落地这个项目。再说了，一套交易系统的区域代理，价格能卖到几千万元至上亿元就算是顶天了。我出5亿人民币收购你的这套人工智能系统，如何?”

听到马翊给出的这个价格，单谨心动了。他苦心做科研这么多年，一直收入微薄，没想到做出的一套系统能卖出如此的天价，这是他以前做梦都不敢想的事情。“那太好了，我代表实验室的所有系统开发人员向马董表示感谢。”

“先别忙着谢我，你也先别急着答应。听完我说的话，你考虑清楚了再回复我。我的构想是这样的，将你们的这套人工智能交易系统收购后，注入FUG项目中。这5个亿分两期支付，一是由FUG公司一次性先支付给你们实验室1个亿；剩下的4个亿，在FUG项目被收购时，由收购方款项过来后再支付给你们。你听明白了吗?”马翊说道。

马翊的这个提议，是将单谨实验室研发的人工智能交易系统与FUG项目绑在了同一条船上。如果同意这个收购，人工智能交易系统就要和

FUG收购项目一荣俱荣，一损俱损。

单谨犹豫了，他明知FUG项目有造假行为，但是马翊提出的对人工智能交易系统的收购价，是市场价的十倍不止，任凭谁在这么大的利益诱惑前，都难以完全不为所动。

单谨的犹豫完全在马翊的预料之中，他说道："没关系，我给你时间好好考虑。考虑清楚之后，我们就签协议。"说罢他就离开了。

原来，参观的当天下午，FUG展厅内的摄像头自动抓取到苏希溪发给单谨论文和专利信息的一幕。这摄像头和一般的监控不同，它也是人工智能的，后端是带有自动检测的大数据分析系统，它自动监测到两人手机屏幕上信息的敏感性，所以自动对FUG后台报了警。

收到报警信息的FUG方立即通知了收购项目的核心推动人士马翊。他们据此猜测，诚千集团的苏希溪或许已经开始怀疑收购项目的真伪，并拉来了人工智能领域的专家单谨暗中调查。

马翊计上心来，不如将计就计。一早匆匆赶来和单谨进行谈判，为了不落下把柄，他并不明说，也不戳穿什么，而是前来聊收购单谨的人工智能交易系统的事。并巧妙地将单谨的利益和FUG收购项目捆绑在一起，并顺理成章地将FUG的项目收购价提升了一倍。

当天下午，单谨就赶到了马翊入住的酒店，和他签订了人工智能交易系统的收购意向书。

真相消逝背后之二：诚千集团的选择

当天上午。

与苏希溪在咖啡馆结束谈话后，回到酒店，冯映箐径直去找了余晖。将FUG项目造假的情况汇报给余晖后，她并没有做过多的建议。虽然收购项目造假，这件事非同小可，但除了项目本身，他们要考量的因素更多。

余晖听罢一言不发，冯映箐所能做的就是据实相告。两人都知道，这个项目的决定权，并不在他们手里。冯映箐离开后，余晖马上拨通了一个越洋电话。

“老书记，眼下有证据显示，收购FUG项目的价格或许存在着巨大的水分。收购的核心资产，几项人工智能突破技术可能是人为的虚假包装，发表的几篇相关SCI论文中的数据也涉嫌造假。而现在诚千集团认购220亿人民币，这个项目的风险太大了，我们现在退出还来得及。要不及时止损吧？”余晖忧心忡忡地建议道。

“唉，你怎么这个时候来跟我说什么项目造假呢？早干吗去了？现在说退出恐怕为时已晚矣！”老书记在电话那头对余晖劈头盖脸地一顿呵斥。

“你说这是什么事儿？前几天，我刚向吴念的父亲暗示过这件事了。他很高兴，他就这么一个独生子，一切对儿子有益处的事情，他都会很买账。在这个节骨眼儿上，和高层领导的关系建立，就是临门一脚的事情。如果在此时，我告诉他，他儿子的项目有问题，我们要退出收购。你想想会是怎样的后果？”老书记不仅不肯定及时发现项目造假的行为，反而对此有诸多责怪。他觉得揭露项目造假这件事打乱了他原本的计划，将他置身于骑虎难下的境地，这是在凭空给他添乱。

“我们一退出，这个项目怕是就要黄。吴念父亲到时候还不得把这笔账全算在我们头上？我们这是搬起石头砸自己的脚，以后如何在上海滩立足？”老书记生气地说道。

“那怎么办呢？如果收购项目的资产有问题，就意味着以后不会顺利退出。以后不管是装到上市公司里去，还是再出售，都不是那么轻易能找到接盘方的。这能预见的以后，弄不好就是全盘皆输啊！”余晖担忧地说道。

老书记想了想，这些年，他见过的瞒天过海的事情也并非没有。

沉思了一会儿，他接着说道：“这个项目的GP不是有一家国有金融投行吗？你想想，当初迈果科技的马翊为何要将安基证券拉入进来？表面上看，安基证券并不用实际出资多少，仅仅是象征性地出资1000万元。那他们存在的目的是什么呢？恐怕马翊和他背后的力量，是早就对一旦东窗事发后如何填补窟窿做了后路的安排。他们能用的手段，我们也能用，就看你能不能如法炮制了。”

“拉来国有企业做‘冤大头’，项目一旦亏损，计提坏账都从国有资本里出。如果做得隐秘，神不知鬼不觉，倒是或许可以瞒天过海。但如果一旦被查出来，背后牵扯的势力被连根拔起。我们还是会万劫不复。老书记，咱们目前赚的钱，已经够我们花了。甚至够我们的后代花销，我真的觉得我们可以不必深陷于FUG项目中去。”余晖说道。

“诚千的生意铺得大，旗下业务和公司很多，但整体负债也不低。目前整个集团每年加起来的净利润也就区区几个亿。这和目前那些成功的企业无法相提并论。你就是胆子太小，安于现状。这个时代，依然是敢于冒险者的时代。没有付出，怎么会有回报？吴念父亲正值壮年，至少还将在位十年，一旦这条路打通，诚千未来十年无疑将步入发展的黄金时期。业务规模翻上数番都不是问题。”

“这几年在严查金融腐败案件，就连过往的贪腐案，退休后的领导都被追究了责任，我们这个险是不是冒得有点大?”余晖胆子小。

“我们冒了什么险？冒险了吗？你是通过EMBA班级的同学才接触到FUG项目。表面上看起来，我们和吴念没有任何的直接瓜葛，对吴念背后的政治关系而言，这才是最安全的。

徐国伟、马翊，这些EMBA班级的同学关系是一个外部关系的幌子。而诚千集团的副总裁接受迈果科技的投资者关系总监钱明柏和他老婆的金钱和性贿赂，是诚千介入此项目的另一个合理的解释。一旦出问题，你可以全部推脱掉干系，归咎于公司出现内部腐败，赖泼戎受贿首当其冲，是职务犯罪。

有上述两条合理的明面上的关系线，那么，就谁都不会怀疑到我们和吴念的关系。那么，即便是项目东窗事发，只要吴念的利益落袋为安，吴念背后的政治势力安全，他被例行配合调查后就会安然无恙。我们的局面也就会有转机，吴念父亲会在暗中助我们走出泥潭。

让安基证券作为优先级合伙人不能实现退出，承担相应的差额补足义务。到时候通过吴念父亲的关系，打点好国资部门和安基证券的母公司央企集团，由上到下对此事睁一只眼，闭一只眼，合理合法的，这几百亿元从安基证券每年的盈利中几年就计提完了。这事就能安然地过去，我们在政界高层的关系网也就成功构建了。你懂了吗?”老书记如此的一番分析，说服了余晖。

33 索萨利托那片海

有些人孜孜不倦地寻找真相，有些人却千方百计地构建真相。她对世间所有美好的信念，都在这个下午，坍塌在这个风景如画的索萨利托小镇那片湛蓝的海水里。

如棋入戏

游戏结束后，是考察团成员自由观光索萨利托小镇的时间。

索萨利托小镇风光如画，和旧金山市区仅隔了一座金门大桥，却呈现出和都市截然相反的意大利风格的度假小镇氛围。湛蓝的天空，澄净的海水，洁白的帆船，还有照旧透亮的阳光。

苏希溪在海边追上了正在和马翊聊着事情的芮塞之，“为什么？”她问道。

马翊见状对芮塞之使了个眼色，自己先行离开了，留下他们两人单独沟通。

“什么为什么？”芮塞之反问道。

“我知道收购造假的真相后，担心你会牵连其中受到损失，我第一时间就去告诉了你。我甚至都没有顾忌我们公司的保密纪律，就将信息通知给了你。”苏希溪说。

“我没有让你来关心我，我的工作和我的事情与你没有关系，你的工作和你的事情也与我没关系，你明白吗？”芮塞之并不领情。

“所以前几天，你是假装吃许亦言和单谨的醋，你假装还在乎我，好来顺理成章地将调查FUG需要的信息透露给我？你利用我，甚至是将我对你的感情，都当成了实现你目的的棋局。芮塞之，你怎么能够这么残忍和冷酷？你都已经不爱我了，还将我一次次拉下更深的深渊！你为什么要这么对我?”苏希溪有些情绪激动地问道。

“希溪，爱情里没有谁对谁错。一切都是心甘情愿，没有人拿着刀子逼你去做什么。我从来也没有要求过你做任何事情，一切都是你自己的选择。所以，你怪不着任何人。”芮褰之冷漠地回答。

苏希溪后退了两步，问道：“从一开始你就知道这个项目造假了？无论是在这个调查过程中，还是在感情里，你都只是将我当成一枚棋子在利用。对吧？当有利用价值的时候，你就来靠近我。利用完了，你就又退回到你冷漠的躯壳里去。然后以一副恨不得装作八百年不认识的陌生人的面孔，云淡风轻地说没有要求过我什么，来急着甩掉我。这么做对你究竟有什么好处?”

“天下攘攘，皆为利往。借你的调查结果，去给迈果科技、FUG施加压力，有利于我和他们谈判。”芮褰之说道。

苏希溪说道：“这个项目漏洞百出，就是一件‘皇帝的新衣’，你明知它是假的，还要参与。你就不怕血本无归吗?”

芮褰之说道：“希溪，我发现你就是改不了你的天性，你这样不适合在这风谲云诡、根牙盘错的商界里生存。这个项目220亿元的认购额度，因为你调查出的真相让项目方担心会失去LP，我便趁机谈筹码，实际出资100亿元就可以拿下。如不出事，迈果科技回购，将FUG项目转到上市公司里去，那就是A股的股民买单。我一转手保底最低是一倍的收益起。万一出事，有安基证券兜底。怎么会血本无归?”

“你无耻!”

“你爱怎么想就怎么想吧。我再劝你一句，希溪，无论你怎么看待别人，对别人都产生不了任何实质性影响。”

“当然，我怎么看待你，确实对你产生不了任何影响，因为你毫无情感，没有良知，缺乏底线，自以为是，冷酷无情……”

“你怎么说我不重要，不过你要明白，这个世界不是非黑即白，我做投资这么多年，就没有一个项目是完美无瑕的。不一定有问题的项目就会出事。这也是有概率的，风险还可以通过其他方式对冲。退一万步来说，即便项目造假，有一天终将暴雷，只要它不是在你手中暴，只要你退出得够早，参与项目的收益拿到了，你的目的就达到了。我们是在做投资，不是要和企业绑定一辈子，谁都不能保证一家企业漫长的时间里不出任何问题。再说，今天在场的情况，你也看到了。如何？是不是一派祥和？你就不要再继续揪着这个事情不放了。”芮褰之并不觉得自己的行为有任何不妥，反而认为是苏希溪不识时务。

苏希溪说：“芮褰之，我怎么以前没有看透你是这样的人？”

“不要道德绑架，金融从来就不姓善。我已经很耐心地跟你讲了这么多。听不听得进去，就看你自己了。这个世界是给强者让路的，品质高尚者只会沦为炮灰。因为一切好的品质，向善、向好、诚实守信、公平公正、真挚的感情，这些都会构成一个人身上最大的软肋。”芮褰之说。

“那FUG造假背后的真相，就没有任何意义吗？”苏希溪问。

“我不看所谓的真相或假象，那并不重要。一个谎言，如果能骗住所有人，那它便不再是谎言。一切存在即为合理，我只看得失。”芮褰之冷峻地说道。

“骗住了一时，能骗得住一世吗？就不怕时间会最终检验出真伪吗？”苏希溪失望地继续问他。

芮褰之不屑一顾地笑了一下，回她：“时间？呵呵，它恰恰是最好的抚平一切痕迹的工具。古往今来，有多少说不清道不明的事情卷入了时间的黑洞里，了无踪影。”

“好，我再问你，我们之间的感情，是不是也像你说的那样，卷入了时间的黑洞里，说不清道不明，就将被时间抹去了一切的痕迹？然后你才松了一口气，当作它从来没有发生过？我们之间的爱情到底有没有发生过?”苏希溪问。

芮褰之沉默了。

“我最近看到了一句话，说得很有道理。‘我们只接受自己认为配得上自己的爱情。We only accept the love we think we deserve. ’我才想明白，不论男女，一方不愿意走到一起的原因，都是认为另一方配不上自己。以前，都是你认为我配不上你。从你的角度衡量，你是觉得我的财富没有你多，社会地位没有你高，事业成就不如你，所以你认为我配不上你。

但今天你让我看到了你真实的本性，我现在也不再爱你了。不是我配不上你，而是你配不上我。这与财富多少、事业成就高低无关。而是，你低下的品行配不上我。芮褰之，再见!”苏希溪一口气说完这些，她并不想要听到芮褰之的任何反馈。因为，那都不再重要了。

芮褰之在苏希溪记忆里最后留下的那个背影，一定是冷漠而决绝的。他从骨子里渗透出的冷酷，将他身边的那团空气都冻住了。他整个人裹着一团冰渣子越行越远，寒气四散。他经过之处，两旁的花草树叶瞬间凝霜。

苏希溪其实并没有看着芮褰之离去。在他走的时候，她转过身去看向了那一片大海。眼前的这一派美景静谧而闲适，充满了鲜活的美好。

但在这最美的风景里，此刻的苏希溪，却像是在梦游一般。她像是失去了一切的听觉、视觉、触觉、味觉；失去了一切的思想；失去了一切喜怒哀乐的情绪；失去了一切爱憎的情感。她唯一残存的一点点感觉，仅能感受到她自己内心深处的信念，在摇摇欲坠，或者说已经轰然倒下了。

有些人孜孜不倦地寻找真相，有些人却千方百计地构建真相。她对世间所有美好的信念，都在这个下午，坍塌在这个风景如画的索萨利托小镇那片湛蓝的海水里。

爱情与真相，是手机镜头里的月亮，明明看着皎洁，一对焦，却糊成一片；

幸福与正义，是这寒风里悬挂着的红灯笼，随着风，摇摇摆摆，没个定数；

起风了，那么避一避吧。
何苦要，迎风而上？
转过身去吧！

虽然，背后刮来的寒风，
一阵又一阵，
依然凛冽、刺骨。

后来，风吹没了月亮。
天空，
漆黑一团。

——《暗夜》2020-10-11　苏希溪

34

浮萍与流星

从很多旅行，或者连续的满世界出差的飞行中，一回到常住地北京或上海，苏希溪通常都是如此的沮丧状态。这个城市没有她的主心骨。那种感觉就像是一头扎进了一片汪洋大海，而自己就是一叶浮萍。

在这座城市里，我是一叶小小的浮萍
将自己小小的根须努力地扎进大海
可是大海的水太深，无论我如何努力生长
却依旧被海水左右，沉浮、飘零

而你是天边划过的一颗流星
带给我刹那的欣喜
我看到流星，惊叫道：好美！
为我的飘零短暂地驱逐开阴霾
但流星一闪而过
你消失在了遥远的天外

——《浮萍与流星》2020—11—10　苏希溪

第二天一早，苏希溪向冯映箐请示，因国内有重要的工作自己要先回去处理，当天就从旧金山飞回了上海。

从浦东机场T2航站楼走出来，一投入这个巨大的城市，那种感觉就像是一头扎进了一片汪洋大海，而自己就是一叶浮萍，没有任何得以安定的牵扯力量。

从很多旅行，或者连续的满世界出差的飞行中，一回到常住地北京或上海，苏希溪通常都是如此的沮丧状态。这个城市没有她的主心骨。这种感觉伴随着她频繁地一次又一次的出差，一次又一次旅行。从18岁独自一人去到北京念大学的第一天至今，十几年的时间里，从来没有人去车站、机场接过她。每一次到达，她都是孑然一身。

在很多到达这个城市的深夜，她都非常期待能有一个人去接她，让她能够获得一丝安全感。但习惯依赖自己的女生，最终也只有自己可以依靠。结束了有目的的出差，回到似乎没有目的，碌碌的上海工作和生活中，苏希溪觉得身上似乎全是浮力。坐在机场高速路上行驶的出租车后座上，望着窗外，心里凄然的她，仿佛轻飘飘地浮到了城市的上空。

这次美国之行发生了太多的事情，既有预料之中的，也有预料之外的。就连消失了数年的单谨也重新在苏希溪的人生中再次出现。但单谨和芮褰之一样，无论带来的是绚烂还是晦暗，都在苏希溪的生命中再次一闪而过，如同天边快速划过的两颗流星。只是，燃烧的不是流星，而是在地面上偶遇流星的苏希溪。

苏希溪没有想到的是，去美国的这趟出差，会和单谨重逢；更没有想到此次短暂相逢的结局，竟然遭到他在如此重大的道义上的背叛，而且是在她并没有原谅他，也没有重新接受他的情况下。她想到过，这趟出差，会再遇到芮褰之。但也没有想到，竟然又是芮褰之抛下伤心的她，再次无情离去。他再一次利用她的感情，去获得他的利益，而置伤心的她于不顾。

原本以为真相的查实，会阻止错误的继续，但事实证明，她太天真了。

真相难道真的不重要吗？为何人们会如此惧怕真相？为何人们会对探寻真相的人避之若浼？

难道真相天然地与利益的损失相关，而不是有利于利益的实现吗？就如同芮褰之所言，如同单谨所说，顺应潮流的人，才会获得时代最大的反哺吗？这两个为了实现各自的利益，将真相弃之不顾，将法律法规置之不理，将她的感情弃之不顾的男人，却正在走向他们各自人生的辉煌。

这一切的一切，一而再，再而三地反复，更加剧了她的无力感。

生病的是他们，他们安然无恙。他们作的恶，却把好人逼出了病。

由于情绪上的大起大落，加之旅途的奔波，回来后没几天，一向身体健康的苏希溪病倒了。

最开始生病的那天晚上，她全身酸痛，特别怕冷，盖了两床厚厚的被子。从任何一个缝隙中透进被子里的一丝丝冷风，都会引发她的阵阵咳嗽和强烈的不适感。她只能保持平躺着的同一个姿势，把肩部、脚部每一个缝隙都用被子堵得严严实实。

而闭上眼，那种全身无所不在的疼痛感，伴随着意识中的一个重心，集中停留在身体里的某一个位置。在那个位置上，疼痛感并没有消失，只是停在那里，如同铅块一样重，让人的意识始终清醒着去感受着它。整个晚上，她一直醒着。这样熬了一个晚上，第二天早上天刚亮，她请了病假，用手机外卖软件买了感冒药和一些新鲜水果。她认为，这就是风寒感冒，在家捂两天，吃点药就没事了。

她生病的这个感觉，像极了一个健康的人，身处在一个魑魅魍魉的环境里，并不能真的完全失去感知的沉睡，只能在那具“生病的躯体”

里，意识清醒地承受着病毒带来的痛苦。除非，自己也变成病毒，与其他病毒一起，不在乎所寄存的这个躯壳被侵蚀，被毁灭。

白天，身体的不适让她坐立难安。躲在被子里才没有那么冷，她不断地喝水，因此不断地有要上厕所的感觉。而起床去上厕所，或者去拿一杯水，这样平常的小事情，都会加剧她身体的严重不适感。她除了一动不动躺着，避免风钻进被子，什么事都做不了。但躺了很久，她很想站一会儿。只有熬着病体，等时间一分一秒地流逝，等身体自己去战胜疾病。整整一天，她很饿，但粒米未进。

她不能跟父母说她生病了，她怕父母担心。离家这么远，就算告诉爸妈，也于事无补。她想打电话给朋友，但似乎觉得她已经失去了最好的朋友。她曾经的恋人就是她最好的朋友，如今，时过境迁，已是物是人非。

其他的一般朋友或工作上联系的人，也没有到生病了要通知对方的交情。想起来，在这个城市里，她似乎没有可以依赖的人。哪怕是可以让她想起来能有一丝宽慰的人都没有。如今，她身边一个人都没有。只有一个生病的她自己。

生病的第三天晚上，她感觉好了一些，出门走了走。没想到，晚上她全身突然长满红疹，非常痒，一挠起了更多的一片，并在脸的周围、眼皮上都开始长红疹。而出门受了凉，她的胸口里面感觉像是有一个吹风机在吹着热风，异常难受。

眼见着这病拖也拖不好了，于是，天一亮，苏希溪终于去了医院。

当她来到医院时，所有科室号都已经挂完，要预约挂号得到三天后。也就是说，她根本看不了病，即使病得快不行了，她也看不上病。她每个月交几千元的医保费，生了病，还是没用。

“在这个城市，你只有无欲无求、无病无灾地存在着，买不了房、买不了车，不能生病，也不能死，因为所有的事，都有很多很多人在排队等着。”旁边也没有挂到号的一个大叔，嘴里嘟嘟囔囔地说着。

这个城市像是吸血鬼般榨干着源源不断来此的人群通过辛劳工作给它带来的利益和养分，而在人们陷入非常态时，却换上了一副不闻不问的冷漠嘴脸。对人的非常态状态不友好，尤其对单身女性的非常态状态更是不友好。苏希溪不禁有些悲观地想。

自从生病后，苏希溪已经拖了几天没看医生。就这样没看上医生回去，她独自一人居住，家里没人照顾，这么拖下去也不是办法。苏希溪挂到一个急诊号，不得已，她来到急诊科。

在急诊科看病的很多是八九十岁的老头、老太太，都是一个个坐在轮椅上由家人推来的。很多人排着队等待治疗。

轮到苏希溪时，医生快速抬头看了她一眼，见是一个年轻人，他似乎对此很不满，接着什么话都没说，态度敷衍地让她去抽血并拍个胸肺部片子。

苏希溪来到B1层的采血室，为了便于卷起衣袖抽血，正要脱去外面的羽绒服，细心的女护士发现她是一个人来的，女护士出声阻止道：“外套别脱了，不然一会儿你不好拿。”

苏希溪想把羊毛围巾从脖子上摘下来，放在椅子上，又被女护士叫住：“围巾也别摘了，戴着吧，化验单什么的全都搁包里。”坐定后，只用了几秒钟，一小管血就被抽出来了。

护士让苏希溪用右手摁住抽血针口上的创可贴，摁10分钟不动。然后嘱咐苏希溪，把她自己的一小管血送到血液标本接收室去做分析。苏希溪站起身，刚想去拿包，右手一松开，想到要摁着不动，这不行啊，这时护士说："我先帮你摁着，你把包套在右手上。"就这样，苏希溪右手挎着包，同时摁在左手针口上，刚抽完血的左手则拿着那小管血和一张单子，身上披着羽绒服，还不算太狼狈地缓慢挪向血液接收室。

她终于明白了在抽血前，护士为什么有那么多交代。护士看到她一个人来看病，想到抽血后拿东西会有诸多不便，于是在细节上，都替她想好了。把血管递给了化验室后，苏希溪在一旁的座位上坐下来，左手仍然摁在右手的创可贴上，等待着化验结果出来。

一坐下，苏希溪不由得心头一酸，抬起头，看看周围，每个患病的人身边都有人陪着，要么是子女、要么是配偶、要么是情侣，大都三四个人簇拥着一个病人，帮着拿那一堆外套、包、各种化验单和药单等。而只有她是自己一个人来的，她心里难受极了。

"哟，小姑娘一个人来看病啊？你老公怎么没陪你来？"正在这时，旁边坐着的一个阿姨问道。

"我……没结婚呢。"

"哦？"那个阿姨凑上来，快速瞟了一眼苏希溪手里的化验单，上面有患者年龄的信息。果然，她很快看到了她想知道的信息："哦哟，小姑姑娘35岁了还没有嫁出去啊？"

苏希溪很讨厌这个多事的阿姨，她这一嗓子叫嚷，让周围的人纷纷看向苏希溪，仿佛她35岁没嫁人是多么离经叛道的一件事情。

见苏希溪没接话，阿姨接着说："我女儿哦，一毕业就嫁了，嫁给了一个外地人。嫁给了一个博士哦，但我这个博士女婿是农村人，农村亲戚多，也蛮讨厌的。"

苏希溪看了看这个话多的阿姨，她穿着打扮平平常常，谈吐市侩、缺乏教养，真不知道她哪里来的那么多的优越感。上海有不少本地人家里条件也很一般，其实生活过的远不如小城市的人，但因为有本地户口，有老房子，便自视甚高。“你家是大户人家？你女儿是倾国倾城之貌？”苏希溪语气平淡地故意问道。

“我家虽不是大富之家，但我女儿上海户口值钱呢！再说我家有两套小房子，那也是值个千把万的。”阿姨听着她的话，有些呛人的意味，故作逞强尖着嗓子说道。

阿姨接着说道：“我女儿嘛，长得也不难看，虽不是闭月羞花之貌，但若是随便嫁一个上海本地的同学，人家家里也是有房子的。现在这个女婿嘛，你说事业发展的再好有什么用？要实实在在的有票子的呀，他一点家底都没有。我女儿那是要有千万的房子住，要享受富贵的。”

“你女儿自己上班吗？一个月赚多少钱啊？”

“她上班的呀，你说要是这个女婿有能力，我女儿就靠他养着就好了呀。怪就怪这外地女婿，连累着我女儿如今还要辛辛苦苦地到外面去上班。她每个月工资一万多，也不少哦。女婿倒是一个月能赚十万，但也不够家里花的呀！”

“你女婿收入是你女儿的十倍，你还怪他能力不足？”

“我不知道你们外地人家里是什么样的规矩哦，但在我们上海家庭里，男人在外面赚钱养家，女人在家里照顾家，那是天经地义的呀！”

“你这都是上个世纪的老想法了。你女儿一万的工资算不少？那我告诉你，那是最低工资了。你女儿赚的钱还不足我工资的一个零头。”

“那么，你能力大，赚得多咯。可是也没有用的呀，你没结婚啊！女人是要生孩子、照顾家庭的呀，这才是女人在家庭里的分工和职责！”

“有的女人自己原本就没本事在社会上有一席之地，这样的前提下，她自然只有一种方式，就是千方百计地想要嫁一个男人获得好的生活。她本身就没能力去自己独立，拿什么生孩子、照顾家庭做借口？

只有自己本身就有事业发展的女人，才有资格说因为孩子和家庭会付出她们原本的机会成本。但遗憾的是，这一点却常常被本身就想着不劳而获，用婚姻获取长期饭票的女人，用作制约男人的借口。

再说，年轻人的婚姻基于两人的爱情，好的生活也是两个人一起奋斗获取。你们所谓的有家底，也不过是半吊子家底，有什么可显摆的？”

“哦哟，我说你这个姑娘哦，人长得体体面面的，怎么说话这么难听的！难怪这么大年纪还嫁不出去！”

“你女儿是嫁了，那又如何？能说明什么问题？只能说明她现实，凑合着一段婚姻。既要外地凤凰男的现在的能力，又想要本地人的家底，还想要当养尊处优的全职太太，不知足。要像你女儿那么现实，我有无数机会嫁给大富大贵之家。我没出嫁，但我完全靠自己的能力生活。不像你女儿，她自己的赚钱能力跟不上欲望，便攀附在男人身上吸血。”

“我女儿能让男人为她买单，能让男人心甘情愿被她吸血，哎，你羡慕？你嫉妒？那是我女儿有本事，有手段！哪像你，一点抓住男人的手段都没有，你活该一个人来看病，活该一辈子单身！”

“我可以凭借自己的能力站着活，就没那么不要脸觍着脸去靠算计男人而活！”

“不要脸也是一种本事！我女儿就是比你有本事！”那个阿姨厚颜无耻地尖着嗓子说道。

“哦，如果比不要脸，那确实，你们赢了。”

这位上海老阿姨的话，苏希溪并不敢苟同。不过，虽然在这场莫名而来的争辩中，她也没占下风，但上海阿姨的那些话一个字一个字就像是针扎进了苏希溪的心里。她不知道，为什么一个女人，即便自己再努力像男人一样获得事业上的成功，凭借自己的能力获得好的生活，但在有些人的眼里，这个女人只要没有嫁给一个好男人，那一切便都是没用的，毫无意义的。

在这世间，没有人能够轻松地获得成就。无论男女，要想在自己的专业领域做出一些成就，都需要付出大量的时间和精力。有些女人致力于实现自身的价值，将时间和精力花在了工作上，并不等于她们就是要过一辈子的单身生活。男人奋斗成功，无论年纪多大，婚姻都不是问题。但女人好不容易获得事业上的成功后，只要没嫁人，就还会被人看轻。

这个阿姨的一句“可是没用的啊，你没结婚啊!”轻易地就抹杀掉苏希溪辛苦奋斗的价值。

这些天的遭遇，让她原本就倍感凄凉的内心，更是犹如雪上加霜。她不再和这个市井老妇人争辩，她一个字都不想多说了。

苏希溪之所以至今还独身一人，并非她嫁不出去。相反，苏希溪有非常多的追求者。 在她未毕业时，就有非常多优秀的男生追求苏希溪，都是北大清华的硕士博士。在那一大堆追求者中，苏希溪拒绝了其他所有的追求者，单单选择了单谨。从此，她一心一意待他，但她却经历了恋人离去，如此孤独的八年青春时光。

如果说想要一个像这个城市里的一些人，因为各自现实的权衡，便夫妻两人凑合着过的那样的家，苏希溪的机会有很多。但她不想，也不会因为一点点现实的条件而去建立一个凑合着过日子的家庭。对爱情，她还是任性的，任性地不管时间，不看现实的局限。

如今回想起来，在八年前的诸多追求者中，和其中任何一个男生在一起，苏希溪也会在这个城市获得安稳的家庭和生活。为何偏偏选择了单谨，为何偏偏选择了芮骞之，而有这样的结局？苏希溪曾不止一次地问自己，对当时的选择后悔吗？如果给她重来一次的机会，她会依然选择单谨吗？

她想了想，就算重来，自己依然会做出与当年同样的决定，选择同样的人。但她是万万不喜欢多年的青春都是自己一个人过来的状态的。最初的她是一直在等待单谨的回来中单身，后来就习惯了这种孤单的状态；而后来在芮骞之身上又耽误了几年光阴。岁月在年复一年的独身中过去；青春在一趟一趟的出差旅行中疾逝。

别人问她，她可以轻易换城市，是不是因为没有成家。别人问起来，因为那些人已经在婚姻里，所以有些觉得她可怜的感觉。她说当然不是，她有家。除了她父母的家外，她自己在的地方，就是她自己的家。虽然不想被人看轻，但苏希溪自己心里明白，嘴上硬说，填补不了心里的冷清。

难以用适当的语言来形容她此时的心情，苏希溪在微信朋友圈发了一条动态，是一个苦涩的表情，然后定位到医院。

苏希溪让自己平复好心情，拖着难受的身体，自己一个人来回在不同科室之间做各种检查。折腾了几个小时，终于拿到了检查结果。又去诊治的医生那里排队，好容易排到她，她把片子给医生看。医生匆匆扫了一眼，说道："你这个片子显示肺部正常，血功能也正常，我不明白你拿回来给我看什么呢？"

苏希溪被问住了，一脸茫然："检查了不要拿来给医生看吗？"

医生说："你正常，没问题，走吧。"

苏希溪再次茫然："可是医生，我喉咙肿痛，喘不上气，不停流鼻涕，咳嗽，肺部疼痛。身上长了好多红疹，这是正常吗？"

医生说："你应该去看内科和皮肤科。"

苏希溪："我知道。但是挂不到那两个科的门诊号，要三天以后才有门诊号。我已经病了几天了，不好再拖延下去了。"

医生："我这里是急诊，看不了你说的病。"

苏希溪："可是都是同一家医院，别的科室挂不到号，患者不符合急诊的条件，就一点办法都没有了吗？"

医生："楼上怎样我不清楚，我只知道你的病不属于急诊诊治。你赶紧走！别耽误我给其他病人看病。"

苏希溪还没反应过来，就被赶出来了。她眼里含着泪，一时不知该如何是好。身上的病痛让她难受异常，她也想着要自己痊愈，不来医院。但熬了几天，身体越来越难受。她也是没有办法了。好不容易看了急诊，却被这个医生斥责。在这个医生眼里，只有那些耄耋老人才是他的医治对象，苏希溪这样的年轻人，生了病，来急诊就是浪费医疗资源。

她难过地坐在外面的椅子上，听见里面那个医生给老年人看病时很耐心，老年人的各种大小病他都给看，好像就只是对她态度恶劣。她觉得这个世界对单身的女性是非常不友好的。她一个人在这个城市里生活、工作、生存着，难道就因为年轻，病了几天，一个人来看急诊就是不对的吗？哪怕这里本来就是救死扶伤的医院，哪怕他们本来就是治病救人的医生，哪怕病患无论性别年纪本应都是一样平等？

拖着难受的身体挂号、检查，折腾了大半天，排了好多队，医生最终却什么治疗方案都没给她开，敷敷衍衍地就把她打发了。苏希溪越想越委屈，她心里很难受，憋了几天的眼泪一下就流了出来。她哭啊哭啊，在医院诊室外的长椅上，哭得特别伤心。这个世界上，除了你的父母，其他所有人都不会真正在乎和体会到你身体和心里的伤痛。他们往往说："你熬一熬，就好了。"

"叮——叮——"几声，手机连续收到数条微信，"苏总，不好意思，您生病还打扰您，有几项内容需要您定。"是下属发来的几项宣传材料，在等她确认。

是她生病前策划的项目，为了保证视频、文字、多媒体长图等多类型宣传材料和公众号、传统媒体、自媒体、社交媒体等多渠道的配合宣传，她严格制定了各节点的时间表，如今也不能因为自己生病，就有所耽误。

她擦了擦眼泪，收起所有的委屈和伤心，专注地分析内容，标记列出需要修改的地方和修改建议，发了过去。

"嗨，希溪。"有人拍了拍她肩膀，她抬起头来，看见李渊站在她眼前。不知道为何，这一时刻，见到他，她竟然有些感动。

"你怎么会在这里？"此时的苏希溪内心非常脆弱，需要关怀。

"哦，我来医院有点事。"李渊看着脸上还残存有泪珠的苏希溪，对她说道："是不是没看上病？"

苏希溪的委屈感一下就被戳中了，她点了点头，刚止住的眼泪又瞬间流了下来。李渊摸了摸她的头："好了，不哭。没有提前挂号，看不上病是正常的。医疗资源太紧张了。走，我带你回去。"

35

局中局

多少人在缅怀已经逝去的爱情，或缅怀相爱但却不能相近的爱情，而将潜在的新爱情亲手推远？每一次的缅怀，就是又一次的远离。中心的主体都是自己。缅怀之，使之远离。

那些一直远远的人，就一直远远的吧。

多少人在缅怀已经逝去的爱情，或缅怀相爱但却不能相近的爱情，而将潜在的新爱情亲手推远？每一次的缅怀，就是又一次的远离。中心的主体都是自己。缅怀之，使之远离。

如果不是舞台中心的那个人，那么，就离开吧。绝对不去做别人爱情的旁观者。当在缅怀时，那段爱情于己而言，就是别人了。无论是否有过，自己都已经是旁观者了。所以勇敢地告别，新的爱情才有出头之日。

那些一直远远的人，就一直远远的吧。

接下来的几天，李渊每天都抽出两个小时的时间，到苏希溪家里照顾她，给她熬粥，准备感冒和治疗过敏的药物，收拾屋子。在他的悉心照料下，苏希溪终于渐渐好了起来。

“没想到你还会熬粥，还会这么细心地照顾人。”她向李渊道谢。

虽然漫长的一生中，有些路，只能自己一个人独自去走，比如生病以及各种艰难时刻，但当你目光所至，伸手可及的范围内，有另一个人在那里，哪怕他无法替你去经历你的路，但对你而言，也是莫大的心灵安慰和精神鼓舞。

李渊一笑，他不经常笑，不笑时看上去深不可测，但一笑起来就显得毫无城府，感觉很温和。苏希溪以前总觉得李渊接近她是居心不良，也因为他已婚却来撩拨她而觉得他人品不佳，但相处下来，似乎李渊也并不是轻薄之人。

“你得赶快痊愈呀，接下来我可能就没有那么多时间来照顾你了。”李渊说道。

“为什么？你要去忙什么了吗？”苏希溪问。

“接下来，我要带着研究所的分析师们赶活了。要做人工智能医疗和金融领域的应用，以及在中国市场的前景的系列研究报告。时间有限，怕是要有一段时间没日没夜地加班。”

“为什么要做这个主题的研究？人工智能应用还有智能家居、自动驾驶等很多其他方面呀。”

“智能家居和自动驾驶这些方面我们的报告里也会提及，但重点是医疗和金融领域的应用。”

“你们为什么重点做医疗和金融领域的应用？等等，是不是和FUG项目的收购有关系？”苏希溪突然警觉起来，追问道。

李渊不语。

“为何要让你们法银国际撰写发布这方面的研究报告呢？我猜你们的研究报告还没开始研究，方向就先定下了，是看多这个领域和市场，对吧？”

“看多报告需要没有利益纠葛的第三方出示方显公正。机构之间互相托关系，写几篇看多报告，也是业内常见的做法。”

“问题是，为什么会找到你们去写呢？因为你是余晖的女婿吗？但如果要发布一系列的研究报告，在审核要求严格的外资投行，也不是你单方面就能去发布的吧？你们公司其他的制约力量形同虚设吗？”

“你说的很对。虽然我是研究所所长、首席经济学家，一般正常的宏观、策略或行业研究系列报告的主题策划确实我可以拍板，但是，如果在和事实相违背的前提下，我并不能出具这样的系列报告。”

“李渊，你知道FUG这个项目有问题，对吗？多个环节都是虚构的，并且这个虚构的造假项目，它的收购泡沫还在以令人害怕的速度扩大。你还要给他们写看多报告，是想进一步吹大这个泡沫吗？”说到这里，苏希溪从床上坐起来，情绪有些激动，不禁剧烈地咳嗽起来。

李渊先是眉头紧锁，见她的样子又于心不忍，走了过去，给她盖好被子。

“我也是身不由己。于公，FUG的人找到了法银国际的高层。于私，确实余董也给了我压力。嗨，买卖方的研究所从来就不是独立的，都是喉舌而已。”李渊说完这话，一下显得很低沉，情绪不高的样子。

李渊在著名院校从事多年的经济学研究，想必是对研究有自己的追求和坚持。但金融市场上的买卖方的各类研究所都是依附于经济利益而存在。受到上市公司、买卖方利益、监管方等各种制约，从来是服务于利益，而非忠于研究本身。

见李渊情绪低落，知道他也是有些不得已，苏希溪不忍心再多加指责。这些天，李渊的身影常在她眼前晃，他高大帅气的外表，让苏希溪有几分像是见到了当年单谨的错觉。和李渊的相处，也让她想起了当年和单谨恋爱的日子。

但苏希溪心里很清楚，当年的单谨已经不在了。李渊也是一个已婚人士，自己要和李渊保持距离。那些因为一些相似的现象而引发的内心深处的好感，其实没有任何意义。

于是，苏希溪也并没有去抚慰他的低落情绪，只是说道：“从旧金山开始，我就有些理不清楚这到底是怎么回事。既然你也不是外人，我不妨告诉你实情。这趟去美国出差，我已经调查清楚了，FUG项目在技术专利和市场份额、财务状况上都有造假行为。到目前这个阶段，造假的情况，几家参与的核心公司其实都已经知情了。

我也在第一时间就向冯总做了汇报，但我不知道是不是她还没来得及向余董汇报。我回国前，这个项目不但没有终止，反而收购规模从300亿元扩大到了600亿元。”

“诚千集团内部关系复杂万分，希溪，你身处其中，千万要当心啊！”李渊告诫道。

“我感觉到了，说不上来的不对劲。但具体内部的各种关系，我也还没有摸清楚。我不懂为什么赖泼戎可以那么有恃无恐，他怎么敢公然对抗总裁冯映箐。”

“你来诚千的时间不长，你不知道。原本上一任总裁走后，余董是有意让赖泼戎接任总裁一职的。没想到半路出了一个冯映箐，截了胡。如此，赖泼戎只能仍然做一个副总裁，听命于冯映箐。他自然是记恨在心的。”

“可是赖泼戎的能力，诚千内部从高层到普通员工，都清清楚楚地知道，以他的能力根本是无法胜任总裁职务的呀。”

“赖泼戎这个人的本事不是在真本事上，而是在包装他自己和讨好别人上。他在诚千多年，深得余晖信任。在余晖眼里，赖泼戎是一个能力很强，又非常忠于公司的人。而且赖泼戎在诚千的根基颇深，新总裁冯映箐上任后，赖泼戎联合其他几位副总裁，是拒不配合的态度，总想着将冯映箐赶下马。

冯映箐手里握有诚千集团30%的公司股份，但设有附带条件。前提是冯映箐连续担任诚千总裁职位15年，才能拿到这部分股份。她的股份是要留给她的两个儿子的。但赖泼戎这个副总裁始终威胁着她总裁的位置，两人明里暗里就一直在斗。”李渊因为是余晖女婿的身份，知晓着不少诚千集团高层的绝密信息。

“我知道赖泼戎在FUG这个项目中，收受了迈果科技投资者关系总监钱明柏的巨额贿赂。赖泼戎既然和冯映箐是势不两立的关系，那我是否可以将赖泼戎受贿的事告诉冯总？让她更有动力去阻止造假项目的继续。”苏希溪推测道。

“希溪，你就不要再管这件事了。这个收购案牵连甚多，不是你我可以左右进展的。就算是些明礁暗礁的，那也都是些公司与公司之间的纠葛。你听我一声劝，我们都是只拿一份薪水的有限责任人，不必吃力不讨好。”李渊劝道。

一周后，苏希溪身体渐渐恢复，她回到诚千集团上班。

赖泼戎一看到苏希溪的身影，立马躲进他的办公室里。他悄悄拨通了钱明柏的电话：“我跟你讲，苏希溪可是回公司上班了。我可吃不准她会跑到冯映箐那里去胡说八道些什么，她似乎很想搅黄FUG的收购项目。”

“感谢赖总提供的情报。苏希溪对我们来说，确实是一个潜在的威胁。不过，我们马董的意思，是不要去动她。我们不要去惹出一些不必要的麻烦。毕竟她是个女生，只要她还在这个诚千公司内，我们就能及时掌握她的一举一动。”

“按我说，就像上次在旧金山一样，吓唬吓唬她，看她还是不是再多管闲事？”

“别，别，赖总，你可别给我惹麻烦了。上回的事我被马董骂得够呛。你帮我盯着她的举动，及时告诉我就行。”

“哦，这倒是没问题。只是，莫干山之后，你就只给我转来50万元。其他尾款呢?”

“赖总，不是说好了，除去第一笔100万元外，剩下再支付50万元就两清的吗?”

“我什么时候跟你说50万元两清的?”

“陆吟吟说的啊，你们之间不是承诺过吗？你不能转身就不认了啊。”钱明柏有些恼怒了。

“嘿嘿”，提到陆吟吟，赖泼戎厚颜无耻地歪着嘴笑了两声：“认啊，怎么不认？陆吟吟来，我还认。只是，现在这个内部工作的难度不一样了啊。现在苏希溪调查出来的这个真相，时刻就等着引爆呢。我帮你们控制诚千内部的局面难度很大，你们得有所表示啊!”

“赖总，你这么说就没意思了啊。”

“哦？谁以前许诺是500万元来着？又是谁跟我说，雪下资本加入，LP不愁了，就单方面给我大幅减少了应付款项？就允许你坐地起价，不允许我水涨船高吗?”赖泼戎要起流氓手段来，没有几个人斗得过。

钱明柏气得直接挂了电话。

安基证券的办公大楼位于陆家嘴的黄浦江畔，与北外滩上矗立的诚千集团大楼遥遥对望。天气好的日子里，苏希溪从位于32层的办公室窗望出去，能清晰地看见江对面安基证券大楼上的那几个鲜红的大字。不知道为何，那LOGO上的一抹鲜红，她看着常觉得有几分触目惊心之感。

在余晖的办公室外，苏希溪与许亦言不期而遇。从旧金山探查到

FUG项目的真实情况后，这段时间，他们俩基本上断了联系。

许亦言看着她，一副欲言又止的样子。

苏希溪主动开口："你来找余董?"

"是的。刚谈完事。"

"有空的话，来我办公室坐会儿?"面对苏希溪发出的邀请，许亦言显得有几分犹豫。

"许总是不方便吗?"

"也不是，行，去坐一会儿。"两人一同走进了苏希溪的办公室。

苏希溪随手关上了门，她盯着许亦言，不作声。许亦言先是目光闪躲，尴尬地对峙了一会儿，许亦言终于开口："你前段时间是不是生病了?"

"对，从美国回来后，就病了一场。你怎么知道的?"

"那天看见你发的微信朋友圈动态了，似乎是在医院里。现在好了吗?"许亦言的话，让苏希溪想到之前在莫干山时，她也同样发了一条朋友圈动态，那时候的许亦言是直接就去山顶找到了她。

当时，两人的交集还远远不如后来多。但这次她生病了，许亦言却无动于衷。看来，FUG项目调查的真相，反而使得两人之间生出了嫌隙。

许亦言心里确实因此有了顾虑。因为他们之间隔着的，是对一个巨大秘密的不同立场。苏希溪为了避免投资损失，竭力想要揭发这场骗局。而许亦言被徐董事长要求，死死捂住这个秘密。如此，从两人各自不同的立场来讲，苏希溪对于许亦言来说，是危险的。

"FUG的项目你就不要再插手了。"见苏希溪并不回答他，许亦言劝道。

"收购还在继续，对吧？我们的调查结果没有对项目的进展起到任何阻止作用?"苏希溪不甘心地问道。

"这项收购势在必行，你我阻止不了。"

“为什么？你将项目造假的真相告诉徐董了吗？”

“希溪，你就不要问这么多了。我也并不方便将安基证券内部的事情，尤其是高层的事情告知你。”

“亦言，是你没有将实情告诉徐董？还是徐董知道了，却依然推进收购？”

“我真不方便告诉你具体的情况。”

“你知道吗？亦言，你这是在帮助一个巨大的错误的形成。在生病时，我也想过要放弃，大家都在往前推进，就我一个人逆向阻止，这于我有何益处呢？或者说，我也曾经心灰意冷了。但当我的身体重新恢复了健康，当我又回到这家公司上班，当我又在这个位置上时，内心深处的那份责任感，就让我不能装作什么都不知道。我既然知道了这个真相，既然知道这是一个巨大的错误，就有责任去阻止它的发生。”苏希溪说道。

“你过来。”苏希溪将许亦言拉到她站立的位置，“你看对面，那是安基证券的办公大楼。自从无意间听到赖泼戎和钱明柏那500万元回扣的对话，知道背后牵扯到600亿元的收购项目时，你知道吗？只要我的视线瞟到安基证券那几个鲜红的大字，我就觉得心惊胆战。仿佛有一个坑就横在这几家公司面前，等着这几家金融机构往里面跳，仿佛那个惊天巨雷哪天突然就会爆了！”

许亦言看向黄浦江对面的安基证券，听着苏希溪的话，他缓缓说道：“我已经尽力了。在知道项目有问题后，我第一时间就去向徐董事长做了汇报。但被他压下来了。FUG收购项目是徐董事长亲自在主导，在安基证券内部是重中之重的一项工作。根本不是走的正常业务项目的推进流程，而是在徐董的招呼下，从审批流程到风控合规，再到信息披露、合同签章，一路大开绿灯。不单单是我，其他各个环节的高管，谁也不会去忤逆董事长主导推进的项目，只能照着他的意思去办。这就是国企的风格，这个系统的规则就是这样的。”

苏希溪听完许亦言的回答，似乎他的无能为力很合理。如此，她还能说什么呢？

见许亦言无法阻止安基证券推进FUG的收购，苏希溪考虑再三，决定将赖泼戎受贿的事情汇报给冯映箐。

“赖总接受钱明柏的贿赂，你有证据吗？”冯映箐想了想，问道。

“冯总，我手里只有一张他们早期见面的照片。我知道这不足以说明问题，所以，在美国时，我也没有向您汇报这个情况。但是现在FUG项目收购价格扩大到了600亿元，诚千一定要避免这个损失。即便没有其他证据证实赖总受贿，即便定不了他的罪；但也能从侧面印证，在美国调查的FUG项目多环节造假确实是存在的。我们现在停止参与收购，就能避免重大损失！”苏希溪几乎是掏心掏肺地劝说着冯映箐。

冯映箐先是不语，在办公室里来回踱着步，走了几趟，像是拿定了主意，对她说道：“希溪呐，我知道你一向为公司着想，兢兢业业。这段时间你也辛苦了。你既然生了病，不如趁这个时间，休上一段时间的假，养养身体。我批准你休个长假，好不好？”

“冯总，我不需要休假。您向余董汇报了吗？余董对收购造假的事是什么态度呢？他说要停止项目吗？”

“好了，你不要管那么多。听我的，你就回去休假吧。”冯映箐坚持地说道。

苏希溪只得按照冯映箐的安排，休一个月的长假。这个消息让在总裁办门口站着的贾司文正好听到，他抑制不住自己的喜悦之情，第一时间发了微信消息给赖泼戎。

苏希溪才刚走出总裁办，还没回到自己的办公室，就见到赖泼戎正从他办公室出来，招呼着周荞，对着部门所有同事大声说着："苏总接下来要休假一个月，品牌市场部的工作直接向我汇报。找不到我的情况下，市场活动组的工作由周荞带领大家完成，品牌宣传方面的工作由总裁办的贾老师带着大家做。"

周荞先是一脸蒙，不过她也习惯了赖泼戎经常不和她通气，就直接做各种决定的行为。听赖泼戎宣布完，周荞才明白过来怎么回事，掩饰不住内心的得意，说道："好的，赖总。在苏总不在的这段时间，我一定带领部门同事们完成好各项工作。"

"好的，不错。我们召开一个部门会议，全部门所有员工都要参加。今天也快到下班时间，希溪总就不必参加了，回家好好休息。其他人十分钟后在大会议室集合。"赖泼戎积极张罗着。自从苏希溪来之后，他已经很久没有直接管理部门的权限了。如今，部门大部分员工都愿意跟随苏希溪。赖泼戎重新召集全部门集合开会，相当于暂时将苏希溪排除在外。得以重新掌管这个部门，他非常高兴。

部门员工们不由地惊讶地望向苏希溪，她使了使眼色，让大家都去开会。大家不得不听从赖泼戎的安排，纷纷走去会议室。品牌市场部的员工众多，一去开会，一瞬间办公室几乎全空了，就显现出了人去楼空的寂寥感，只剩下了苏希溪一个人孤单的身影。她只得带上办公电脑，收拾了一些工作文件，回家休假。

36 雪，万物自净

“白雪能短暂掩盖住灰暗。但是，总有一天，雪会融化的。总有一天，所有的粉饰是要被移除的啊……”苏希溪用只有自己能听得到的声音轻轻说道。

开始休假后，部门里的大小事情，下属们都不再发邮件或发微信向苏希溪请示。她在想着，似乎是自己一意孤行，想要阻止一些错误的发生但无效后，现在是在承受着她以卵击石的后果。

她身上背负着如此巨大的一个秘密，冯映箐让她休假的这个处理方式，似乎是既能让各方继续推进FUG收购，又能稳住苏希溪的最妥帖的方式。

很快，安基证券、迈果科技、诚千集团，以及其他的LP，就正式签订了收购FUG的多方协议。

在收购消息正式对外宣布的前后一段时间，李渊所在研究所做的系列主题报告，关于人工智能技术在医疗和金融领域的应用，以及在中国相关市场的前景也相继发布。一时间，引发了社会大众关于人工智能应用的舆论高潮。

迈果科技顺势对此项收购铺了大量的媒体宣传报道。迈果科技的股票受到各方热捧，竟然连续拉了近20个涨停板，市值大涨了近千亿元。连带安基证券的股价也暴涨了一拨。

在苏希溪一个月休假期快满时，她又收到HR副总裁陈虹的电话，说是冯总的意思，让苏希溪再接着休假一段时间。什么时候回公司上班，等待冯总的通知。

将近冬天了。有一天，苏希溪下楼买咖啡。无意间她来到了杏紫路的点心店，想着顺便买上一些糖炒栗子带回去。

“小姑娘，小姑娘，今天我请客了。不收你钱。”点心店的售货员吴阿姨看起来情绪很高的样子。

“这是遇到什么喜事了？”苏希溪问道。

“幸好有你之前的提醒，我们的动迁款既没有投到股市里，也没有投到基金里去。”吴阿姨有些庆幸地说道。

“嗨，还是这事儿呀。别客气，你没有损失就好啊。”苏希溪听了有些欣慰。

吴阿姨接着说：“幸亏听了你的劝，我们留着资金才等来了回报最高，最安全的投资项目呀！”

“噗——”苏希溪嘴里正喝着的咖啡，一口喷了出来：“你说什么？你们还是将钱投出去了？”她没想到吴阿姨后面接了这么一句话。

吴阿姨连忙从柜台后拿出纸巾，替苏希溪擦拭身上溅的咖啡污渍。“没关系，先不用管我。你说你们投了回报最高的项目？是什么项目？”苏希溪追问道。吴阿姨说的回报最高，还最安全，这显然有悖金融产品收益率和风险关系的基本逻辑。

“侬不要担心的呀。我们这个项目喔，我跟侬讲，好得不得了。”吴阿姨说道。“这是一个海外收购项目，认购门槛很高的咧！200万元起投。收购的是美国大名鼎鼎的FUG集团的人工智能医疗项目。”

“我和老伴都有心脏病的，知道这个人工智能医疗项目确实是那么回事。像我们这些老年人，那么，也常去医院的喔。这个技术以后在中国很有前景的。况且，我们还去这家投资公司参观了呢。那大楼气派得很，不得值个上百亿？他们不会骗我们这点小钱的。”

听着吴阿姨眉飞色舞地讲着这个项目多么好，苏希溪心里又是一番五味杂陈的感觉。这些天，她也从媒体报道里看到，不仅冯映箐没有能阻止FUG的收购，而且在这么短的时间内，诚千已经签署了收购协议。但她也是刚知道，相关的产品都已经开放了高净值客户的认购。

“你们……投了多少钱进去？”她连忙追问道。

“ 拆迁款都投进去了，还找亲戚朋友借了一些，凑了500万元，本金越多，收益越大。我们辛苦工作了一辈子，真没想到也过上了这靠着钱生钱的日子。靠着投资这只金融产品，就多赚出了一套房子。那么，我们老两口养老和儿子结婚，最终两套房子也就有咯。我想想就开心的呀。”吴阿姨还在说着。听到这里，苏希溪心里却是凉透了。

“下班后有空吗？有事找你。”她给李渊发了一条微信。

晚上7点，陕西北路光与盐餐厅，李渊如约而至。

“FUG项目没有受到任何影响对吗？相关财富管理的产品都已经在出售了？”苏希溪问道。

“这个项目已经是尘埃落定，FUG的收购多方协议已经签订了。不会再有变数了。”李渊说道。

“为什么？该说的我明明都对冯总说过了，该做的我明明也已经都去做了。如此还是没能阻止这个错误的发生。李渊，你告诉我还要怎么去做？这一切到底是怎么了？”

“你告诉冯映箐赖泼戎受贿了？”

“说了，但他们二人之间明明有着那么深的矛盾，冯总居然没有因此去阻止这个项目。”

“事情没有你想的那么简单。冯映箐明知赖泼戎受贿，对公司造成巨大损失，但你没有实际的证据。你是冯映箐安插的对付赖泼戎的一枚棋子，她要的是对赖泼戎一招致命的打击。没有证据，对赖泼戎就没有实质性影响。

为了她自己总裁的位置坐得稳，为了拿到30%诚千集团的股份，冯映箐的选择是放任赖泼戎受贿，如果以后这个项目东窗事发，好一招咬死他。”李渊说。

“就为了一个潜在的扳倒赖泼戎的可能性，冯总能接受让诚千经受几百亿元这么大的损失吗？弄不好，就是整条船都沉下去了。覆巢之下，焉有完卵？”苏希溪不解地问。

李渊答道：“冯映箐当然不会做出这么大的牺牲。毕竟她有1/3诚千的股份。但这个项目其实是势在必行。冯映箐只是顺势给赖泼戎布下了一个雷点而已。”

“怎么就是势在必行的呢？”苏希溪问。

李渊说道：“诚千集团不仅仅是余家的。董事长余晖受命于背后政治力量的压力，对海外收购项目，心照不宣地睁一只眼，闭一只眼。这个项目是一定要推的。”

李渊的话信息量太大，但他没有任何动机，也不会骗苏希溪。这一切颠覆了苏希溪的认知，但听到这里，苏希溪也算是彻底明白了，这个错误为何在参与者都知道有问题的情况下，仍然得以继续推进；为何自己会被休假。

从一开始，苏希溪还以为是诚千集团的董事长和总裁在被各种人骗，以为芮赛之被骗，一直在担心着他们。

但一步一步，她才逐渐发现，原来她自己才是被骗的对象。她只是他们安排的一颗棋子，在不知情的情况下，上当受了骗。成功人士对虚伪与欺骗信手拈来，人人都是演戏的高手。权力财富修罗场里的规则，她苏希溪从来都没有学会过。

她的信念已经在索萨利托小镇的海边坍塌过一次了。在这个事件更深层次的阴谋呈现在她面前时，与其说她是不再能接受，不如说这帮助她理清楚了事件背后的逻辑。都是人性，从这个角度去理解，她突然觉得一切都明晰了。千丝万缕的利益勾连，那是她一个人能撼动的吗？

她反而有些异样的轻松感，因为她面对的力量过于强大，所以为自己的无效干预有了一些合理的开脱。

她看向窗外，不知不觉间，已经是初冬时节了。窗外竟然开始飘起了雪花。先是一颗颗的小雪粒，渐渐成了气候，开始变成一朵朵小小的雪花，没有方向地在空中四散飞舞。窗外水池上的绿色布景灯，映照着水池边在雪中安静矗立着的欧式风格的天使雕塑。

“这是今年的初雪吧？”苏希溪问道。

“是的，也是这几年以来的第一场雪，上海有好几年没有看见雪了。”李渊答道。

“真好，初雪时的心情总是好的吧。无论你正在经受着什么。”苏希溪感慨万千。

“大雨会洗刷污秽，大雪会掩盖肮脏。你看，万事运行的规律总是会自净。”李渊也看向窗外，似乎眼里是对美好的憧憬。

“真是如此吗？你说的万物自净是短暂的自我欺骗，还是真的自我清理？”或许是苏希溪的声音太小，李渊没有听清她说什么，于是追问道：

“你说什么?”

苏希溪看了看李渊，他话里的立场是明显的。苏希溪忽然觉得再跟他争辩下去似乎没什么意义。于是，也不再回答他，重新看着窗外飞舞的初雪。

“白雪能短暂掩盖住灰暗。但是，总有一天，雪会融化的。总有一天，所有的粉饰是要被移除的啊……”苏希溪用只有自己能听得到的声音轻轻说道。

这雪下得可真固执，
第二天，又下了一天。
太阳升起，又落了，
它还在漫天飞扬着，仿佛不知疲倦一样。
雪花隔着透明的窗户，它在跟你打招呼。
只怪它自己重量太轻，四面八方的气流，
但凡有点动静，雪花都会受到影响，
飘忽不定。
飘着未必不好，某种程度上，延缓了它消融的速度。
雪花随风飘动，得以多生存一会儿。
它若悠悠直落于地，早早地就会化成水，无迹可寻。
那算不算是在苟延残喘呢?

——《雪》2021—1—6　苏希溪

虽然没能阻止骗局的演化而带来的心理负担弱了一些，但思来想去，苏希溪内心还是有些矛盾。她想到吴阿姨举全家之力凑的投资款，购买了FUG并购项目产品。苏希溪不能对这件事情坐视不理。

吴阿姨并不是真正意义上的富裕阶层，也不是高净值人群。虽然她的投资款超过了私募产品的合格投资者的资金门槛，但那是她家的拆迁款，她全家指望着这笔拆迁款翻身。

苏希溪之前几次三番地规劝吴阿姨，不要轻易将动迁款投入到金融产品中去。但总归这是人家家里的事情，她们也只是点头之交，人家家里投资的决定过程和投资时间也不会去和她作商量。总不能代替别人家做决定，强迫别人家不投某种产品。

吴阿姨不知道听信了哪位投资顾问的推荐，已经认购了有问题FUG项目的产品。苏希溪又能如何呢？她不知不觉间，又来到了吴阿姨的点心铺。“吴阿姨啊，你购买的财富管理产品，兑付期多久？”

“分两期兑付。第一期兑付是购买后的第6个月；第二期兑付是第16个月。”

“你什么时候买的？”

“哦哟，那有点时间了，两周前吧，我儿子和我一起去签的认购协议书。”

“要不你问问看，能不能给你退了？”

“啊？为什么呀？这好好的产品为什么你让退呢？”

苏希溪又不能透露任何信息，于是，她说道：“你把全部的资金投到一只产品里去，这太冒险了。如果产品出问题了，怎么办？”

“这个么，我倒是也想过的。但是，我的那个投资顾问很好的，他很耐心地给我分析了产品的运作情况。我和老伴、儿子也商量过，我们觉得这个产品又是高科技，又是和老百姓的健康有关。最关键的是，投资顾问说这个项目是安基证券主导的呢，大国企，没什么风险的呀。”

“那假设以后出问题了，你损失会很大的呀。”

“你确定这个项目会出问题吗?”

“我怎么能确定呢? 投资是亏是赚，谁都不能准确预测到。项目就算有什么问题，也不一定会暴露。你这样问，实在让我也很为难。我不是你的投资顾问，我们也非亲非故，只是碰巧我知道了你的投资。我建议你不要做这笔投资。”

“退不了的，小姑娘，我都买了两周啦。实话跟你讲哦，阿姨投资这个项目呢，不是因为一时冲动。我一个苏州老家的亲戚，在这个迈果科技工作。”

吴阿姨看了看周围，压低声音，凑到苏希溪跟前，小声继续说：“我这个亲戚呢，他给领导开车的，主要是他们公司董事长的司机。他在车上经常能听到一些领导间的对话，这个项目，我亲戚听到迈果的董事长和安基证券的大领导讨论过，前景很好的。他还听到过很详细的投资方案。我这么说，你明白了吧?”

“那你就不怕你那个亲戚坑你?”

“不会的呀，我亲戚他自己也投的。但这个项目最低200万元起投，那么，他没有那么多资金，于是，东拼西凑地借了50万元。喏，我们这不就一起投了500万元进去。所以呢，你的好意阿姨我心领了。放心，没事的。”

“唉……”见吴阿姨无论如何也听不进去自己的劝告，苏希溪只好作罢。

37 危机初现

如今看起来，那栋大楼似乎是已经显得有些陈旧了。招牌是老的，背景是深厚的。可是，它的肌体已经生病了。日积月累，病入膏肓。大楼一层一层地坍塌，是自上而下坏起来的。

五个月后，转眼到了第二年的初夏。

待苏希溪得到冯映箐的许可，再次回到诚千集团处理工作时，一切都已经尘埃落定。FUG项目受到投资者的热切追捧，诚千旗下的几家财富管理公司的相关产品被抢购一空。

这件事对诚千集团、安基证券、迈果科技丝毫没有产生任何不好的影响。每家公司依旧如同往常，在上海滩这个繁忙的金融中心，高速运转着。证明仿佛一切都是苏希溪的多虑后，赖泼戎愈发得意。

但没有人知道，苏希溪依旧很担心。或许是因为她的工作职责就是承担着事发后解决问题的责任，她无法做到像其他高管那样轻松。虽然她在尽力阻止无果后，装作了无视。但她知道，该来的是一定躲不过的。

“不好了，苏总，楼下来了一群举着横幅静坐示威的投资者。”

“怎么回事？”苏希溪从落地窗往下看去，只见办公大楼四周的马路，被聚集而来的投资者、围观看热闹的路人以及维持秩序的安保人员等围得水泄不通。

她立刻和毕晓瑜、赵以思下楼去了解情况。

来到楼下，看到一群投资者被大楼的安保人员拦在大厅外。投资者们穿着统一的白色T恤衫，上面印着“维权”两个鲜红的大字。他们手里举着的横幅标语写着“诚千集团还我血汗钱”的字样。还有的投资者拿着一块白色的牌子，上面隐约能看见“FUG收购产品暴雷，诚千诓骗投资者”等大字。

聚集在办公楼周围的投资者足有数百人之多，大楼物业紧急调集增援的安保人员，正列队小跑着过来。

有些投资者见状情绪激动，说道：“怎么？你们欠我们的钱不还，你们还有理了？这还召集来这么多保安，准备来硬的不成？”

投资者和围观的路人纷纷用手机拍下这一幕，一些印有鲜红大字的横幅以及现场情况的照片和视频正在被上传到各种社交媒体平台上。

苏希溪见状，急忙集合在现场的几位后勤工作负责人。她吩咐安保组的组长：“你去向安保的每个人员都通知到位，千万不要和投资者起正面冲突。要客气温和地对待投资者和围观人群。不要有口舌之争，更不要发生肢体碰撞。”

“后勤组，你们马上准备二十箱饮用水，去大楼底层超市采购面包、甜点，有秩序地分发给外面维权的投资者。”

说完这些，苏希溪走出大楼，来到刚才情绪激动的几位投资者面前，说道：“大家好！我是诚千的工作人员。抱歉让大家误会了，安保人员只是来维持办公楼的工作秩序。诚千集团对我们的投资者是随时开放的，不设限制。

我们充分理解和尊重投资者的合法维权行为，也切实保护投资者的合法利益。

请给我们一些时间，我们会尽快了解完整的情况和投资者的诉求，尽快拿出解决方案。”

后勤组准备的水和食物被陆续搬了出来，后勤人员开始发放。投资者听了苏希溪的话，暂时被安抚了情绪，说道："诚千总算有个明白人，这才像话。我们又不是地痞流氓，我们是真金实银投资了你们项目的投资者。你们赶紧拿出解决方案。"

稳住楼下的事态后，苏希溪一路小跑着，乘坐电梯，来到楼上。只见办公室内乱成一团，各部门员工纷纷停下了手头的工作，在交头接耳，小声议论。几个高管办公室的门大开着，都不见人。

"快，苏总，总裁通知CFO、CMO和产品部、投资者关系部、品牌市场部的几位高管负责人到总裁办公室开会。"冯映箐的秘书马沙沙匆忙叫着苏希溪。

苏希溪跑到总裁办公室时，其他高管都已经到了。赖泼戎白了一眼迟到的苏希溪，说道："出了这么重大的突发事件，苏总你怎么还往外跑？这是忙什么更重要的事情去了？"

冯映箐本就因投资者来闹事，有些焦躁不安，又听了赖泼戎挑拨离间的话，对姗姗来迟的苏希溪有些不满，也不看她，直接问向贾司文："别停下，你接着说你刚才的意见。"

贾司文说道："眼下之际，还是首先要稳定楼下闹事的人群。"

"嗯？怎么个稳定法？"

"安保的人不能和闹事的人群发生冲突，要去做交代。"贾司文说道。

"对，这很重要。现在社交媒体的传播速度太快了，他们拍下一些什么内容，转眼就在网上传的到处都是，影响极其恶劣。"赖泼戎在旁边附和道。

"好，这个事就你们俩去安排。"

“冯总，我刚才已经去楼下知会了安保负责人，也安抚了投资者。放心，楼下的局面暂时稳住了。”苏希溪说道。

冯映箐这才抬起头看了看苏希溪，才知道原来她并非有意迟到，而是去楼下安排安抚投资者的工作。冯映箐脸色柔和多了，她顿了顿，说道：“你们就该学学希溪，你们还在我这里动嘴皮子，她工作已经安排完了。”

赖泼戎和贾司文表面恭顺，内心抵触着。“那希溪总，依照你的意见，你说说接下来该怎么办?”贾司文假装态度诚恳地客气问道。

“现在关键是要推进解决方案。楼下投资者的核心诉求是，FUG项目到期却没能按时兑付，要诚千拿出相关的解决方案。”苏希溪说道。

她的这几句话正戳到冯映箐的痛处，贾司文藏着坏心思，他故意这么问，就是要借由苏希溪之口说出总裁也难以面对的难题。

苏希溪当然知道，但她也明白，事到如今，诚千无法再用逃避和闪躲的方式继续拖延下去。唯有直面问题，推进解决才可能有一线生机。

果然，冯映箐刚刚好转的脸色瞬间又面露愠色，她当然知道楼下这些投资者为何而来。但FUG项目没有按照预期退出，诚千集团的投资资金没有收回，他们拿什么去兑付给投资者？这个解决方案如何能拿得出来?

“你们先回去，我去找董事长商量一下。陈总和祝总，你们两人也分别从财务和业务角度想想可能的解决方案，下午汇报给我。”冯映箐说道。

产品部的负责人陈琥和CFO祝峰心里也犯难。诚千集团在收购FUG的项目里投进去300亿元，不到半年，FUG的盈利大幅下滑，迈果科技先前口头承诺的回购，迟迟不兑现。公司资金链出现严重断裂，实在是拿不出钱来兑付给投资者。

从总裁办公室出来，陈琥、祝峰和苏希溪几个人来到一处角落，小声商量着。

“公司目前的现金流怎么样?”苏希溪问道。

“大半年前，抽走了300个亿，公司账上目前的现金流极度紧张。”祝峰说道。

“以往的融资渠道有没有可能提供资金支持?”苏希溪和陈琥异口同声问道。

“外界看到诚千参与收购的FUG项目盈利大幅下滑，都不会在这个时候来输血诚千的。大家都知道如果这时候提供资金，无异于是在填一个无底洞!”祝峰叫苦不迭。

“迈果科技那边现在是什么情况?”苏希溪问陈琥。

“估计没戏，他们先前口头承诺的回购没有约束力，现在连回购的半点迹象都见不到。FUG项目出了问题，他们没有理由继续接这个烫手山芋。”陈琥说道。

几位高管明白，诚千这次是陷入了一个极为棘手，关乎生死存亡的境地。

诚千集团的高层都聚焦在提供什么样的解决方案上，并没有意识到此事背后有什么不对劲。直到当天晚上，冯映箐回过味来，才察觉出一丝异样。

她立刻打电话给陈琥:“距离FUG相关产品到期还有两周的时间，虽然不能到期兑付已成事实，我们这段时间也一直在为此发愁，但这都是内部极少人知道的信息。还没公布，投资者怎么就闹上门来了?”

“是的，冯总。FUG相关产品不能到期按时兑付，只有公司内部高层知晓，并没有通知到投资者。”陈琥回答。

“你不觉得这次投资者前来闹事有些蹊跷吗？投资者是从什么渠道知道的不能按时兑付的消息？”冯映箐继续问道。

“是挺蹊跷的。投资者是从什么渠道知道的呢？”陈琥反问道。

陈琥为人圆滑，虽然看似在向冯映箐汇报工作，在和她交流，但实际上只是顺着冯映箐，将她的话再重复一遍。冯映箐虽然在金融领域不专业，但对于管理公司却有着商人的精明。她回过味来，像陈琥这样处世圆滑的高管，除了让领导感到高兴外，其实提供不了多大价值。

“你用我问你的问题来问我？我找你做什么？啊？”冯映箐恼怒地说道。

“对不起，冯总。那我去了解一下。这八成是内部泄密。”陈琥回道。

“什么八成？这不是明摆着的百分百有人泄密吗？”冯映箐说道。

“之前知道这个消息的人，只有余董、您、我和赖总。排除余董和您，就只剩下我和赖总了。但泄密的动机是什么呢？对谁都没有好处呀。”陈琥回道。

“行了，反正这一关，我们迟早要闯。只是来的早晚问题，当务之急是拿出产品兑付的解决方案。泄密的事情你私下留意一下，有证据的话报告给我。”冯映箐见从陈琥这里也得不到太多有效的信息，不想在这个焦头烂额的时候，再被余晖说她挑拨内部的不稳定，于是及时打住了这个话题。

在一个存在内部权力斗争的地方，明知有内鬼也不可打草惊蛇，以免被反咬一口。

解决兑付危机的方案迟迟拿不出来，投资者已经连续两次来到诚千控股楼下示威，急躁的情绪重新升温。苏希溪决定先采用一些措施，做一些良性的拖延，以待董事长和总裁做出最终的决策。

苏希溪和投资者关系部的叶敏希，先去接触投资者。对参加静坐示威的投资者们进行摸底，搞清楚他们各自的投资情况、背后的社会关系，排除可能加剧事态发展的潜在威胁因素；对敏感投资者人群，或可能先进行部分兑付进行安抚。

一天下来，两人听了无数个投资者的故事。

一位将近50岁的中年妇女，个头不高，身型干瘦，齐耳短发。外表是走在人群里，不会引起别人关注的普通长相，看起来温顺中，又透露出一些生硬的精明感。

“我的情况特殊，我是瞒着我老公做的这笔投资。如果不能拿回本钱，被我老公发现了，他怕是要跟我离婚。”这位中年妇女还没说话，就哭了起来。

妇人抬眼看了看眼前这两位诚千的工作人员，这两位年纪也不大的漂亮女生，此刻或许是她能拿回投资的关键人物。她想将自己的境况描述得悲惨一些，来博取同情。

她接着说道：“我是一名家庭妇女，没有工作。平时主要是在家照顾孩子和家庭，我没有任何收入。我们家的主要收入来源是我老公。他工作不错，收入颇高。这些年，我们在上海先后买下了三套房子，也背负着房贷。

我们家的钱不分彼此，主要是我在管钱。我老公的薪水有一半是年终奖，所以，除去房产投资外，渐渐地我们家有了一些存款。去年，我将家里的500万元存款全部拿出来，在诚千财富购买了FUG的投资产品。”

“你投资没跟你老公商量吗？”苏希溪问。

“没有。你不知道我们家的情况。我和我老公是相亲认识的。与其说是因为爱情，不如说是因为彼此现实的考虑，那时候双方都到了需要一个家庭的年纪。互相看对眼了，就结婚成了家。要说有感情基础也算不上，要说没有感情基础，两个人也走不到婚姻里去。总之，我的意思是，我的婚姻本来就不牢固。这个投资如果收不回来本金，对我的婚姻会有很大的负面影响。

我老公结婚十几年以来，全部精力用在他的工作和事业上，家里面完全是我在照顾。他自知对家庭疏于照顾，有所亏欠，所以从物质上也没有亏待过我。基本上我不缺钱花，我们家一个月各类开支加起来也得花掉六七万。

以前嘛，两个人家境都一般，互相谁也不嫌弃谁。但后来，我老公事业发展得越来越好。我一直在家里，两人之间就有了差距。我非常想证明自己，我不仅能做好一个家庭主妇，不仅会在家照顾孩子和老人，我还可以做投资，我还会理财，我要向我老公证明我也是有能力的。”中年妇人说道。

“所以，你为了证明你自己的价值，用你老公的年终奖，瞒着他购买了500万元的财富管理产品？”叶敏希问道。

“是的。我老公一向只管为家里赚钱，不管家里怎么花钱。所以到现在他还不知道我做了这笔投资。我原本想着今年上半年就能拿到第一笔兑付金，有了不错的收益再跟我老公说这个事，让他看看我的投资能力。但没想到等来的是到期不能兑付的结果。我万万没想到啊！”妇人又哭了起来。

“我儿子马上要出国读初中了，也需要钱，就等着这笔500万元的投资款回来呢！”妇人说道。

“啊？你儿子还没上初中？那你多大年纪？”叶敏希脱口而出。

“是啊，我40岁出头。”

听到她说出自己的年纪才40岁，苏希溪和叶敏希吃惊地互相看了看。

待中年妇人走后，叶敏希悄悄说道："你说刚才这个人，一直在家养尊处优地当全职太太，也没受到过高压职场的摧残，被老公养着，家里三套房子，也不缺钱。为什么才40岁，看上去却像比实际年龄大好多岁的大妈了呢？"

"你别胡说，小心人家听见。可能是结了婚的原因？"苏希溪阻止她。

"和结婚有啥关系呀？她说了就一个儿子，能有多少家务事啊？而且家里一个月花掉六七万，不会请不起才几千块钱的家政阿姨。她平时能有什么可忙的？就是闲在家里花钱也没花出个样子来。

我客观地讲哦，就算她再年轻个20岁，也是放在人堆里就找不出来。20岁就长得像是30岁的那种样子。要长相没长相，要身材没身材，要气质没气质，要内涵没内涵。

你说为什么如此平凡的女人还能嫁给一个不错的男人，甘愿养着她呢？"叶敏希生得娇俏动人，但也是到了三十几岁依然待字闺中，她顾影自怜地感叹道。

"你怎么就知道人家平凡了？"

"也对，我最近觉悟到了，在和男人相处上，女人的外貌和内涵，只起到非常短的作用。而相遇时刚好的时间点，以及女人的现实才是实现婚姻的手段。最好有个孩子，和夫妻共有几套房子，那才是绑住男人的最有效的方法。那女的一看就很现实，很有手段的样子。"叶敏希说道。

"嗯，有道理。其实吧，在论爱情的现实方面，谁都能当我老师。为你手动点赞。"苏希溪笑着说道。

"我还能是你的老师？荣幸荣幸。"叶敏希性格活泼，话也多。也可能是一天接触严肃的投资者下来，两个人都有些压抑，想要分散下关注点。两人聊着聊着，不知不觉越扯越远。

“你知道吗？张爱玲说过，她笔下小说里的女性人物都各有缺点，但唯有一个人物是完美的。就是《茉莉香片》里的言丹朱。言丹朱善良、公正、美好，但她的结局却非常惨。因为她这样好的人只有童话里有，在现实中，她注定不会有好的结局。言丹朱最大的悲惨是她是一个童话里的人，却来到了现实世界。”苏希溪说到这里，显露出几分伤感。

“嗯，这个言丹朱的故事听起来好悲伤啊。”

“所以，回答你刚才的问题。为什么那个中年妇人有不错的婚姻？而为什么比她漂亮能干的很多女生都没有实现好的婚姻？原因我想言丹朱的故事就可以解答。”

“那不是太悲惨了？意思是，我们活在现实世界里，就不能是一个太好的人？不然，就没有好的结局？或者，是不是可以得出这样的结论，单身未嫁的女性中，大概率是善良的好人。而已经嫁人的女性中，大概率是手段了得的狠毒妇人？”叶敏希有几分开玩笑地说道。

“行了，行了，你这一句话就能得罪大半个世界的女性。只能说，千方百计地把自己往婚姻里送，然后从男人身上获利的女性，是城府极深、会算计男人的。但因为她们的城府，男人并不认为自己被算计了。只是时有动弹不得，被妻子拿捏得死死的感觉。”

“啊？那是什么感觉？男人有这么傻吗？”叶敏希吃惊得张大了嘴，问道。

“男人当然精得跟猴儿似的。但给你举个例子，一个男人不想结婚，女人却在这个时候怀了孕。两人勉强结了婚。生了一个孩子后，男人实在过不下去，想要离婚时，这个女人又生下了第二个孩子。男人如此就被绑得死死的，离不了了，就那么凑合着过吧。”以苏希溪目前的年纪，她自己虽没有亲身经历，但身边朋友的各种故事听了不少。她说的这个故事便是她一位朋友的亲身经历。

叶敏希还是有些不解："不过，用这些方式绑住一个不爱自己的男人在身边一辈子，这个女人为什么要这样做呢?"

苏希溪想了想，回道："我们每个人在这个世界上，都在寻求一个立足的支点。对有些女性来讲，工作可以成为自己立足于天地间的支点。但对另外一些女性而言，嫁给一个能负担她的所有花销，经济条件不错的男人，过上衣食无忧的生活，这才是她们人生追求的支点。而作为交换，女人为这个男人生育和抚养孩子，为他建立起一个家庭。

对第二种情况的女性而言，她们追寻的从来就不是爱情。而是一个钱包，一个为她买单的男人。不过，咱俩都跑题了，还是应付眼前这棘手的兑付危机吧。"苏希溪终止了这个讨论。

她刚才听着那个妇人的故事，心里也是感慨万千。中年家庭主妇想要向她的丈夫证明自己的能力，这没有错。但用她丈夫的奖金去投资她并不懂的金融产品，这个行为就让人不知道说什么好了。

人都是有贪欲的，在没有走到投资损失那一步时，人的贪欲一定会大于恐惧。如果这位妇人就是照顾好家庭和孩子，或者找到其他正确的证明她自己价值的方式，她也不会遭受这个损失。

苏希溪也想起当初，她劝诫多次的点心铺的吴阿姨。吴阿姨开始听了她的劝，没有投资股市，没有投资基金，但最后却还是没被劝住，投资了FUG产品。

和投资者谈了一天，苏希溪心里装满了投资者的各种故事。她的共情力很强，内心又善良，所以，苏希溪几乎是感同身受的，在那些投资者的故事中，苏希溪一遍遍陪他们去经历着那些愤怒、懊悔、痛苦、可怜的情绪。她安抚了那些投资者，自己却被那些负面的情绪填满，身心俱疲。

苏希溪疲惫不堪地坐在办公桌前，看向对面的安基证券大楼。那红色的LOGO依旧耀眼醒目，以往她只注意"安基证券"那几个大字，并没有仔细去看过那栋楼。

如今看起来，那栋大楼似乎是已经显得有些陈旧了。曾经是陆家嘴最高的大楼，现在已经被它周边迅速盖起的新的摩天大楼所淹没。招牌是老的，背景是深厚的。可是，它的肌体已经生病了，日积月累，病入膏肓。

她就这么看着，看着，突然，她看见从黄浦江底下涌出了大量的灰黑色的淤泥，正一层一层在往上涌，逐渐蔓延到江两边的绿化带，江边正慢慢被淤泥侵蚀。

她以为是幻想，不顾身体的疲惫，站起来走到窗边。她揉了揉眼睛，再往外看去，只见淤泥涌上来的正中心，慢慢变了颜色，呈现出一片绯红，也在往外冒。那是地心的岩浆，冒得越来越高，已经超过四五层建筑的高度。

突然，她感到周边有一阵巨大的震动。她看见对面安基证券的大楼正在一层一层地坍塌，是自上而下地损毁的。先是顶楼的墙面裂开，玻璃碎裂，建筑体一块一块地往下掉，最后整栋楼完全坍塌了。

紧接着，她看到窗外，自己所在的诚千集团的大楼，楼顶的建筑也碎成了块，正快速地往下坠落。从第60层，裂开坍塌到50多层，再坍塌到40多层，眼看着就要塌到苏希溪所在的第32层了，她处在巨大的恐惧中，害怕极了。正在她恐惧的情绪达到顶峰的时候，她听到一阵声音：“希溪总，醒醒……”

她从巨大的恐慌中醒过来，看到赵以思站在办公桌前，“希溪总，研究部报了一个微信公众号的选题，预定今天的头条位置。”

苏希溪瞬间意识回到眼下，看了看周围，一切还是好好的。楼没有塌，对面安基证券的大楼依然矗立在那里。黄浦江依然平静开阔，几艘游轮不紧不慢地行驶在江面上。

原来都是一场梦。还好，那一切只是一场梦。

她回过神来，回道：“都已经下午5点多了，研究部怎么这么晚才报选题？晚上七点多微信公众号要发的呀，来不及了吧？”

“您不知道，是突发选题。刚才火山爆发了，研究部马上要出一篇火山爆发对于气候和农业等大宗商品期货价格影响的分析报告。”赵以思说道。

“哪里的火山爆发？什么时候的事情？”苏希溪问道。

“就在刚刚，喏，您看。”赵以思打开手机上的一则新闻，读给苏希溪听。

“北京时间，2021年5月20日下午5点35分，南太平洋上的那鲁火山爆发。高达18.9英里的火山流，远远高出一般商用飞机的飞行高度。水下火山的猛烈喷发已经将冲击波传播到了世界的一半地区。那鲁火山坐落在科学家称之为‘火环’的地方，火山和地震经常齐头并进，一个事件会触发另一个事件，就像一圈多米诺骨牌。专家指出，需要持续监测喷发。目前的火山喷发可能会持续数周或数月。

历史资料显示，1815年印尼坦博拉火山爆发，持续了三个月。大量火山灰和有毒气体充斥在云层，阻挡了阳光照射，直接导致1816年全球极寒气候的爆发。”赵以思读完了那则新闻。

“好，今天的头条留给研究部的文章。让他们写完后，发合规审稿的同时，发品牌部审稿。抓紧时间，不要拖到太晚发，影响阅读量。”苏希溪说道。

赵以思离开她的办公室后，苏希溪想到刚才的梦境，竟有几分真假难辨。难道她刚才经历的一切，真的只是一场梦吗？

从今天的太阳里
看到了一万公里外的火山灰
那从地心深处喷涌而出的
是地球积蓄已久的反抗

如今 它托着太阳
明晃晃一片
耀眼着 让人不敢直视

一切刚刚开始
明年的寒冷、大水、粮食的匮乏
叠加瘟疫的肆虐

云端上 没有住着上帝
太空里也没有住着上帝
上帝 却无所不在
它 是一种制衡的力量

有些人 祈愿

希望

有一天

关注的

不必再是一个又一个无常的

突发灾难

有些人 漠然

灾难总是不可穷尽

必然需要有人去经历的

这是这个世界的均衡法则

那么 发生在了别人身上

都是其余人的幸福

那么

幸福的人们 依旧幸福

——《地球的愤怒》2021-5-20 苏希溪

38

自亡式自救

知假勇行者悟，人就是活那由真转化到假的那一秒钟。只有那不断往前跳动着的一瞬间是你唯一能抓住的真实。而终有一天，你走到了人生的最后一秒，那么，你就放弃那一秒的真实。忘掉死亡这件事情，用最后一秒的虚假为你自己画上一个句号。当然，世界如原样般运转。只是，不再有你。

“不是说了有安基证券兜底吗?”余晖不敢责怪老书记，但话语中藏不住他的焦急之情。

“是有他们兜底，但它的资金没那么快能到位。眼下最着急的是诚千集团。毕竟只有我们是直接面向投资者。也是问题的直接集中爆发口。”一贯沉着的老书记，现在也有些沉不住气了。

“是啊，几百亿元的资金要到期兑付。第一期兑付还只是小头，还没有发布延期公告，就不知道怎么走露了消息，有这么多投资者上门来闹。延期兑付只是争取了一定的延缓时间，却不能从根本上解决问题。您是没有亲眼看到，那一个个投资者，简直是能跟你拼命的。”余晖说道。

“资金缺口太大，眼下只有一条路，试试看能不能走通。”

“什么路?”

“加快推进公司上市，从股市融资。”

“远水能解近渴吗？且不说上市就需要一定的时间，就算成功挂牌交易，原始股东也是有限售期限的啊。”

“诚千上市的工作早在几年前，我就让你们启动了。这几年都没能完成，你还好意思来说?”

“是，老书记，这项工作是我没能做好。但这几年，诚千集团经历了不少风波。大环境也不顺利，先是中美贸易摩擦，后又是政策上的不确定性。”

“现在也许是一个新契机，趁着这个机会，将上市这件事做成了，未必不是一件好事情，也许不仅可以堵上FUG这个窟窿，还能迎来诚千发展的一个新阶段。”老书记打断道。

“知道了，老书记。”

“延期后的第一笔资金从诚千集团旗下几家公司现金流里拆借。后续安基资本的资金陆续过来，再偿还一部分。按照第二期到期后再延6个月至18个月不等的最坏打算，上市融来的资金就能够付上了。”老书记接着指点道。

“但我们有FUG这么大一个项目的到期偿付风险，这还能顺利上市吗?”余晖担心道。

“你让保荐机构投行帮我们好好包装包装，美股上市没有那么严格，并不是说要企业一丝风险都没有。有风险是可以的，只要在招股说明书里做好披露，注意包装和措辞。这些都是投行的工作，你我就别在这里干想了。你去找投行，让他们弄。”老书记说完就挂了电话。

好消息是，诚千集团上市之前忙了几年，虽没有成功上市，但尚有工作基础。上市小组和各项工作也不时在推进。但坏消息是，原来的保荐和承销等中介机构，在考虑到诚千集团的公司基本面情况，以及FUG项目的风险后，决定放弃这单生意。不得已，诚千集团将原本大名鼎鼎的外资投行，换成了一家不知名的美国小投行。

就在诚千集团慌不择路，寻求紧急IPO融资，来试图填补FUG收购项目的巨大漏洞时，该项目牵扯的另外几家公司也面临着不同的动荡。

此时的安基证券，因为FUG项目出问题，一边在应付追讨连带清偿责任的诉讼，并准备足额的偿付资金。另一边，安基集团开启了内部的调查和追责机制。一场表面上的革新和人事大换血的戏码正在上演。

“一个漏洞百出的投资造假项目，为何在安基证券内部会通过层层审核？董事长、总裁、合规总监、首席风险官、投行总经理，合同上盖的公章，多少环节没有尽责？或者是假装尽责？”在安基证券内部会议上，巡视组的人义正辞严的这一番斥责，正戳中了安基各部门员工长期以来压抑在心中的不满。

早已发现端倪的安琪允，也在这些人之列。但很快，她便发现自己过于天真了。

安基证券的董事长徐国伟、投行总经理许亦言，以及合规总监、首席风险官全部被撤职查办。新任董事长贾辛鑫一上任，为了显示在自己带领下，安基证券焕发新貌之感，处处力求不同。表面上要求精简质朴，实则处处挥霍，悄然将董事长办公室装修一新，打造了一个董事长专属后花园，甚至还计划着将安基证券整体迁往陆家嘴新楼。

而新任董事长和新任总裁、原任几名副总裁之间的明争暗斗也接连不断。

旧势力由于东窗事发被清理，投资失败事件成为利益重新分配的契机。投资失败事件本不至于使这家庞大的地方国企被拖垮，但新势力趁机各自抢占势力范围，安基证券内部暴露出来越来越多的矛盾。

“你以为每一个千疮百孔大丑闻东窗事发之后，就会迎来一个公正公平导向的理想世界回归？你太天真了，每一个脓包的戳穿，看似在清理生病的肌体，但实际只是新势力上位和新秩序建立的一个契机罢了。各种利益在背后作为推手，迅速扶持新人上位。到后来你会发现，除了权力中心的人换了一拨外，在弱肉强食的经济社会里，原来的秩序和价值导向都不会有什么改变。根深蒂固的、被时间检验的社会运行规则，怎么会因为一两个事件就被改变?”历经安基证券数次风雨飘摇，而始终毫发无伤的赵仁意洋洋得意地吹嘘着。

“不值钱的东西投重金。事出蹊跷，必有妖。”这一句网上流传的话语，简单直白地提供了一个判断标准。投资失败东窗事发后，这几家公司并没有马上走向消亡，原本各自有拯救的方式，却按照原来的成败大于一切的导向，各自试图将事情捂住、盖住。各自缘木求鱼，饮鸩止渴，一错再错，丑闻进一步深化。几家时代浪潮下发展成长起来的原本基本面不错，后来逐渐腐坏的公司最终轰然倒塌，留下一地鸡毛。

一年后，安基证券新任董事长贾辛鑫同样被撤职查办。安基证券开始了新的一轮换汤不换药的“缝缝补补”。

诚千集团冲刺美股IPO，带病上市不久，即被SEC[①]以重大风险事项披露不明的原因停牌接受调查，后面临着股票退市，美股投资者集体诉讼赔偿的结局。

安基证券的连带赔偿到位后，点心铺的吴阿姨喜忧参半，庆幸的是，她拿回了她的投资款。担忧的是，一年间，北上广深的房价疯狂涨

① SEC，全称为 the U.S. Securities and Exchange Commission，即美国证券交易委员会，于1934年根据证券交易法令成立，是直属美国联邦的独立准司法机构，负责美国的证券监督和管理工作，是美国证券行业的最高机构。

了一倍，如今，她的拆迁款连上海的一套小房子都买不到了。不得已，她只得举家迁回安徽老家。

在诚千集团公司的电梯里，周荠已经顾不上她和苏希溪之间的嫌隙，只当是旁边有一个人，来听她发泄心情。她问着："你觉得赖总靠得住吗?"

苏希溪带着一丝疑惑的眼神看向周荠，她讶异于周荠会用如此私人化的语言来表达对直接上级的感受，这种语言就像是有男女关系的人之间的埋怨和责怪。她想了想，没有回应。

周荠沉浸在自己的情绪里，自顾自地继续愤愤说道："男人都靠不住，男人的嘴，骗人的鬼。"

这话让苏希溪内心更肯定了，周荠和赖泼戎这两个人绝对不只是工作关系那么简单。周荠的这句埋怨，更像是因赖泼戎许诺了她什么，却没有兑现而生。

苏希溪思量再三，终究是没接周荠的话茬。

"叮……"电梯到达楼层，电梯门开了，周荠气冲冲地先走了出去。

利益联结成的男女关系，遇到利益上的矛盾，爆发得犹如山洪般猛烈而具有毁灭性；也如同多米诺骨牌一样，一个倒下推倒下一个，每个点的崩塌联结成系统的崩塌。最初是高管的情人挑破了一个小眼，周荠向赖泼戎的老婆提供证据，试图拿到自己的利益。最初，这还和核心事件无关。

在看到周荠发过来的挑衅照片，赖泼戎给周荠买的迪奥限量手袋、Jimmy Choo的镶钻鞋、宝格丽的项链时，赖泼戎老婆赵露不由得怒火中烧。她和赖泼戎本来就感情不好，三天两头的大小吵架不断。这次，赵露不想再和他争吵下去，她决定以婚内出轨、职务犯罪的说法来将赖泼戎一举钉在法律和道德的耻辱柱上，自己便可以拿到所有财产，顺利离婚。

“真是多事之秋，我们做了大量的工作，才安抚住来公司闹事的FUG投资者，相关新闻暂时平息了下去，没想到，公司又冒出这么大的一个丑闻。”

“这公司的丑闻捂不住，一个接着一个往外冒。公司内部风气不正，出问题是迟早的事情。”诚千集团的内部议论纷纷。

赖泼戎老婆赵露拍视频实名举报，诚千副总裁赖泼戎利用职务之便，长期累计收受贿赂超过2000万元，并长期和同公司下属周荠有不正当男女关系。赖泼戎接受周荠的性贿赂，利用公司内部的职权，在并无突出贡献的情况下，将周荠从一名分公司的普通员工，两年间连升五级，提拔至公司一级部门的二把手。

赵露在网络上发布了她手里掌握的证据，是赖泼戎接受最新贿赂的截图。显示最近半年，赖泼戎以他远房亲戚的银行卡作为收款方，接受了三笔，共计300万元的行贿款项。行贿款最后全部存入了赖泼戎个人的银行卡内。

赖泼戎的问题，引出了钱明柏和陆吟吟之间的夫妻利益矛盾。陆吟吟告了钱明柏，开始撕开丑闻的口子。两人正在高速公路疾驶的车上，钱明柏开着车。陆吟吟坐在副驾驶上看手机，突然她脸色变得铁青。

“好你个钱明柏，你连我也骗，是不是？十年的夫妻，两个儿子都那么大了，你还跟我耍心眼儿?”陆吟吟朝着钱明柏怒气冲冲地质问着。

“你说什么啊?”钱明柏不明就里。

“你还跟我装？你怎么不去死啊？骗你老婆有意思啊?”陆吟吟越说越是气不打一处来。

钱明柏被她突如其来的情绪失控弄得莫名其妙，手里又握着方向盘，也有些焦躁：“你这是发哪门子神经啊？好好的，不明白你在说什么。”

“好，你不明白是吧？那我就跟你说明白。赖泼戎，你说他赖账，和我说好的数目不算数，所以你那笔钱又给了他。但根本不是那样的！你从头到尾只给了他300万元，剩下的200万元，落到你自己腰包里了!”

钱明柏听到这里，有些心虚，他看着前方的路面，继续驾驶着车，边说道：“你胡说些什么？谁跟你乱嚼的舌根？无凭无据的话可不好乱说的哦。”

“你这是不要脸，你知道吧？你让你老婆出卖色相去跟客户睡，然后你偷偷地拿钱，你这是把我当妓女在用啊！我怎么着也是你两个孩子的亲妈啊!”

“是你不要脸，还是我不要脸?”

“好啊，钱明柏，我跟你这些年，替你摆平了多少事，不都靠着我吗？你自己说不计较的。再说，和你睡，和别的男人睡，有什么关系？啊？结婚的是咱俩，房子，孩子都是咱俩的，你说你一个大男人到底在计较什么?”

“你自己主动提出去睡野男人，还美其名曰帮我解决生意上遇到的困难！你说你是无偿帮我的吗？实际上你眼里只有钱，而且还恬不知耻!”

陆吟吟被彻底激怒了，不管不顾地顺手抄起放在旁边的包砸向钱明柏，边砸边喊道："停车！你给我停车！和你待在一个空间里，我都觉得恶心。"

钱明柏被她挥舞过来的包挡住了视线，手里的方向盘握不稳，整辆车像是喝醉了酒一般，在高速公路上划着S形往前开着。"你疯了吗？这样多危险。"

陆吟吟见他并不停车，索性扔下包，腾出手来直接去拉扯钱明柏的手，在她的拉扯力下，钱明柏的手一偏，方向盘脱手，车撞向了路旁的绿化带。

钱明柏和陆吟吟这对夫妻，因利益上的深度捆绑，自称是最牢固的男女关系纽带，却丝毫经不起考验。两人因为利益上的不合，分道扬镳，各自原形毕露，丑态毕现。

陆吟吟是一个狠女人，被钱明柏摆了一道后，她立刻着手盘点夫妻两人的财产，想要迅速将财产划归自己。但钱明柏手里有大量她婚内出轨的证据，为了争取自己的最大利益，她先发制人，也录了一份视频，展示多张她在高速公路的事故中受伤的照片，在社交平台上发布，控诉钱明柏家暴，并涉及职务犯罪。

各种追逐八卦的自媒体闻风而至，很快一篇篇标题为"互联网巨头企业高管家暴妻子，长期用金钱、美色等不正当手段腐蚀公职人员"的报道布满了全网。

在汹涌的舆情下，迈果科技不得不对钱明柏进行停职处理，先是对外宣布将对其进行职务调查。在迈果科技的调查，查来查去没有定论时，经侦来人带走了钱明柏。顺藤摸瓜，牵扯出了迈果科技董事长马翊。

马翊因涉嫌向非公职人员行贿，操纵证券市场等多项职务犯罪，被调查。迈果科技股价大幅缩水，几个月后面临退市。

眼看纸包不住火，余晖背后的政治力量远走国外，踪迹全无。

利益的纽带很脆弱，一不合利益就崩塌。只有爱情形成的男女关系，才经受住了考验。靠爱情形成的男女关系，是最牢固的男女关系纽带。这副多米诺骨牌，倒到芮骞之这里时，诸多证据指向他有罪。苏希溪虽然被芮骞之一次次舍弃，但关键时候，保存和交出了有利的完整的证据链，保住了芮骞之。

苏希溪也知道了云启会在FUG收购项目里扮演的角色，她担心老者，特意去了一趟莫干山。

在杭州莫干山的那栋隐秘别墅里，老者开口对苏希溪说道："造假又如何？什么是真？什么是假？我问你，这世间有什么不是假的？造物主可以构造它的世界，我们人类中的超精英人群意识到这一点后，也可以构造我们的世界。这本就是合情合理。构造出来的东西，哪有真假之分?"

"您在说些什么?"苏希溪不想陷入老先生的不可知论中去，她知道一切不可知论都只是操控人意识的手段。

"我问一个问题，你这一生，是真的，还是假的?"老先生坐了下来，认真地问她。

"我有真实的躯体，在四周触碰得到的真实世界里活着。有着工作、家庭，这些真实和外部世界相连接的社会关系。我的这一生当然是真的。"苏希溪坚定自己的是非对错的价值判断，并不想被老者的逻辑洗脑，她条理清晰地回答了他的问题。

“好，你认为你的这一生是真实的。那么，你现在想象一种情景。你已经走到了生命的尽头，在那最后的一分钟时间里，你回想这一生，你觉得是真的还是假的？”老先生接着问她。

苏希溪这次没有那么快回答上这个问题，她认真地置身于那个情境中，回想着自己这一生的那些场景。她难受地发现，自己经历过的那些人，那些事，那些情感，那些得失，似乎模糊不清。所有曾经真实发生过的经历，到人生最后一刻，都已经抽象而模糊的仅存在于她的脑海里，影影绰绰，如烟似雾。她感到非常失落和悲伤，这竟然让她很难再坚定说出“那些过往都是真实的”这样的话来。

对于苏希溪此刻内心的想法，老先生似乎早有预料。他毫不费力地解析着：“你曾经认为的这真实的一生，到了人生最后一刻，是不是都已经是过往云烟，无影无踪？既然你以为的真实的这一生，最后其实是看不见，也摸不着的。那么，你如何断定它是真实存在过的？是真实在你的脑海中，或者在当时其他参与者的脑海中吗？它其实就是假的了。”

“而且真假转换的时间远远不必花上你漫长的一生那么久。你仔细想一想，其实它们的转化是一瞬间就完成了的事情。任何你刚经历过的事，在下一秒，它就已经不在了，就从真实转为了虚幻。所以，在真相与假象这个问题上，你完全不必要去浪费任何时间纠结于其中。你的这一生，都要记得我的这句话。”老先生接着说道。

“可是，老先生，经侦的人已经在这栋别墅外面了。您要被他们带走，您要为您的造假行为付出代价。我很难过。”

“大可不必。你忘了我刚才跟你说过的话，就算我一把老骨头身陷囹圄，但这也是假的。你不要为我感到难过。用我告诉你的智慧，过好你余下的人生。

知假勇行者悟，人就是活那由真转化到假的那一秒钟。只有那不断往前跳动着的一瞬间是你唯一能抓住的真实。而终有一天，你走到了人生的最后一秒，那么，你就放弃那一秒的真实。忘掉死亡这件事情，用最后一秒的虚假为你自己画上一个句号。当然，世界如原样般运转。只是，不再有你。

所以，这个世界不缺任何一个人，是人需要这个世界。你要趁着有限的生命，用你极其有限的时间，去和造物主较一把劲。它能构造世界，我们为什么不能？哈哈哈哈……”老先生说完，中气十足地笑着，迈着他极稳的步子，走向了等在别墅外面的经侦人员。

在芮骞之被公安机关带走协助调查后的第46个小时，他被无罪释放了。芮骞之从经济犯罪侦查大队结束扣押时，苏希溪去接他。

在经侦大队门口，来接芮骞之的还有另一名女子，是刘艳嫣。刘艳嫣是雪下资本的一名员工，长相普普通通。她个子不高，五官毫无记忆点，但心机深沉，谈过很多次恋爱，对男人的心思了解透彻。对男人，她从不谈感情，只谈利益。

刘艳嫣的学习成绩不错，毕业于名牌大学的金融系。通过校招进入雪下资本工作。她上学时，从长相到打扮、气质都比较中性化。毕业进入投资公司工作后，无论是她的装扮，还是她的人生价值观导向，都像是被揠苗助长了一般，过度地使劲。

这使得她经常是一副不伦不类的穿着，常常看起来很土气。刘艳嫣清楚地知道她外貌不出众，唯一的资本是年轻，所以，要想往修罗场上层攀爬得更轻松，她必须要比那些漂亮的女生更豁得出去数百倍。在芮寨之几次出差中，刘艳嫣成功爬上了决定她升迁的领导的床。

对芮寨之而言，满足刘艳嫣升职加薪的诉求，是他基本不必费吹灰之力的举手之劳。这样的关系让他很轻松，芮寨之觉得，刘艳嫣这样的女生，好用。

其实，看到刘艳嫣的第一眼，苏希溪就大概知道了怎么回事。她一方面担心着芮寨之，一方面对着这名“实用型女子”刘艳嫣，心里有些五味杂陈。苏希溪很想转身离开，就连她信任的人中品格最高尚的芮寨之，也已经被证明了是“只看利益，不论对错”的价值观。但没想到，他在男女关系上，竟然也是同持有那些价值观的人如出一辙。

苏希溪有时会告诉自己，懂人性，第一步就是承认人性中有低俗的部分，承认它们是客观存在的。但她始终过不了那一道临界的线。她无法在接受一个男人品行差的前提下，去爱上这个男人。

芮寨之走出公安局，他的余光扫到了门口的二人。他没有正视苏希溪，因为苏希溪会搅动他内心，这是他不允许的。他对刘艳嫣点了点头，将手里的手机交给她：“帮我充电。”

然后，径自走向商务车内。

刘艳嫣以一种胜利者的神情，瞟了一眼苏希溪，连忙追上他。

看着芮寨之一句话都没有留下，看着他们离开的背影，苏希溪心里知道，自己永远成不了刘艳嫣那样的女人。哪怕刘艳嫣那样的女人，在这一生中，会活得更顺利。为了利益可以随时让渡一切，她们浮光掠影地从那些成功男人的人生中路过，不仅不会受到伤害，还会得到很多男人带给她们的利益，这正应验了那句话：“追求爱情的女人，最终一无所有。追求利益的女人，所获丰盛。”

突然，苏希溪想到，从这个角度理解，这刘艳嫣和芮褰之是多么登对的一对啊！那不是有先例吗？钱明柏和陆吟吟不也是如此的一对吗？这些人活得真是既明白又透彻。

当天，刘艳嫣跟随着芮褰之回到他家，待到凌晨3点才离开。

FUG的并购案虽然在苏希溪的举证下，芮褰之最终免于牢狱之灾。但他被经侦大队带走协助调查的事，被媒体广为报道，圈内圈外的人都知道了他和这个丑闻脱不了干系。芮褰之要一雪前耻，重振雪下资本。芮褰之决定给一批没有因为丑闻而离职的中层骨干升职加薪。被提拔的人里，第一个名字就是刘艳嫣。他不管这些人究竟是刘艳嫣，还是李红、赵紫，对他而言，没有区别。

而苏希溪的名字，在芮褰之这里，被永久地划掉了。

安琪允来和苏希溪告别，看透了安基证券内部的尔虞我诈，她决定出国读MBA，同时移民加拿大。她们有了一番对话。

“难道我就该像一株野草，孤单地活在苍凉的底色里，任凭岁月流逝，永远不配有人好好对待我吗？除了时间，那些哭过的夜晚，那些相爱不能相近的痛苦，就因为我在感情上追求精神契合的孤注一掷的任性，我就必须独自承受吗？”苏希溪问道。

“爱情当初给你带来多少甜蜜，反过来，就会带给你多少伤害。”安琪允安慰她。

“也不是这样。你从对方身上获得那些甜蜜和力量，先要搞清楚，那是不是给予你的。如果还没有确定是属于你的之前，你就放任自己获得那些甜蜜和力量，那就是你借来的。以后有一天，你迟早都要连本带利还回去。你只能让属于你的人，成为你的光。”

“你如何确定是不是给你的？”

“起码等他正式和你确定一段认真的感情，或者结婚。”

“确定结婚了，才能从对方身上获取爱情的甜蜜和力量吗？”

“如果不想让自己受伤，最好如此。在此之前，都不要让对方成为你的光。”

“你倒是自己想明白了，也算没有白爱一场，没白伤一回。”

“那些流过的眼泪，就成了天上点点的繁星。在物质华丽的城市里看不到，在干净朴素的夜空你才感受得到那闪耀着的珍贵。”

余晖倒下时，他的乘龙快婿李渊以为以自己的能力，终于不必再屈于老婆显赫家世之下，但没想到，在那个夜晚，他加班中突发心肌梗死，年仅45岁便悄然离世。李渊的这一生，在不停地奔跑，错在搭上了一艘以为可以加速的大船，他没想到和海浪比起来，船始终是小的。

39 昨日终将消逝

苏希溪的拼尽全力，就像是眼前这从屋檐上坠落的雨滴，似有若无。

一艘行驶在宽阔大海上的万吨巨轮，它的沉陷不是一朝一夕形成的，而是由于不同的部件，日积月累地被侵蚀、被腐化。

我在深秋清晨的微风里找寻灵感

对面是南京西路

的建筑群

恒隆广场写字楼里

昼夜不息的灯光

香格里拉酒店餐厅

每到十点会响起的音乐

和周到的服务员

上海商城底层的精品超市　面积缩小了三分之二

一楼的冰激凌店　和遛狗的人

钟书阁搬离了芮欧百货

我喜欢的附近的书店

还剩下常德大厦底层

张爱玲的

那一个小角落

它用贩卖历史

延续生存

巨鹿路的作家书店
长乐路的云朵书院
和戏剧学院门口的书店
一如既往的冷清

富民路十字路口
的意大利餐厅
长乐路马路边
的小酒馆
人声鼎沸
他们的酒 就着汽车尾气

外来的年轻人
在大都市的忙碌中 迷茫着
本地的老年人
热衷于 咖啡馆的聚会
永嘉路的老年大叔们端着相机
不知在守候什么

陕康里的新店都开了
去买个恰巴塔吧
70多岁的阿姨们
她们也喜欢
这家网红面包店

还不算太坏
还，不算太坏吗?

昨夜
我下定决心
收拾一个没有完成的梦想
为以后
不必需要
收拾一个　破碎的人生

都是重量
很沉
你觉得那个灰暗的自己
会在昏黄的路灯下
熠熠生光吗?

权力的洗牌
暗无天日的争斗
有些人离开
却有了更好的去处
朋友圈的人
远远，旁观着

著名的人

从高处坠落

暗涌的力量

四散蔓延

人们势力地顺应环境

朋友圈里追捧着权力、名望、金钱

一捧俱捧

一踩俱踩

从来不去思辨那些传播的信息

阳光下没有新鲜事

只是新鲜于又发生在谁的身上

今年　很多人生病了

很多人去世了

一些距离不近也不远

但可能你从小就知道的一些人

一个接着一个

虽然你们交往不多

但那些人消失了

谁都知道 在静止中流逝的是什么

你，我

都将消逝

毫无踪影

有一天

但我们
还未曾相识

但我们
还未曾重逢

但我们
还未曾再见

还不算太坏
还，不算太坏吗？

——《昨日终将消逝》2021-11-1　苏希溪

得知李渊死讯的那天晚上，苏希溪步行在短短数百米的狭窄的回住所的陕西北路上，像往常的任何一天，照旧经过数位旧上海滩风云人物的宅邸，照旧路过聚集着半个上海滩老外的酒吧，从站在室外人行道上饮酒聊天的老外人群中间小心地穿过。

“嗨，希溪。”她听到有人叫她。可能是错觉吧，她没有理会，继续往前走着。她的胳膊被人拉住，她回头一看，这个外国人似乎有些眼熟：“道格拉斯？是你吗？”

“是我，好久不见。希溪。”道格拉斯答道。

“你怎么还在上海？”苏希溪疑惑。

“上海是一座充满魔力的城市，我已经辞去了FUG集团董事局副主席的职务，打算长住在上海。我们进去，我请你喝一杯。”

在道格拉斯的邀请下，苏希溪第一次走进了这家她路过无数次，却从未进过的酒吧。在窗前的高凳上，两人坐了下来。

秋雨一阵一阵的，又开始淅淅沥沥地落了。室外的人也纷纷回到酒吧内。

“我听说了芮褰之的事情。他应该好好感谢你。”道格拉斯说道。

苏希溪听到道格拉斯的话，心里觉得一暖。这是她拼尽全力以后，听到的有人对她的付出道的第一声感谢。

她想起自己拼尽全力地去调查这一个惊天大阴谋；她拼尽全力地试图阻止诚千集团将老百姓的300亿元葬送；她拼尽全力地阻止芮褰之卷入其中；她拼尽全力地在事发后收集证据为芮褰之洗脱罪名；她拼尽全力地去爱芮褰之。

但这一切的一切，就像是眼前这从屋檐上坠落的雨滴，似有若无。“他没有感谢我，他一句话都没说就走了。”苏希溪说道。

如今，苏希溪已经不轻易哭泣了。只是，静静地，有一滴眼泪从她眼角滑落。

“道格拉斯，中国有一句古话叫‘善弈者谋势，不善弈者谋子’。不管是在事业上，还是在感情里，我们都难免成为别人的一颗棋子。要想很好地活过这一生，我们必须学会与人对弈。但我却一直在试图寻找一个不需要我去谋势、谋子的对弈者。”苏希溪说。

道格拉斯听不太懂苏希溪的“对弈”论，但感受到了她低落的情绪，转移话题问她：“希溪，你知道美国有一本书叫作*The Great Gatsby*吗？”

“当然，在中国被翻译成《了不起的盖茨比》。

这本书的结局太悲伤了。善良的人充当了虚妄之徒的垫脚石和替罪羊。任何时候都是衡量利益得失，违背良心，道德败坏的上层阶级利益男女却是一走了之，‘幸福的人，依旧幸福’。那些善良的、付出全部爱的人，却葬送在了自己的爱里面。更可悲的是，Gatsby就是为了Daisy那样一个只爱他华丽的表相，爱得浅薄，爱得现实，爱得虚荣，爱得自私，为了那样一个不值得的恋人，葬送了他自己。”悲伤的情绪涌上来，苏希溪有些说不下去了，顿了顿，压制了自己的情绪，她才继续说道：“道格拉斯，我该庆幸，我还活着。但如今也只剩下了半个自己。”

“希溪，不必悲伤。凡我们所经历的，必给我们以回报。你还有其他的事情值得去做。我们刚刚亲身经历的这个巨大的金融丑闻，你也可以写出来。”

“农村或者小城市里工薪阶层的年轻人靠着努力读书，到大城市拥有一席之地，最重要的是还要进入对的行业，似乎只有进入金融业，才能名利兼收。学计算机专业呢，要自己创业做互联网公司才能发家。

这个城市代表着最残酷的现实，金钱的力量可以在这个城市立足，这一点表现得比其他地方更加直白。有些受教育程度颇高，曾经也有理想、有节操的人，在被现实磨砺几年后，或者在学校里提前看到现实的残酷后，就把自己的善良、诚实、公正、客观这些美好的品质视为成功的最大敌人，将它们踩在脚下，仿佛只有变成一个十恶不赦、冷酷无情、特别冷淡、不择手段的人，才能拿到通往成功的通行证。这是这一代人在这个城市里，想要变得成功的逻辑。

有些人变坏了，加之个人聪慧、勤奋，他真的就成功了。但也有些人变坏了，也没有成功。还有很多人变坏了，也成功了，但是他的成功只是转瞬即逝。最终会栽在败坏的品行上，落得个身陷囹圄的下场！

一艘行驶在宽阔大海上的万吨巨轮，它的沉陷不是一朝一夕形成的，而是由于不同的部件，日积月累地被侵蚀、被腐化。

一个社会、一家企业，如果倡导的价值导向是真相无条件地让路给利益，那么在这些组织构架里，一些人会在一次次‘真相不重要，利益才重要’‘对错不重要，利益才重要’‘是非不重要，利益才重要’的较量中胜出，成为管理者。

部分既成的管理者们已经习惯了并受益于这种‘利益得失压倒真相’的思维，又怎么能指望他们去建立一个公平的社会和公正的企业呢？”苏希溪说出了内心压抑已久，却又是思考良久的话。

“对，就是你说的这个意思。用你女性的视角，把你心中的这个故事写出来，一定会畅销的。”道格拉斯说道。

听到这里，苏希溪的眼神从先前的忧伤和涣散，转而聚了光，说道：“畅不畅销并不重要。如果人们再对上流社会有所向往，再对纸醉金迷的修罗场的金融圈趋之若鹜时，看到这本书，他们脑海中会有一些停留和思考，哪怕是一丝丝警觉，哪怕是一闪而过的醒悟，那也是一种意义。”

她渐渐有些坚定地望向窗外：“顺应环境、顺应潮流的人，能获得最大的反哺。但社会的推动却不是这些适应环境的人贡献的，而是那些逆着潮流，修正环境的人贡献的。”

在两人告别时，道格拉斯叫住她，叮嘱了一句话：“希溪，下一次，记得不要拼尽全力，要留几分余地给你自己。”

苏希溪回头，冲他笑笑，点了一下头，当作回答。她不知道下一次是什么时候，又会如何发生，结局又是怎样？下一次，她能做到保全自己吗？也许吧。

“再会，希溪。”

“再会。”

告别道格拉斯后，苏希溪大步往前走着。眼下，又是一个深秋的季节。

她走到冷寂的崇德女中旧址附近，依然是那一点昏黄的路灯点缀其间，照着独自前行的她心底里的寒凉。走到那几棵老梧桐树下，她突然想起，一年前，在《水图》展览的那个秋天的晚上，她也是如今晚这样，独自步行回住所。

画展上，意气风发的马翊、虚伪深沉的徐国伟、提线木偶余晖、骄傲的冯映箐、献媚讨好的赖泼戎和贾司文、艳俗的周荞、假装儒雅的赵仁意、偶遇的似年轻学者的李渊、冷静的许亦言，一张张脸闪现在她眼前，恍如昨日。但那个夜晚的一切都已经不在了。

这些人以一种异常悲壮的方式，路过了彼此的人生。出车祸重伤、突发心脏病猝死、国外登山意外跌落、跳楼自杀、职务犯罪入狱。无论多么离奇，在上海这座包罗万象的大都市里，是传奇，又皆转瞬即逝。

在这座城市里，以往是几十年换一拨成功的逻辑，换一批著名人物的名字。如今，仅仅才过去了一年，那些声名显赫的大人物和出卖灵魂往上攀爬的小人物，都伴随着一场他们自己一手搭建的华丽殿堂的坍塌，而早早地走向了终点。

苏希溪看着地面上被雨打落的一片片的树叶。这些树叶刚刚变得金黄，正是四季中最美的样子，还不到落的时候，却被一场突如其来的急雨砸了下来，掉落到地上了还要被雨淋，被路过的千万人踩踏。最后，它们一层一层的，就不知消失在何处了。

苏希溪想到，这么多的叶子被一场急雨终结了生命，上天不觉得可惜吗？

但转念一想，上天应该丝毫不会觉得可惜。因为只要树干还在，它便会源源不断地生出一茬又一茬的树叶。那些叶子又会从新芽，到积蓄力量成长，到闪光时刻绚烂的金黄，到最后被一阵突然的风，或者一阵急的雨，摧毁，坠落，消失。如此，循环、往复。

这个城市一茬一茬的人和这些叶子不是一模一样的吗？只要这个城市还在，总会有一拨拨的人来又离开。无论他们是否显赫，是否盛极一时，或者是否平凡无奇，都是一样的命运。树叶活一季和人活数年，真的没有差别。都是，无知觉地被带到这个城市来和无情地从这个城市里消失。

人性都一样，故事总不同。

在千百年的轮回中，这个发生在21世纪20年代上海滩的新故事，也算是历史长河中的惊鸿一瞥。看懂了这个故事，就看懂了这个时代的我们。

“我们奋力前行，逆水行舟，依然不断被浪潮推回往昔”，在《了不起的盖茨比》的结局的这句话后面，苏希溪写下了一段新的文字：

“所幸的是，每一次回到原点，我们停留其中的时间，越来越短。而每当再一次逆水前行，我们能够到达的彼岸，越来越远。”

—— 全文完 ——